SOBALSAOL

Pádraig Standún

Cló Iar-Chonnachta
Indreabhán
Conamara

An Chéad Chló 2005
© Cló Iar-Chonnachta 2005

ISBN 1 902420 92 6

Dearadh clúdaigh: Creative Laundry
Dearadh: Foireann CIC

Bord na
Leabhar
Gaeilge

Tugann Bord na Leabhar Gaeilge
tacaíocht airgid do Chló Iar-Chonnachta

arts
council
schomhairle
ealaíon

Faigheann Cló Iar-Chonnachta cabhair airgid
ón gComhairle Ealaíon

Clóchur: Cló Iar-Chonnachta, Indreabhán, Conamara
Teil: 091-593307   **Facs:** 091-593362   **r-phost:** cic@iol.ie
Priontáil: The Leinster Leader, An Nás, Co. Chill Dara.
Teil: 045-897302

Leabhair eile leis an údar céanna

Súil le Breith, Cló Chonamara, 1983
A.D. 2016, Cló Chonamara, 1988
Cíocras, Cló Iar-Chonnachta, 1991
An tAinmhí, Cló Iar-Chonnachta, 1992
Cion Mná, Cló Iar-Chonnachta, 1993
Na hAntraipeologicals, Cló Iar-Chonnachta, 1993
Stigmata, Cló Iar-Chonnachta, 1994
Saoire, Cló Iar-Chonnachta, 1997
Eaglais na gCatacómaí, Cló Iar-Chonnachta, 2004

I

Bhí an ghráin ag Mártan Mac Cormaic ar an gclog. Shamhlaigh sé a shaol amanta mar rás idir é féin agus an t-am. B'údar bróid dó gurbh é a bhuaigh an rás sin an chuid ba mhó den am, ach ba é an brú a bhain leis a chuir déistin air. Ní túisce script amháin críochnaithe go raibh air ceann eile a thosú. Ní raibh briseadh ná scíth le fáil an chuid ba mhó den bhliain. Bhí an clár ar an aer trí oíche sa tseachtain. Bata agus bóthar a bhí i ndán don té nár éirigh leis cloí leis an sprioc.

Ceird chrua chruálach a bhí inti, ach b'ionann le druga í. 'Sobalcólaí' a bhí ann. Ba é a shaol agus a shaothar é. Ba thábhachtaí dó é ná bean nó clann. Nach é ba chúis lena phósadh titim as a chéile? Bhí sé meallta, tugtha, sáite, sníofa sa scríbhneoireacht faoi bhrú seo. Ba é a choinnigh fuil ina chuisle, anáil ina pholláirí.

Ruaig sé na smaointe sin as a intinn mar ní raibh am aige smaoineamh ach ar an script a bhí le críochnú roimh a naoi a chlog. Bheadh cúpla uair an chloig eile fós ina dhiaidh sin aige dá mbeadh tuilleadh ama ag teastáil, ach bhí an líne sin tarraingthe dó féin aige. Thabharfadh sé sin am dó cúpla deoch a ól i gcuideachta an tí ósta. Theastaigh sé sin le néaróga an lae a mharú, nó ní bheadh codladh na hoíche aige, agus mír eile den dráma ag fanacht roimhe ar maidin.

Níor thug sé aird ar chlingeadh an teileafóin. Ní raibh am aige. Nuair a bhuail torann ceolmhar an fhóin i bpóca a sheaicéid, bhí a fhios aige gurbh í Justine a bhí ag glaoch. Le Cian a phiocadh suas ón scoil arís, is dóigh, a cheap sé. Bhuel, d'fhéadfadh sí a tóin féin a chur i ngiar agus é a dhéanamh. Ní raibh am aige, agus bhí sé déanta aige míle uair cheana.

Nach bhféadfadh a leannán nua é a dhéanamh? Ach ní

chuirfeadh sí am dochtúra amú. Sin a bhí cloiste aige: gurbh in an 'cara' nua a bhí aici, cé nach raibh a fhios ag Cian faoi, má b'fhíor dó féin. Foc í. Ba chuid den stair anois í. Ach Cian . . . Bhí sé sin difriúil. Ba é a chuid den saol é, a mhaicín bán. Níor theastaigh uaidh go mbeadh sé sin fágtha ina sheasamh sa bhfuacht taobh amuigh den scoil. Phioc sé suas an fón.

"Cá raibh tusa go dtí anois?"

"Bhfuil cead agam dul go dtí an leithreas?"

"Bhí sé thar am agat," ar sí.

"Thar am le céard?"

"Dul go dtí an leithreas. Mar go bhfuil tú lán de chac."

"Céard atá uait?" arsa Mártan. "Níl am agam le haghaidh ghiúmar an leithris."

"Nach féidir leat é a chur i do script? Agus na dleachta a sheoladh chugam."

"Táim ag seoladh an iomarca chugat mar atá mé," ar sé go borb. "Anois, mura bhfuil aon rud ciallmhar le rá agat . . . ?"

"Agus cén chaoi a bhfuil tusa inniu?" a dúirt sí go searbhasach, "mura bhfuil a fhios agam ó do ghlór."

"Táim faoi bhrú oibre. Tá script le críochnú agam, agus má theastaíonn uait am a chaitheamh ag caint seafóide, téirigh chuig do *shrink*."

Thuig sé cén sáiteán a ghortódh í.

"I d'intinn atá sé sin ar fad. Níl aon rud idir mise agus Colm."

"Cé mhéid dá chuid othar eile a thugann a ainm baiste air?"

"Ní bhíonn cúrsaí chomh foirmeálta sin sa lá atá inniu ann," a d'fhreagair sí.

"Cibé cá bhfuil a chuid leighis aige, tá ag éirí leis de réir gach cosúlachta, mar is fada ó labhair tú liom gan gearán a dhéanamh."

"Agus údar agam."

"Mise is cúis le chuile rud atá tarlaithe eadrainn, ar ndóigh."

"Bhí chaon duine againn ciontach."

Bhris sí an tost a tháinig eatarthu. "Ar mhiste leat Cian a choinneáil don deireadh seachtaine iomlán?"

"Nach mbeidh sé agam Dé Sathairn, mar is iondúil?"

"Beidh, ach tá cuireadh agam in áit éicint."

"Cén áit?"

"Ní bhaineann sé leat," ar sí go héadrom.

"Beidh mé cruógach."

"Shíl mé go dtaitneodh sé leat am a chaitheamh le do mhac."

"Níor dhúirt mé nach dtógfainn é, ach go mbeinn cruógach."

"Nílim ag iarraidh go mbeadh sé fágtha ag do mháthair."

"Is í a Mhamó í," arsa Mártan. "Mura bhfuil cead aici a garmhac a fheiceáil . . . "

"Ní hin atá i gceist agam ach nach bhfuil sí in ann anois chuige."

"Tá cion an domhain aici air."

"Tá, ach tá beagán *Alzheimers* nó rud mar sin anois uirthi."

"Tá tú i do dhochtúir anois chomh maith le bheith i do bhanaltra? Nó an é Colm a d'aimsigh an galar sin?"

"Rinne do Mhama dearmad an uair dheireanach go raibh Cian sa teach in éindí léi," arsa Justine. "Thit sí ina codladh, agus nuair a dhúisigh sí, cheap sí gur tusa a bhí ann. Mártan a thug sí air an chuid eile den lá."

"Tuige nár dhúirt tú é sin liom cheana? Má tá sé fíor."

"Rud ar bith a deirim leat faoi Chian, tá sé fíor."

Labhair Justine sách íseal, béim aici ar chuile fhocal, "Cibé céard eile atá eadrainn, tá chaon duine againn ar mhaithe le Cian. Tá súil agam."

"Tá. Ní thabharfaidh mé chuig mo mháthair níos mó é."

"Tabhair, agus téirigh thú féin ann freisin in éindí leis. Tá sí ar bís le thú a fheiceáil. Tá do thuairisc á cur aici gach uair a thugaim cuairt uirthi. Ní dóigh liom go dtuigeann sí fós go bhfuilimid scartha."

"Tá sí sórt dearmadach."

"Tá, agus tá sé contúirteach go bhfuil sí fágtha léi féin. D'fhéadfadh sí an teach a lasadh nó rud ar bith."

"Tabharfaidh mise aire do mo mháthair," a dúirt Mártan go

mífhoighdeach, "agus tabharfaidh mé aire do Chian ag an deireadh seachtaine."

Leag sé uaidh an fón. Uair an chloig eile caillte agam, ar sé leis féin. Ní hé go raibh sé an fhad sin ag caint le Justine, ach bhí a fhios aige nach mbeadh sé in ann aird iomlán a dhíriú ar a chuid oibre go ceann uair an chloig ar a laghad. Réitigh sé tae agus chaith sé toitín, gach nóiméad agus é ina shuí díomhaoin ina nóiméad eile caillte aige ón obair leanúnach mhíthrócaireach nár thug cead dó scíth a ligean.

Beidh mé ceart go leor, a dúirt Mártan leis féin, má bhím críochnaithe ag a deich. Agus cén dochar mura dtéim chuig an ósta ar chor ar bith anocht? Nach bhfuil neart le n-ól sa gcófra? Bhí a fhios aige go maith nach mar a chéile é, gur theastaigh cuideachta uaidh ar feadh tamaill den oíche tar éis dó an lá ar fad a chaitheamh leis féin ar aghaidh a phróiseálaí focal.

Bhí oícheanta ann, ar ndóigh, a d'oibrigh sé ar feadh na hoíche ar mhaithe le cloí le sprioc. Ach bhíodh sé tinn tuirseach lá arna mhárach, rud a chuirfeadh an chéad script eile ar an méar fhada. Ach dá dtiocfadh an chrú ar an tairne, d'fhéadfadh sé sin a dhéanamh. Smaoinigh sé go mbeadh air a leithéid a dhéanamh an tseachtain sin, anois go mbeadh lá breise le Cian ag fanacht leis.

Bheadh lá eile oibre curtha amú, ach b'fhiú é. Bhraith sé nár thug sé leath a dhóthain ama dó mar a bhí. Ní raibh cosc ag Justine air a mhac a fheiceáil, ach thit sé isteach i bpatrún a d'fheil dá chuid oibre. Sé lá ag obair agus lá díomhaoin. Mar Dhia sa mBíobla fadó, a smaoinigh sé, cé gurbh fhada eisean ón tseafóid sin i láthair na huaire.

Bhí Justine ag iarraidh air iarracht a dhéanamh do chéad Chomaoineach a mhic. B'fhearr le Mártan gan bacadh, ach bhí Cian ag tnúth leis an lá mór agus bhí a fhios ag a athair ina chroí istigh nach bhféadfadh sé é a ligean síos. Céard a déarfas na *lads* sa teach ósta, ar sé leis féin, nuair a fheicfeas siad an mac drabhlásach ag filleadh ar an séipéal?

Bheadh am aige smaoineamh ar na rudaí sin nuair a bheadh

obair an lae déanta agus pionta mór ar an gcuntar os a chomhair. Shuigh sé síos ag an ríomhaire agus tháinig brionglóid na hoíche roimhe sin chun a chuimhne. Bhí sé i bpríosún den seandéanamh, an sórt a d'fheicfeá sna scannáin. Ach ní liathróid mhór iarainn a bhí ceangailte lena chos le slabhra ach ríomhaire, a bhí greamaithe lena rúitín le sreang leictreachais.

Caithfidh mé deis a fháil é sin a chur i script, a cheap sé. Ba bheag rud a tharla nach raibh úsáideach. Choinnigh sé a shúil in airde i gcónaí san óstán féachaint le smaoineamh nua, aicsean nua a aimsiú. Nuair a chonaic sé cailín óg ag glaoch ar an óstóir le fón póca oíche amháin le deoch a thabhairt síos chuici, choinnigh sé é sin i stór a intinne go dtí go raibh deis aige úsáid a bhaint as agus é a chur ar an scáileán.

Bhí sórt aiféala air go raibh a mhac féin á úsáid ar an gcaoi chéanna aige, le caint a chur i mbéal an chailín ba thaitneamhaí sa sobaldráma: girseach ocht mbliana d'aois. Bhí sise in ainm is a bheith ag réiteach dá céad Chomaoineach freisin, agus cheana féin bhí ceann de cheisteanna a mhic curtha ina béal aige: "Má bhainim greim as Íosa Críost nuair a bheas sé i mo bhéal agam, an dtosóidh sé ag béiceach agus ag screadaíl?"

Thaitin sé le Mártan freisin gur ar éigean a bhreathnaigh Justine ar *Béal an Chuain* ní ba mhó. B'in é an clár teilifíse a raibh sé ag scríobh dó, agus ba bheag a tharla eatarthu nuair a bhíodar i mbun troda nach raibh ag tarlú anois idir na carachtair Jason agus Maria sa dráma. Bhíodar sin le scaradh gan mórán achair agus, iontas na n-iontas, bheadh Katie, a n-iníon, ag caitheamh sé lá den tseachtain lena máthair, agus lá lena hathair, a bhí ina iriseoir, mar dhea, sa nuachtán áitiúil.

Nuair a bhí sé tuirseach ba é ba mhó a tharraing Mártan as stór a shaoil agus a thaithí féin. Anois bhí an carachtar Jason ina oifig sa nuachtán, an teileafón ag clingeadh agus gan aird aige air:

Cloistear torann an teileafóin phóca ansin. Tógann sé as póca a sheaicéid é agus breathnaíonn ar ainm an té atá ag glaoch. "Maria. Céard atá uaithi anois?" Leagann sé uaidh é. Casann

comhiriseoir, Michelle, óna ríomhaire, a cosa fada le feiceáil faoina
mionsciorta, agus breathnaíonn air.

"*Tá an iomarca le déanamh agam,*" *arsa Jason léi, an fón á*
leagan uaidh aige.

"*Ach is í féin atá ann,*" *arsa Michelle.*

"*Níl am agam labhairt léi.*"

"*B'fhéidir go bhfuil sé tábhachtach?*"

"*Céard a d'fhéadfadh a bheith chomh tábhachtach sin?*"

"*Katie.*"

Freagraíonn Jason an fón, "*Céard atá uait?*"

"*Cá raibh tusa go dtí anois?*"

"*'Bhfuil cead agam dul chuig an leithreas?*"

"*Bhí sé in am agat, agus tú lán de chac . . .*"

Shuigh Mártan siar agus las sé toitín. Bhí leis anois. Bhí go leor
eile le déanamh aige as sin go dtí a naoi a chlog, ach bhí an bloc ina
intinn curtha as an mbealach. Agus cé a rinne? Justine. Ní am
amú a bhí ina glaoch ach beannacht a bhí ceilte air go dtí sin.
Smaoinigh sé nach raibh rud ar bith ná duine ar bith ar an saol
nárbh fhéidir a úsáid ar mhaithe lena cheird.

Rogha an dá dhíogha a bhí ann go minic idir scíth a ligean i lár
a chuid oibre nó leanacht ar aghaidh go dtí go raibh sé
críochnaithe. Ba mhinic a thug sos smaoineamh úr chun cuimhne,
nach bhfaigheadh sé dá mba rud é gur choinnigh sé air ag scríobh
leis gan stad i ndeatach stálaithe a chuid toitíní.

Ba é an rud ba lú a chuir bac air go minic, agus níor theastaigh
ach cúpla focal le radharc a chur ar mhalairt treo. Bhíodh an chuid
ba mhó den scéal oibrithe amach agus aontaithe cheana ag an
bhfoireann, agus ba é a ghnó seisean feoil agus craiceann a chur ar
na cnámha sin, i bhfoirm chomhrá agus aicsin. Ní raibh cead ag a
leithéid athrú mór a dhéanamh ná carachtar a chur den saol gan
cead ón gcuid eile, mar go raibh na haisteoirí faoi chonradh agus
iad íoctha go maith.

Taobh amuigh de na constaicí sin, bhí cead a chinn aige, agus
bhí cáil air mar dhuine a thug leis go cruinn caint na ndaoine san

óstán agus in áiteanna eile, lena cur i mbéal na gcarachtar sa sobal. Deireadh sé go magúil gur scil agus samhlaíocht a bhí i gceist, ach bhíodh a chluasa bioraithe i gcónaí ar mhaithe le dea-chaint a bhreacadh síos.

Bhain sé taitneamh beagnach i gcónaí as na laethanta a tháinig an fhoireann scríbhneoirí ar fad le chéile, uair gach coicís nó mar sin. Ní hé nach mbíodh teannas eatarthu, agus argóintí móra go minic, faoin treo a raibh an príomhscéal ag dul, ach in ainneoin na gcoimhlintí eatarthu, bhíodh spraoi agus spórt acu go minic, ag spochadh as a chéile nó ag baint gáire as cora nua sna scéalta.

B'fhada le Mártan go dtiocfadh na laethanta sin – agus an mhí úd sa samhradh a mbíodh Cian ag fanacht leis-sean amháin. Chaitheadh a mhac leath dá chuid laethanta saoire scoile lena athair, agus ní ghlacadh Mártan le hobair ar bith ón gcriú teilifíse le linn an ama sin, ba chuma cén cruachás ina mbeidís.

Obair leanúnach leadránach a bhíodh ar siúl an chuid eile den bhliain, obair chrua faoi bhrú den chuid is mó, ach b'fhiú ar fad é ar mhaithe leis an am a chaith sé lena mhac, dóthain airgid saothraithe aige leis an mbeirt acu a thabhairt ar saoire faoi luí na gréine i bhfad ó bhaile.

Ba mhinic cloiste aige gur saol uaigneach a bhí i saol an scríbhneora agus é sin cruthaithe go maith ag a shaol féin. Eisceachtaí a bhí sna laethanta a thángadar ar fad le chéile san óstán leis an sobalscéal a phlé agus a thabhairt ar aghaidh. Bhíodh idir fhir agus mhná, óg agus mheánaosta ann, agus nuair a bhí an obair déanta, ba leo an oíche.

Deireadh na stiúrthóirí i gcónaí gur theastaigh uathu an chuid ba mhó den obair a dhéanamh ar an gcéad lá, mar go mbíodh cloigne tinne ann an lá dár gcionn, agus ba bheag an mhaith teacht le chéile ar chor ar bith an tríú lá seachas mionphointí a phlé nó treoir a fháil ó lucht ceamara agus stiúrach.

Chuir na laethanta spraíúla sin a chaitheadar le chéile rudaí a bhí cloiste aige faoi aimsir chogaidh i gcuimhne dó. Ní hé go raibh cogadh ar bith feicthe ag Mártan, ach chuala sé faoin tsaoirse a tháinig as a bheith i ngan fhios faoin saol amach romhat, faoi bhás is faoi bheatha, faoi an mbeadh duine beo amárach nó nach mbeadh.

Ní raibh saol an sobalscríbhneora baileach chomh héiginnte sin, ach murar thug duine aire dá ghnó agus dá dhroim, bhí gach seans ann nach mbeadh cuireadh ar fáil chuig an chéad teacht le chéile eile. Bhí cúpla scór feicthe aige féin ag dul tríd an gcóras: cuid acu nach raibh cumas iontu; tuilleadh nár thaitin le stiúrthóir nó léiritheoir amháin ná eile; corrdhuine ligthe chun bealaigh de bharr nár bhaineadar le faisean ná le stíl na linne.

Bhí sé ag tnúth cheana féin leis an gcéad teacht le chéile eile mar go raibh cailín nua tagtha chuig an gcomhluadar, bean a bhí ciúin ach cumasach, a bhraith sé ón gcúpla smaoineamh a chaith sí ar bhord na díospóireachta go dtí sin. Ní raibh súile chomh donn sin feicthe aige i mbean ar bith riamh, an dath céanna lena cuid gruaige fada. Ar éigean a labhraíodar lena chéile fós, ach chas a súile ar a chéile roinnt uaireanta. Tá seans ansin agam, ar sé leis féin.

Níor éirigh leis í a dhíbirt óna chuid smaointe ó shin. B'fhéidir gurbh é nach raibh bean eile ina shaol go leanúnach, ach d'fhan an Sinéad seo i súil a chuimhne mar a bheadh pictiúr den Mona Lisa á thaispeáint ar scamall ó am go ham, agus á chur i bhfolach ansin nuair a bhreathnódh sé den dara huair. An raibh seans ar bith ann, a smaoinigh sé, go mbeadh sise ag cuimhneamh ormsa ar an gcaoi chéanna ag an am céanna? *Telepathy?*

Foc thú, arsa Mártan leis féin. Tá tú imithe ar fán ar bhóithríní na smaointe arís. D'fhéadfadh sé úsáid a bhaint as a bhrionglóid lae, ar ndóigh. Ní túisce an smaoineamh ina chloigeann ná gur thosaigh sé ar é a chur ar phár. Seachas pictiúr de spéirbhean a chur in intinn Jason, an príomhcharachtar sa scéal, mhol sé go mbeadh a bhean Maria ag feiceáil íomhá fir a raibh súil aici air ag breathnú uirthi trí cheo scátháin nó trí fhuinneog siopa nó a bheith le feiceáil ar éigean ag bun an halla ina teach cónaithe.

Bhí fuadar faoi ansin ar feadh tamaill, é ag dul trí na radharcanna níos sciobtha ná mar a bhí súil aige leis. Ar aicsean seachas ar chaint, ar aisteoireacht seachas ar chomhrá a chuireadh sé an bhéim, é ag fágáil faoin lucht féachana an scéal a léamh idir na línte chomh fada agus ab fhéidir leo. Chuir an léiritheoir nua, Micheline Néill, an-bhéim air sin, í an iomarca faoi thionchar ag sobail Mheiriceá agus Shasana, dar leisean, ach b'ann a bhí a hoiliúint agus a taithí faighte aici.

Ba bheag an mhaith a rá léi gur oibrigh an foirmle agus an patrún a bhí acu sular tháinig sise ar bord. Shíl sí go raibh míreanna a bhí feicthe aici ó na blianta a chuaigh thart i bhfad rómhall. Ach bhí greann agus dea-chaint ag baint leo, rud nach raibh mórán ama ann anois dó mar gheall ar luas an aicsin.

Nuair a luaigh sé féin ag ceann de na cruinnithe go raibh spéis á cailleadh ag lucht na Gaeltachta sa sobaldráma, d'iompaigh sí air agus dúirt go lom díreach gurbh as an nGaeltacht í féin agus, chomh fada is a bhain léise, gur aicsean agus buachaillí bó a thaitin le muintir na Gaeltachta riamh, fiú in aimsir na scannán dubh is bán. Fuaireadar a ndóthain den dea-chaint sna tithe ósta agus ar an teallach. Is é sin, má theastaigh a leithéid uathu riamh, rud nár theastaigh ón aos óg, dar léi.

"Ní ar mhuintir na Gaeltachta atá sé seo dírithe," a mhaígh sí, "ach ar phobal uilig na tíre, agus níos faide ó bhaile le fotheideil agus dubáil. Déan dearmad ar an nGaeltacht; táimid ag iarraidh maireachtáil sa saol réalaíoch." Mar gur theastaigh ó Mhártan maireachtáil sa saol réalaíoch céanna sin, scríobh sé mar a theastaigh uaithi, chomh fada agus a bhí sé in ann.

Chuir sí soir é nuair a thosaigh sí mar eagarthóir scripte, mar go raibh sí ag gearán inniu go raibh a chuid scripteanna rófhada, agus ansin nuair a thug sé aird uirthi, ag gearán go rabhadar róghiortach. Bhí cosúlacht ar an scéal le cúpla seachtain anuas go raibh ag éirí leis, mar nach raibh an oiread den pheann dearg le feiceáil ar na scripteanna a tháinig ar ais le hathscríobh agus le ceartú.

Bean tharraingteach go maith a bhí inti, sna luath-thríochaidí, a cheap sé, cé nach gcuirfeadh sé iontas air go raibh sí níos sine agus éadanardú faighte aici sna Stáit Aontaithe. Bhreathnaigh a haghaidh mar a bheadh an craiceann tarraingthe, ach d'fhéadfadh sé gur mar gheall uirthi a bheith ramhar a bhí sí amhlaidh. 'An Bhean Ramhar' nó 'BR' a thug cuid de na scríbhneoirí uirthi eatarthu féin i dtéacsteachtaireachtaí agus i meabhráin, cé nár mhaith le haon duine míniú fírinneach a thabhairt di ar na litreacha céanna.

Bhí a freagra tráthúil ag duine de na cailíní san oifig nuair a d'fhiafraigh an t-eagarthóir scripte di cén chiall a bhí leis an 'BR' sin. "Shíleamar ón tús go raibh tú thar cionn," ar sí, "*brilliant*, agus nuair nach raibh a fhios againn cén t-ainm a bhí ort, sin é a scríobhamar. Ní féidir é a scríobh ina iomlán ar chuile théacsteachtaireacht, agus mar sin úsáidimid na ceannlitreacha." Ghlac sí lena míniú, cé gur léir go raibh amhras uirthi.

"Ní bheidh mise sásta go bhfeicfidh mé a cluasa," a dúirt Réamonn Ó Cadhain, duine eile de na scríbhneoirí. "Táim cinnte dearfa go bhfuair sí jab déanta ar a héadan nuair a bhí sí thall."

"Nach leor breathnú ar a cuid fiacla?" a d'fhreagair Tomás Sheáinín, "mar a dhéanaidís leis na capaill fadó."

"An fhad is nach suíonn sí síos orm," arsa Réamonn.

"Suíodh sí ormsa am ar bith," a dúirt a chara. Craic mar sin a bhíodh acu go minic i ndiaidh na gcruinnithe, agus bhíodh a leithéid i mbéal na gcarachtar uaireanta, sular tháinig Micheline. Chuir sise deireadh le gáirsiúlacht agus greann dá shórt. "Ní fheileann a leithéid don mhílaois nua," a dúirt sí. Níor stop sé sin na buachaillí ó bheith ag caint mar sin eatarthu féin, ach choinníodar a leithéid as a gcuid scripteanna.

Bhí sé ráite gur tháinig méadú ar an lucht féachana ó rinne Micheline na hathruithe seo, ach ba dheacair aon rud a chreidiúint i ré seo na fógraíochta agus an chaidrimh phoiblí. B'ionann an fhírinne, a cheap Máirtín, agus rud a bhí ráite a bheith fíor. Bhí togha an *PR* ag an 'gcomhlacht', mar a thugadar féin ar an ngrúpa uilechumarsáide a bhí os a gcionn, ar chuid bheag dá n-impireacht é déantús na scannán agus na sobaldrámaí.

Ní raibh tagairt riamh sna nuachtáin náisiúnta dá gclár nár dhúirt go raibh ag éirí thar cionn leis, cé go raibh na figiúirí sách íseal i ndáiríre, fiú i gcomparáid le cláir eile Ghaeilge ar an stáisiún céanna. D'fhéadfaí a rá gurbh amhlaidh a bhí an scéal i dtaobh an nuachtáin Ghaeilge sa gceantar: ní raibh an díol pioc níos airde ná an ceann a bhí ann roimhe, ach bhí caidreamh poiblí i bhfad níos fearr ag na foilsitheoirí. Bhí lámh ag iriseoirí raidió agus teilifíse ann agus é molta dá réir ar a gcuid clár.

D'fhéadfainn úsáid a bhaint as an líne sin, arsa Mártan ina intinn: níl fíor ach an rud a deir na meáin chumarsáide atá fíor. Scríobh sé síos é, agus bhreathnaigh air sular scrios sé arís é. Rópholaitiúil. D'fhéadfadh duine bata agus bóthar a fháil dá bharr. Dheifrigh sé ar aghaidh leis an radharc deireanach, agus bhí sé críochnaithe aige ar a cúig chun a naoi. É buaite uair amháin eile aige ar an gclog.

II

Bhí an *yoke* timpeall a muiníl ag Bríd Mhic Chormaic in éineacht lena paidrín – an *yoke* a thug sí ar an deis a thug an dochtúir di le glaoch ar chabhair dá dteastódh a leithéid. B'fhéidir gurbh é Mártan a d'íoc as agus b'fhéidir nach é, ach níor chosain sé pingin nó leithphingin uirthi féin. Ná euro nó cent den airgead nua ach an oiread.

Níor bhain sí úsáid as. Níor iarr sí tada ar aon duine ina saol, agus ní raibh sí le tosú anois. Cuireadh teileafón isteach di ag an am céanna leis an *yoke*, ach níor chroch sí riamh é, cé is moite de nuair a ghlaoigh a haonmhac Mártan nó duine éicint. Ní raibh sí sa ngiúmar é a fhreagairt i gcónaí, agus d'fhág sí ansin é ag clingeadh clingeadh, rud a chuirfeadh cuthach feirge ar a mac, a chaithfeadh teacht chuig an teach féachaint an raibh sí beo.

Déanta na fírinne, bhí a cuid méaracha ataithe chomh mór sin ag na scoilteacha nach raibh sí in ann na huimhreacha a aimsiú i gceart air. Rinne sí praiseach de chuile iarracht nuair a thriail sí i dtosach é, gan de thoradh air ach an uimhir mhícheart beagnach i gcónaí. Ní ligfeadh an náire di é a úsáid ní ba mhó.

Cheap daoine go mbeadh cleachtadh mhaith aici ar an bhfón de bharr gur chaith sí seal i Meiriceá ag tús a saoil. D'fhill sí ina tríochaidí nuair a rinneadh cleamhnas di sa mbaile. Bhí Mártan acu tar éis sé bliana, ach bhí a athair sa gcré faoin am sin – tarbh a mharaigh é sé seachtaine sular rugadh a mhac.

Bhí sí sách óg, ach níor chuir aon fhear eile suim sa mbaintreach, ar nós go raibh mí-ádh nó mallacht ag baint léi, go raibh branda nó marc uirthi – gurbh ise, seachas an tarbh, a mharaigh a fear. Ní hé gur theastaigh aon fhear eile uaithi, ach bheadh sé go deas ag an am céanna dá mbeadh suim ag duine éicint inti.

An mhaidin sin féin bhí sí ag caint leis an sagart faoi

mhallachtaí. Fear barrúil a bhí ann, a bhí go maith in ann ag na spallaí a chaith sí.

"Shílfeá go mbainfeá an meigeall sin díot," ar sí leis. "Cén ghnó atá ag do leithéid le *moustache*?"

Bhreathnaigh sé suas ar phictiúr an Chroí Rónaofa. "Ar mhaith leat go mbearrfadh seisean a fhéasóg chomh maith?"

"Is mór idir thú féin agus Mac Dé," ar sí ar ais.

"Nach bhfuilimid ceaptha aithris a dhéanamh ar Íosa Críost, a Bhríd?" ar sé. "An bhfaca tú pictiúr nó dealbh de naomh riamh gan féasóg?"

Bhí sí in ann aige. "Chonaic, go deimhin. An raibh féasóg ar Naomh Bríd nó Naomh Treasa? Nó ar an Maighdean Mhuire, moladh go deo léi, nó bean ar bith acu?"

Bhí sé sna trithí ag gáire. "Bíonn an focal deireanach ag an mbean i gcónaí," a dúirt sé.

Ní raibh a fhios aici anois cén chaoi ar thosaíodar ag caint ar mhallachtaí, ach ba bheag a cheap sé fúthu, mallacht Dé go háirithe. "Cén chaoi a mbeadh Dia maith in ann mallacht a chur?" a d'fhiafraigh sé. B'fhurasta labhairt leis an bhfear céanna, ach b'eisean a d'fhág sa gcruachás ina raibh sí anois í: níor mhúch sé an choinneal bheannaithe sular imigh sé.

Coinneal na Mílaoise a bhí inti, coinneal bheag thiubh nár theastaigh aon rud fúithi mar nach raibh contúirt ar bith ann go dtitfeadh sí ar leataobh ar nós coinnle fada. Sin é a bhí ráite ag Justine, bean Mhártain, ar chaoi ar bith. Banaltra a bhí inti, ach ba í féin seachas an choinneal a bhí tiubh, fad a bhain sé le Bríd ag an nóiméad seo. Ní thitfeadh an choinneal ar leataobh, ceart go leor, ach lasfadh sí an bord nuair a bheadh sí dóite síos go dúid.

Thóg sí an *yoke* a bhí timpeall a muiníl agus bhreathnaigh sí air. Bhí sé ráite ag an dochtúir nach raibh le déanamh ach an cnaipe a bhrú, ach bheadh náire uirthi daoine á tharraingt amach mar gheall ar choinneal nár múchadh. Chuala sí cheana faoi sheanbhean a bhaineadh úsáid as *yoke* dá leithéid le fios a chur ar bhainne nó ar bhuilín ón siopa – bhí chuile dhuine ag magadh fúithi.

Smaoinigh sí ar Mhártan, ach ba bheag an seans go bhfeicfeadh sí é sin go dtí go dtiocfadh sé thart le Cian. Bhí an-chion aici ar an leaidín céanna. Chuir sé Mártan i gcuimhne di mar a bhí sé ag an aois chéanna . . . dána ach neamhurchóideach. B'fhada léi go bhfeicfeadh sí arís é. Ansin a bhuail an smaoineamh í. Murar féidir liom an deamhan rud sin a mhúchadh as seo go ceann cúpla uair an chloig, ní fheicfidh mé Cian nó aon duine eile go deo arís.

In ainneoin go raibh a beatha i mbaol, chuaigh a hintinn ar seachrán ar bhóithríní na smaointe. Ach feicfidh mé a sheanathair. Feicfidh mé m'fhear féin, más fíor an creideamh. Go maithe Dia dom é, an bhfuilim ag iarraidh é a fheiceáil? Mise sean agus eisean i mbláth na hóige. Strainséir a bheadh anois ann. Ní fhaca mé é le cúpla scór bliain . . . Ach bheadh bealach ag Dia thart ar na ceisteanna deacra sin. Tá Dia láidir agus máthair mhaith aige.

Ní raibh sí gan seift riamh ina saol, a cheap Bríd. Chuimhnigh sí ar rud éicint i gcónaí nuair a tháinig an chrú ar an tairne. Nár éirigh léi mac a thógáil ar phinsean suarach? Agus é a chur ar scoil agus ar ollscoil. Bhí scoláireachtaí aige, ceart go leor. Bhí sé cliste, agus nuair a bhí airgead póca agus maireachtála ag teastáil, d'oibrigh sé sna laethanta saoire – buachaill maith a bhí i gcónaí ann.

Ba é an trua é nach raibh rudaí go maith idir é féin agus Justine. Ar mhaithe le Cian go háirithe. Cheapadar nach raibh a fhios aici tada, nár thuig sí rudaí i gceart, ach d'inis an leaid beag chuile rud di. Ba é mian a chroí é iad a thabhairt ar ais le chéile arís, ach bhí amhras uirthi.

Mise a bhí ciontach, a dúirt sí léi féin. Mise a rinne peata de. Céard eile a tharlódh agus gan agam ach é? Ach maicín maith a bhí ann. Rinne sé a dhícheall di. Ní raibh neart aigesean air murar theastaigh uaithi cúnamh a ghlacadh ó aon duine, a cuid neamhspleáchais a choinneáil chomh fada agus a d'fhéad sí.

Bhreathnaigh sí anonn ar an gcoinneal ar nós gur francach nó rud éicint gránna a bhí ann, ag fanacht go foighdeach lena cur den saol ar ball nuair a bheadh sí scanraithe sách fada. Thug sí faoi deara go raibh braon tae fanta ina cupán le taobh na leapa. Bhí an tae céanna fuaraithe le fada ó réitigh Sail, bean an chúraim bhaile, é sular tháinig an sagart.

Chaith sí an tae chomh maith agus chomh fada is a bhí sí in ann i dtreo na coinnle, ach ba bheag tae a bhí ann i ndáiríre, agus ba bheag fuinneamh a bhí ina lámh ach oiread. Ní dheachaigh sé ach leath bealaigh idir í agus an choinneal, a bhí dóite síos cuid mhaith cheana féin.

Faraor gan siúl na gcos a bheith agam níos mó, a smaoinigh Bríd. An deamhan *millennium* sin a chuir ar bhealach m'aimhleasa mé. Tháinig imeachtaí na hoíche móire sin ar ais ina hintinn. Ní fhaca sí slua chomh mór riamh sa séipéal is a bhí an tráthnóna céanna ag dul a luí na gréine ar dhá mhíle bliain, coinnle lasta i lámha gach duine, iomainn agus paidreacha ag dul go haer. D'ardódh sé do chroí ag am a raibh sé ráite go raibh an creideamh in ísle brí. Ach má d'ardaigh a croí, d'ísligh chuile rud eile.

Ar a bealach amach ó theach an phobail a d'imigh na cosa fúithi. Ba chuma léi dá mbeadh sioc ann, ach sciorr sí gan sioc ar bith. Cúpla mí a chaith sí in Ospidéal Pháirc Mheirlinne. Dúradh léi go raibh an chnámh a bhí briste cneasaithe arís, ach ní raibh. Nó má bhí, bhí rud éicint eile cearr léi. Bhí siúl na gcos imithe agus gan ar a gcumas í a chur ag siúl arís. Níor fheabhsaigh sí mórán ach an oiread sna blianta beaga a chuaigh thart ar nós na gaoithe ina dhiaidh sin.

Bhí chuile chineál leithscéil ag an lucht leighis: meáchan; aois; seanghortú a bhain léi fadó, ach níor éirigh léi coiscéim a thógáil in ainneoin a gcuid iarrachtaí. Teiripe . . . Bhí an ghráin aici ar an bhfocal sin, mar nach raibh ann ach daoine á stracadh siar is aniar is gan aon mhaith á déanamh.

Cén bhrí ach go raibh daoine níos sine agus níos raimhre ná í ag dul chuig an mbiongó fós, agus ag rince ag cóisir na sean. Ní raibh sise in ann aon cheo a dhéanamh gan cúnamh ó bhanaltra nó Sail ón gcúram baile.

Thairg Mártan áit a íoc di i dteach altranais, ach ní raibh sise ag dul isteach in aon *chounty home*, ba chuma cén mhaise nó cén t-ainm galánta a thugadar air. Níor bhásaigh aon duine a bhain léi i dteach na mbocht ná in aon teach dá shórt, príobháideach ná poiblí.

"Cén sórt mallachta atá ort?" a d'fhiafraigh sí den stumpa beag lasta den choinneal a bhí ag bagairt a báis. "Ní lasfá a bheag nó a mhór dá mbeifeá ag teastáil." D'imigh na blianta, ach mhair an choinneal, mar nach raibh sí lasta ach do chuairt an tsagairt ar an gcéad Aoine den mhí. "Mallacht Dé ort féin agus ar do *mhillennium*," ar sí leis an gcoinneal chéanna.

Ach má bhí na cosa imithe, ní raibh na lámha. Ní rabhadar láidir, ach chuimhnigh sí ar í féin a sracadh as an leaba agus trasna an tseomra chomh fada leis an mbord a raibh an choinneal leagtha air. Ach an mbeadh sí in ann breith ar bharr an bhoird lena hiompar sách ard leis an gcoinneal a mhúchadh? D'fhágfadh sé sin ar an urlár í go dtiocfadh Sail ar maidin.

Sin í an uair a cheapfas siad go bhfuil údar acu mé a chur isteach sa *home*, a cheap sí. B'fhearr liom an bás ná é sin. Ag breathnú ar an gcoinneal arís, smaoinigh sí, chuirfinn fáilte roimh bhás ar bith ach bás trí thine. Rug sí ar éadaí na leapa, ag iarraidh iad a scaoileadh le go mbeadh sí in ann iarracht a dhéanamh dul chomh fada leis an gcoinneal. Ach bhí constaic eile ansin: taobhanna na leapa a bhí socraithe le nach dtitfeadh sí amach, ar nós cruibe a chuirfeá ar chairr asal nuair a bheadh móin le tabhairt abhaile.

Ghlaoigh Bríd ar chabhair Dé, agus chuir sí í féin faoi choimirce na Maighdine Muire – "Guigh orm anois agus ag uair mo bháis" – í ag smaoineamh go bhféadfadh sé nárbh fhada uaithi é. Ach ní raibh sí básaithe fós agus ní bheadh, go dtí gur bhain sí triail as seift nó dhó eile. Bhí an *yoke* fós aici dá gcinnfeadh ar chuile shórt eile.

Bhí Bríd ar a dícheall ag iarraidh í féin a tharraingt suas sa leaba lena dhá lámh nuair a thug sí faoi deara an mhias lenar tógadh a cuid uisce uaithi gan í ag corraí mórán sa leaba. Níor dhún Dia doras riamh, ar sí léi féin, nár oscail sé ceann eile. Tuige nár smaoinigh sí air seo cheana? Bhí dóthain ansin le tine a mhúchadh, gan trácht ar choinneal.

Ghlac sí buíochas le Dia agus leis an Maighdean Ghlórmhar. De bharr a paidre féin agus a hidirghuí siúd, bhí an deis seo tugtha di ag Dia mór na glóire. Ach bhí a dóthain le déanamh fós aici . . .

Bhreathnaigh sí ar an gcoinneal arís, gan mórán fágtha anois ach an chéir a bhí rite síos chuig an mbun, a lasfadh adhmad an bhoird gan stró ar bith. Ní fada ina dhiaidh sin go dtí go mbeadh an teach ar fad trí thine. Teaichín beag tirim a bhí riamh ann agus an t-adhmad galánta sin ar thugadar *beauty board* air curtha isteach ann aimsir na stáisiún scór bliain roimhe sin. "Lasfadh sé sin ar nós tuí," a dúirt an dochtúir léi, foláireamh á thabhairt aige faoin gcontúirt a bhain leis.

Mura ndéanfaidh mé anois é, ní dhéanfaidh mé go deo é, arsa Bríd léi féin. Chuimhnigh sí ar an tae nach ndeachaigh ach leath bealaigh. Go réidh i dtosach, a smaoinigh sí. Bain triail as ar dtús. Líon sí cupán as an mias.

Chrom sí chomh híseal is a d'fhéadfadh sí gan titim as an leaba, agus chaith sí an t-uisce chomh hard san aer agus chomh fada is a bhí ar a cumas. Bhuail a raibh ann an bord, an chuid ab fhaide a ndeachaigh ag scaipeadh ina braonacha thart ar throigh ón gcoinneal.

Líon sí amach cupán eile, thart ar leath den mhéid a bhí fágtha. Caithfidh mé é a aimsiú i gceart an uair seo, a smaoinigh sí, nó beidh mé ar mo sheans deireanach . . . Mura mbeidh mé ar an dé deiridh ag an am céanna.

Chaith sí braon eile, níos airde agus níos faide arís. Chuaigh sé chomh gar sin gur bhain braon nó dhó *sizzle* as an lasair. Gar, ach gan a bheith baileach sách gar, ar sí léi féin. Bhraith sí go raibh sí ag cailleadh misnigh. Chuir sí a muinín i nDia, ina naomhphátrún féin Bríd, i naomhphátrún a mic Mártan Mór an Fhómhair, agus i chuile naomh eile a raibh sí in ann cuimhneamh orthu.

Scaoil sí leis an soitheach agus a raibh ann. Bhain sé ar fad ceann scríbe amach. Ní hamháin go raibh an choinneal múchta aici, bhí céir curtha go haer aici, boladh dóite álainn ag éirí ón mbord agus ag séideadh ina timpeall ar nós bholadh na túise ag beannú na naomhshacraiminte sa séipéal.

Luigh Bríd siar ar na piliúir gur shuaimhnigh a hanáil. Tharraing sí na héadaí scaipthe aníos ina timpeall. Bhí a mothú beagnach imithe aisti ach bhraith sí sona sásta. D'éirigh léi gan glaoch ar Mhártan, dochtúir, banaltra, Garda ná briogáid dóiteáin.

Ach ní hí amháin a rinne beart, a cheap sí. Dia a neartaigh a lámh, Muire a mháthair a d'aimsigh an lasair, agus a naomh féin Bríd a chuir ina cuimhne céard a bhí aici le caitheamh. Ach ní raibh sí iomlán sásta fós. Cén mhaith éacht a dhéanamh agus gan é i insint d'aon duine? Rug sí ar an *yoke*. Fan go gcloisfidh Mártan céard a rinne mé, ar sí léi féin agus í ag brú an chnaipe.

III

"Gabh i leith, a Chian. Ar mhaith leat fanacht le do Dheaide an deireadh seachtaine ar fad?" a d'fhiafraigh Justine Mhic Chormaic dá mac nuair a bhíodar suite le chéile ar an tolg agus é beagnach in am aige dul a chodladh.

"An mbeidh tusa ann freisin?"

"Ní bheidh. Eisean agus tusa."

"Agus cá mbeidh tusa?"

"D'iarr cara orm dul don deireadh seachtaine i dteach ósta thíos i gCorcaigh. Tá féile *jazz* ar siúl ann."

"An féidir liomsa dul ann?"

"Do dhaoine fásta amháin atá sé."

"An cara-buachaill nó cara-cailín atá ag dul leat?"

"Cara-cara." Chaoch sí súil leis. Níor theastaigh uaithi go mbeadh an iomarca eolais aige le hinsint dá athair. Ní raibh sí amuigh ach cúpla uair in éineacht le James, agus bhí sí sórt amhrasach faoin méid sin ama a chaitheamh ina chuideachta. Ach bhí sé lách cineálta. B'fhurasta labhairt leis agus, bhuel, níor theastaigh uaithi an chuid eile dá saol a chaitheamh gan chuideachta.

"Bhfuil a fhios ag Deaide faoi?"

"Dúirt sé liom inniu go raibh sé ag tnúth go mór leis an deireadh seachtaine iomlán a chaitheamh leat. Ní bhíonn agaibh go hiondúil ach lá sa tseachtain le chéile."

"Bhfuil a fhios ag Deaide faoi do chara?"

"Níl a fhios agam," ar sí go héadrom. "Níl a fhios agam faoina chairde seisean ar fad ach an oiread."

"Is mise an cara is fearr atá aige."

"Agus is tusa an cara is fearr atá agamsa freisin." Thug Justine barróg dó.

"Cén fáth nach é Deaide an cara is fearr atá agatsa freisin?"

"Labhraíomar air seo go minic cheana," arsa Justine. "Is é an príomhrud é go bhfuil cion is grá ag do Dheaide agus agam féin duitse. Agus beidh an grá sin ann i gcónaí. Níl dabht ar bith faoi sin."

"Beidh paidir le rá ag gach duine againn ag an gcéad Chomaoineach," a dúirt Cian, "agus sin í an phaidir a bheas agamsa."

"Cén phaidir?" Bhain ar dhúirt sé siar as Justine.

"Go mbeidh tusa agus Deaide agus mise le chéile arís."

"Ar dhúirt tú leis an máistreás gurb in í do phaidir?" arsa a mháthair.

"Dúirt sí linn ár bpaidir féin a chumadh, agus tabharfaidh sí cúnamh lena rá i gceart."

"Bhfuil tú ag caint ar é a rá amach os ard?" Ní raibh a fhios ag Justine an raibh sí á chloisteáil i gceart.

Sheas Cian mar a bheadh sé ina sheasamh go foirmeálta os comhair na haltóra sa séipéal. "Go mbeidh mo Mhama agus mo Dheaide ag fanacht in éineacht liomsa sa mbaile agus go mbeidh siad liomsa agus le chéile i gcónaí go deo." Stop sé ar feadh soicind sular chríochnaigh sé, "A Thiarna, éist linn."

"Níl tú ag dul á rá sin," arsa Justine, imní ina guth.

"Dúirt an mháistreás linn an rud is gaire don chroí a iarraidh, agus tabharfaidh Íosa Críost dúinn é mar go mbeidh sé an-mhór linn tar éis é a ghlacadh sa gComaoineach Naofa." Ba léir ón gcaoi ar dhúirt sé é go raibh caint na máistreása curtha de ghlanmheabhair aige.

"Ba mhaith liom go bpléifeá é seo le d'athair ag an deireadh seachtaine," a dúirt Justine, "agus beidh mise ag caint leis faoi freisin."

"Go bpléifeá?" Ní raibh a fhios ag Cian céard a bhí i gceist aici.

"Go mbeadh sibh ag caint air, mar ní dóigh liomsa gurb in é an rud ceart le rá i do phaidir."

"Ach ba mhaith liom – "

"Beag an baol. Níl tú chun é a rá, agus caithfidh tú glacadh leis sin."

"Ach ba mhaith liomsa – "

"Ba mhaith le chuile dhuine go mbeadh rudaí acu nach féidir leo a fháil. Ba mhaith liomsa an *lotto* a bhuachan, ach drochsheans go dtarlóidh sin."

Sheas Cian mar a rinne sé nuair a dúirt sé a phaidir. "Guímis go mbuafaidh mo Mhama an *lotto* . . . A Thiarna, éist linn."

"An ag magadh atá tú?" Bhreathnaigh Justine air, idir fhearg agus ghreann ina súile, í i ngan fhios an ag magadh nó i ndáiríre a bhí sé.

"Tabharfaidh Íosa Críost an rud atá uaim dom, tar éis glacadh leis sa gComaoineach Naofa."

"Ó, a Chian, a Chian . . . " Chuir Justine a lámha ina thimpeall. "Níl aon rud chomh cinnte sin ar an saol seo."

"Dúirt an mháistreás – "

"B'fhéidir nach hin é go díreach a dúirt sí. Dá mbeadh sé sin fíor, nach mbeadh máthair chuile ghasúir a dhéanann a gcéad Chomaoineach ag buachan an *lotto* seachtain i ndiaidh seachtaine?"

"B'fhéidir nach n-iarrann siad é sin. B'fhéidir go n-iarrann siad . . . " bhraith sé a rá 'go bhfanfadh a n-athair agus a máthair le chéile,' ach bhí a fhios aige faoin am seo nár thaitin caint mar sin lena mháthair – " . . . go n-iarrann siad rud éicint eile," a chríochnaigh sé.

Tháinig rud a chuala Justine ag cúrsa spioradálta sa meánscoil blianta fada roimhe sin chun a cuimhne, rud a chuaigh i bhfeidhm go mór uirthi ag an am. "An raibh a fhios agat," a dúirt sí le Cian, "nach bhfuair Íosa Críost é féin toradh ar gach paidir a dúirt sé?"

"Céard é toradh?"

"Freagra. Ní bhfuair sé an rud a bhí uaidh."

"Céard a bhí sé a iarraidh?"

"Ní raibh sé ag iarraidh bás a fháil ar an gcrois." Labhair Justine chomh simplí is a bhí sí in ann. "Bhí sé i ngairdín Gheitséamainí – "

" – agus tháinig fuil amach as a chloigeann nuair a bhí sé ag cur allais." Chuir Cian lámh ar a bhaithis, mar a bheadh sé ag iarraidh a fháil amach an raibh fuil ar a éadan féin.

"Tá a fhios agat an scéal sin?"

"Tá sé ar ríomhaire na scoile. Ar nós cartúin."

"Bhfuil a fhios agat cén fáth a raibh sé ag cur allais fola?"

"Níl a fhios."

"Bhí faitíos an domhain air faoin méid a bheadh roimhe lá arna mhárach."

"Céard a bhí roimhe?"

"Sciúirseáil agus coróin deilgní agus bás ar an gcrois." Chuir a cuimhne féin ar an scéal iontas ar Justine, go háirithe mar nach ndeachaigh sí chuig Aifreann le fada, go dtí gur tháinig brú uirthi Cian a ligean chuig an gcéad Chomaoineach, nó é a choinneáil as ar fad.

"Ní hiontas ar bith é go raibh faitíos air."

"D'iarr sé ar Dhia é sin ar fad a thógáil as a bhealach, ach níor thóg. Bhí air dul tríd cé nár thaitin sé leis. An dtuigeann tú céard atáim a rá? Ní bhfuair Mac Dé é féin an rud a theastaigh uaidh i gcónaí óna phaidreacha."

"Is maith liom nuair atáimid ag caint mar seo."

"Tabharfaidh tú creideamh ar ais chuig d'athair agus do mháthair fós," arsa Justine, ag gáire.

Chroith Cian a chloigeann agus é lándáiríre. "Ní thabharfaidh do mo Dheaide."

"Cá bhfios duit?" a d'fhiafraigh a mháthair go héadrom.

"'Seafóid,' a dúirt sé nuair a chuir mé ceist air faoi rud éicint sa teagasc Críostaí."

"Bhfuil a fhios agat cén cheist?"

"Níl a fhios."

"Tá do Dheaide dubh is bán faoi go leor ceisteanna."

"Dubh is bán? Ar nós seanphictiúir ar an teilifís?"

"Tugann sé freagra díreach macánta, ach bíonn míniú eile ann amanta."

Smaoinigh Cian ar an gceist a chuir sé ar a athair. "Tá a fhios agam an rud a d'iarr mé air: an mbeadh Íosa in ann an teilifís a chasadh air gan cnaipe a bhrú ar an *zapper*?"

"Tá a fhios agam anois cén fáth ar dhúirt sé 'seafóid'."

"Cén fáth?"

"Ní ceist thábhachtach a bhí inti."

"Céard í ceist thábhachtach?"

"Ceist faoin saghas ruda a rabhamar ag caint faoi ar ball: faoi fhreagra ar phaidir nó faoi Íosa i ngairdín Gethsemane. Bhí do cheist faoi Íosa agus faoin teilifís sórt seafóideach mar nach raibh teilifís ar bith ann in aimsir Íosa."

"Cén fáth nach ndearna sé ceann?"

"Ní bheadh aon rud le spáint air mar nach raibh teilifís ag aon duine eile ach an oiread." Bhreathnaigh sí air, gáire ag rince ina súile. "Is gearr nach mbeidh mé in ann coinneáil suas leat tá an oiread ceisteanna meabhracha istigh sa gcloigeann sin. Ach tá sé in am fáil réidh le dul a chodladh anois. Tá an t-uisce te sa bhfolcadh agus tuáillí úra sa gcófra te."

"Tógfaidh mé cith."

"Ní thógfaidh, mar beidh do ghruaig fliuch, agus d'fhéadfá slaghdán a fháil má théann tú a chodladh mar sin."

D'éirigh Cian le dul chuig an seomra folctha. Stop sé i lár an urláir nuair a smaoinigh sé ar cheist eile. "Meas tú, a Mhama, an mbeadh Íosa in ann tae a dhéanamh gan mála beag tae a chur sa gcupán?"

Chaith a mháthair cúisín ón tolg leis. "Beidh lá eile ann amárach, ár ndóthain ama againn le haghaidh ceisteanna eile."

Bhí a hintinn lán leis na rudaí a bhí pléite acu. Níor éirigh le Justine aird a dhíriú ar chlár a theastaigh uaithi a fheiceáil ar an teilifís, an fhad is a bhí a mac á ní féin. Dá ndéarfadh sé paidir a tharraingeodh náire uirthi i lár an tséipéil?

Chuir sí glaoch ar fhón Mhártain leis an scéal a phlé leis, ach ní raibh sé ag freagairt. Bheadh sé san ósta faoin am seo. Bhraith sí glaoch ar a theileafón póca, ach smaoinigh nach é an teach ósta an áit cheart lena leithéid a phlé, ar an bhfón go háirithe.

Caithfidh mé labhairt leis an máistreás scoile faoi, ar sí léi féin, chomh maith le labhairt le Mártan. Ní rachaidh mé chuig an searmanas a bheag nó a mhór mura bhfuil a fhios agam céard atá sé ag dul a rá.

Bhí Justine sách corraithe faoin gceist lena tarraingt anuas arís le Cian tar éis di scéal a léamh dó ina leaba. Cé go raibh sé go maith ag an léitheoireacht, bhí sé seo mar chuid de phatrún na hoíche ó bhí sé ina ghasúr beag, an scéal céanna ag teastáil go minic, oíche i ndiaidh oíche.

Eisceacht a bhí san oíche seo mar tharraing sí amach an Bíobla a fuair sí féin agus Mártan mar bhronntanas pósta óna Mhamó – máthair Justine. Léigh sí an chéad scéal a d'oscail: faoi mhac baintrí Náin á thógáil ó na mairbh ag Íosa. Smaoinigh sí agus í á léamh go neartódh an scéal sin íomhá Chríost mar fhear draíochta in aigne a mic. Dhún sí an leabhar mór de phreab sular iarr sí, "An ngeallfaidh tú rud dom?"

"Cén rud?"

"Nach ndéarfaidh tú paidir ag do chéad Chomaoineach gan é a phlé liomsa agus le d'athair i dtosach."

"Is dóigh."

"Ná bíodh aon 'is dóigh' faoi. Nílimid ag iarraidh go ndéanfaidh tú amadán dínn os comhair an tsaoil." D'iompaigh Cian ar a philiúr agus chas sé i dtreo an bhalla. "Bhfuil tú ag éisteacht liom?" a d'iarr Justine.

"Tá." Chuir Cian a ordóg ina bhéal agus d'fhan mar a bhí sé. Thug a mháthair póg dó ar thaobh an éadain. Mhúch sí an solas, ach d'fhág sí doras a sheomra leathoscailte.

Ar ais sa seomra suite, bhraith Justine gur theastaigh uaithi labhairt le duine fásta tar éis di a bheith ag leibhéal a mic ar feadh na hoíche. Ghlaoigh sí ar James, leithscéal aici go raibh sí ag iarraidh na socruithe don deireadh seachtaine a chinntiú leis. Níor cheart go mbeadh gá le leithscéal, ar sí léi féin, ach ní raibh a dóthain aithne aici air fós le glaoch a chur air le labhairt lena chéile. Baineadh geit aisti nuair a d'fhreagair bean an fón agus, níos measa ná sin, bhí cosúlacht uirthi go raibh sí ar meisce.

"Cé sa diabhal atá ansin?" a d'iarr an té a d'fhreagair.

"Shíl mise gurbh í uimhir James McGill a bhí agam," a d'fhreagair Justine, í lánchinnte go raibh an uimhir cheart aici.

"Jimmy, gabh i leith," a chuala sí ón taobh eile den líne. "Jimmy, mo mhíle stór. Tá tú ag teastáil ar do *mhobile*."

"Cé atá ann?" Chuala Justine a cheist, mar a bheadh a ghuth i bhfad ón teileafón.

"Bean ghalánta éicint, sách *snooty*," a dúirt an té a d'fhreagair i dtosach. "Tóg é seo. Ní mise do rúnaí."

"James McGill anseo."

"Cé hí sin?" Bhraith Justine go raibh sí ag caint leis ar nós gurbh é Mártan a bhí ann, cé gur ar éigean a bhí aithne a bith aici air.

"Cé thú féin?" ar seisean.

"An óinseach a d'iarr tú go Corcaigh in éineacht leat don deireadh seachtaine." Leag Justine an fón uaithi ar nós go raibh consaeit aici leis.

Ní túisce leagtha síos aici é go raibh sé ag clingeadh, James ar ais ag gabháil a leithscéil agus ag míniú go raibh sé sa teach ósta. Bhí a fhón póca ar an gcuntar agus é ag imirt púil, agus d'fhreagair an duine ba ghaire é.

"Agus cé hí féin?"

"Deamhan a fhios agam. Duine de na custaiméirí."

"Creidim thú," arsa Justine go hamhrasach.

"Tuige nach dtagann tú chuig an ósta go bhfeicfidh tú? Ceannóidh mé deoch. Beidh sé ar an gcuntar nuair a thagann tú. *G&T*?"

"Faraor nach bhfuil sé chomh simplí sin. Nach gcaithfidh mé aire a thabhairt do mo mhac?"

"Fáigh *baby-sitter*."

"An t-am seo d'oíche?" Smaoinigh sí. "Fan soicind. Tá caolseans go bhfuil Mártan, m'iarchéile, sa mbaile. B'fhéidir go ndéanfaidh sé sin dom é."

"Tá sé anseo cheana féin. Nach leis atáim ag imirt púil? Bhfuil tú ag iarraidh labhairt leis?"

Thóg sé soicind ar Justine a aithint gur ag magadh a bhí sé. "Go bhfóire Dia orainn. Ar dhúirt tú aon rud leis faoin deireadh seachtaine?"

"Tuige a ndéarfainn? Ní bhaineann sé leis."

"Ná habair."

"Tuige? An údar náire duit mé?" Ba dheacair di a dhéanamh amach cén uair a bhí sé ag magadh agus cén uair a bhí sé dáiríre, go háirithe nuair nach raibh sí in ann breathnú isteach ina shúile. D'fhreagair sí, "Tá a fhios agat féin. An rud nach bhfuil a fhios aige faoi, ní chuirfidh sé isteach air."

"Nach cuma faoi, ar chaoi ar bith? Nach bhfuil sibh scartha?"

"Bhfuil sé ansin le do thaobh ag éisteacht leis seo?"

"Amuigh sa bpóirse atá mé, mar go bhfuil sé deacair aon cheo a chloisteáil ar an bhfón istigh ansin. Sin é an fáth nár aithin mé do ghuth nuair a ghlaoigh tú."

"Dáiríre?"

"Sin í an fhírinne."

"Ag magadh atá mé," arsa Justine. "Shíl mé gur duine de do chuid *bimbos* a d'fhreagair an fón."

"Duine de mo chuid *bimbos* . . . Bíodh a fhios agat go bhfuil mo dhóthain agamsa i mbean amháin ag an am."

"Nach bhfuil do chuid *fans* ar fad craiceáilte i do dhiaidh?"

"Tá tú ag léamh an iomarca de chaidreamh poiblí an stáisiúin," a dúirt James. "Bíonn oícheanta ann a mbíonn iontas orm an bhfuil aon duine ag breathnú ar an gclár."

"Tá tú i do *phin-up* ar fud na Gaeltachta, cloisim."

"Agus meas tú cén fáth an tusa thar dhuine ar bith acu sin atá ag dul go Corcaigh liom an deireadh seachtaine seo?"

"Tá, má tá."

"Ná habair go bhfuil athrú intinne ort."

"Níor chuala mé socrú de chineál ar bith fós."

"Níor chuala, mar nach bhfuil siad déanta. Ach amárach . . . Ná bíodh imní ort. Ní bheimid gan seomra. Má bhíonn seomra ag teastáil. Bíonn ceol ar siúl ar feadh na hoíche."

"Inis dom amárach, mar sin, céard atá ag tarlú."

"Má tú ag iarraidh a bheith ag brionglóideach orm idir an dá linn," a dúirt James, "tá *Béal an Chuain* ag tosú taobh istigh de dheich nóiméad. Feicfidh tú ansin mé, beo beathach."

"Níor bhreathnaigh mé air le fada, ach ní mórán eile atá ar an teilifís anocht, go bhfios dom."

"Sin leithscéal agat anois le breathnú ar an gclár. Beidh tú in ann a rá liom ar an mbealach go Corcaigh céard a cheap tú faoi."

"Ceart go leor, mar sin, beidh mé ag caint leat amárach," a dúirt Justine. "Táim ag iarraidh cupán tae a réiteach sula dtosaíonn sé."

"Mura bhfuil deoch níos láidre ag teastáil ná tae lena fheiceáil," ar seisean, a gcomhrá á chríochnú aige. Chuimhnigh Justine air sin nuair a chonaic sí sa gcéad radharc é in aon leaba le Maria, a chailín sa dráma. Níl ann ach scéal, a dúirt sí léi féin, ach ba dheacair a súile a bhaint díobh ná srian a choinneáil ar a héad.

"Nílimse ag dul go Corcaigh in éineacht leis sin," a dúirt sí os ard.

Níor bhreathnaigh rudaí chomh dona nuair a thug sí aird ar an scéal, mar nach raibh Maria sásta géilleadh dó. D'fhág sí an leaba, braillín ina timpcall, agus dúirt gur botún a bhí ann imeacht ar saoire in éineacht leis. Níor theastaigh uaidh ach an t-aon rud amháin, agus ní raibh suim ar bith inti mar dhuine, a dúirt sí. É sin ráite, bhí Justine á cur féin i gcosúlacht leis an mbean óg álainn seo nach ndearna a braillín ach í a thaispeáint níos fearr agus níos dea-dhéanta ná dá mba rud é go raibh sí ina craiceann dearg.

Bhí na carachtair in ainm a bheith ar saoire sna hOileáin Chanáireacha, cé go raibh sé cloiste ag Justine ó James gur ar thrá in aice le Cluan Cearbán i gCo. Mhaigh Eo a rinneadh roinnt mhaith den scannánaíocht ag deireadh an Mhárta, mic léinn ón Institiúid Teicneolaíochta i gCaisleán an Bharraigh íoctha le luí ar an ngaineamh fuar an fhad is a bhí radharc nó dhó á dhéanamh ar an trá. Bhíodar páirteach chomh maith sa rince sa dioscó.

I seomra leapa éicint agus i dteach tábhairne a rinneadh an chuid eile, agus ba chuma leis na haisteoirí an te nó fuar a bhí an aimsir. Ní fhéadfadh sé a bheith fuar i leaba Mharia, a cheap Justine, in ainneoin nach raibh an Maria chéanna agus James – nó Jason mar a tugadh air sa sobaldráma – i dteagmháil lena chéile i gceart i radharc ar bith a chonaic sise.

De réir mar a bhí dráma na hoíche sin ag dul ar aghaidh, bhí cúrsaí ag dul in olcas idir na príomhcharachtair agus gan oíche amháin dá gcuid laethanta saoire curtha tharstu. Céard a dhéanfaidís don chuid eile den choicís i bhfad ó bhaile? Chríochnaigh an clár ar an gceist sin.

Sin é go díreach a tharla ar mhí na meala s'againne, a smaoinigh Justine, mothú bainte aisti nuair a thug sí faoi deara na hainmneacha agus sloinnte ag deireadh an chláir. Cé a scríobh an mhír sin? Mártan Mac Cormaic, a fear céile a bhíodh. Bastard, ar sí. Ní fhágfadh sé an méid sin príobháideachais ag duine. Bhuel, ní gá dom breathnú ar an gcéad mhír eile. Tá a fhios agam féin céard a tharla.

Más é an scéal céanna é, ní ag troid agus ag achrann a bheadh Jason agus Maria ar an gcéad chlár eile. Chuimhnigh Justine ar an bpaisean a d'eascair as an troid sin – troid a tharla de bharr óil agus tuirse an réitigh don phósadh agus don bhainis. Ach i ndáiríre, ba mhó den troid ná den ghrá, fisiciúil nó ar aon bhealach eile, a bhí eatarthu le linn a bpósta.

Cén fáth ar bhreathnaigh mé ar an deamhan clár? a d'fhiafraigh sí di féin. Beidh sé ag teacht idir mé féin agus codladh na hoíche. Smaoinigh sí ar James in aon leaba léi siúd agus, i bhfad níos measa ná sin, an méid a tharla ar mhí na meala a bheith in úsáid ag Mártan le cúpla euro suarach a shaoradh.

"Striapachas," ar sí léis, nuair a d'fhreagair sé an fón tar éis dó teacht abhaile ón ósta. "Sin atá ar siúl agatsa."

"Céard, in ainm Dé, a bhfuil tú ag caint anois air?" a d'fhiafraigh sé. "Bhfuil tú imithe glan as do mheabhair? Tá sé deireanach, agus tá lá oibre le déanamh agamsa amárach."

"Táim ag caint ar mhí na meala s'againne a úsáid mar scéal ar do chlár," a dúirt Justine go feargach.

"Níl a fhios agam fós céard faoi a bhfuil tú ag caint."

"Tharla gur bhreathnaigh mé ar *Béal an Chuain* anocht, agus bhí an scéal lom díreach as mí na meala s'againne. Agus is tusa a scríobh."

"Más cuimhneach liomsa an mhí na meala céanna, ní chuirfeadh clár ar bith teilifíse leath ar tharla amach ar an aer ag am a mbeadh cead ag gasúir óga a bheith ag breathnú air."

"Bhí an bheirt ar an gclár ag troid go díreach mar a bhíomarna ar an gcéad oíche thall sna hOileáin Chanáireacha."

Chosain Mártán é féin agus ar scríobh sé don sobalchlár. "Níl an bheirt ar an gclár pósta, agus dá bharr sin níl siad ar mhí na meala, agus ní féidir é a chur i gcomparáid lena leithéid."

"Coinneoidh mé súil air, mar braithim i mo striapach nuair a fheicim scéal mo shaoil féin inste ar do chlár bhrocach teilifíse."

"Ná caith anuas rómhór ar an rud a chuireann pingin i do phóca."

"An seanscéal arís," arsa Justine. "Cumhacht an airgid á úsáid agat, cluiche na cumhachta a imríonn gach fear. Cé as a dtagann an t-airgead? Bhuel, inseoidh mise duit. Saothraím mo chuid féin. Aon phingin bhreise a fhaighim uaitse, is le haire a thabhairt do do mhaicín bán é. Bhuel, tabhair leat é, mar sin, agus tabhair aire dó."

"*PMT* é seo, an ea, nó céard?" a d'fhiafraigh Mártan.

"Sin é arís é, éalú ó fhreagracht trí do mhíniú féin a chur ar gach rud."

"Ar mhiste leat a rá céard faoi go díreach a bhfuil tú ag caint?"

"Ag caint ortsa." Ba léir Justine a bheith ar buile. "Ag caint ar an gcaoi a mbaineann tú úsáid asamsa, agus as gach ar tharla eadrainn, i do shobaldráma brocach."

"An bhféadfaimid labhairt go sibhialta air seo i lár an lae am éicint, seachas i lár na hoíche nuair atá codladh ag teastáil roimh lá oibre?"

Bhí Justine ag suaimhniú beagán, ach bhí sí fós feargach. "Ní bheidh le déanamh agat amárach, ar ndóigh, ach an comhrá seo a scríobh síos agus a chur i mbéal *bimbo* éicint ar an gclár."

"*Bimbo*?" a dúirt Mártan. "Chuala mé an focal sin cheana anocht, cé gur cheap mé go raibh sé imithe as faisean. Sea, tá a fhios agam anois é. Fuair duine a bhí ag imirt púil liom glaoch ó dhuine dá chuid *bimbos*, a dúirt sé."

Ba bheag nár bhain an freagra sin croitheadh as Justine. Ní raibh a fhios aici céard a bhí ar eolas ag Mártan fúithi féin agus James. Tharraing sí anuas ábhar eile cainte. "Níos tábhachtaí ná é seo, caithfidh mé labhairt leat faoi Chian agus a chéad Chomaoineach."

"É sin arís," arsa Mártan, mar a bheadh déistin air. "Dúirt mé leat cheana go mbeinn ann. Ar mhaithe le Cian, agus ar mhaithe leis-sean amháin."

"Thug sé amach paidir anocht, a raibh sé ar intinn aige a rá amach ón altóir: go mbeimis le chéile arís."

Thosaigh Mártan ag gáire. "Bhídís ag rá go bhfuil Dia láidir, ach níl a fhios agam a bhfuil sé chomh láidir sin."

"Ní údar gáire ar bith é. Beimid náirithe os comhair an tsaoil."

"Glacaim leis gur chuir tú stop leis."

"Thosaigh sé ag guí ansin go mbuafaimis an *lotto*."

"Abair leis an ceann sin a rá chuile oíche. Agus maidin."

"Is cuma leatsa faoi seo?" Bhí géarú ar ghuth Justine.

"Labhróidh mé leis faoi. Céard eile is féidir liom a dhéanamh? Dála an scéil," a dúirt Mártan, "an bhfaca tú mo mháthair le gairid?"

"Táim cinnte go bhfaca ó chonaic tusa í. Tuige?"

"Fuair mé glaoch uaithi tráthnóna. Ní raibh a fhios agam an raibh sí ag rámhaille nó céard. Bhí sí ag rá rud éicint faoi choinneal a bhí i mbaol an bord a lasadh ach gur éirigh léi í a mhúchadh. Cén fáth a mbeadh coinneal lasta aici ar chor ar bith agus a bhfuil de shoilse sa teach?"

"Déarfainn go raibh an sagart ag teacht inniu."

"Agus chuir sé mo mháthair i mbaol a báis. Fan go bhfeicfidh mise é."

"Ná habair tada go dtí go mbíonn an scéal ina iomlán agat. B'fhéidir gur ag brionglóideach a bhí sí. Feictear domsa, agus tá sé ráite agam leat cheana, go bhfuil a hintinn scaipthe beagán, amanta."

"Caithfidh mé í a fheiceáil gan mórán achair."

"Déan sin, in áit a bheith ag caint faoi."

"Is í mo mháthairse í . . . " Bhraith sé é féin a chosaint, ach d'aithin sé go raibh an ceart aici. "Rachaidh mé ann amárach."

"Téirigh ann ag deireadh na seachtaine, agus tabhair leat Cian. Ach ná fág ann é. Tá sí róshean anois le bheith ag tabhairt aire dó."

"Déanfaidh sin."

Dúirt Justine go raibh brón uirthi gur ghlaoigh sí chomh deireanach ach gur ghoill an méid a chonaic sí ar an gclár go mór uirthi. Mhothaigh sí uaigneach nuair a chroch sí an fón. Bhíodar ag caint ansin ar feadh tamaill mar a bhídís nuair a bhíodar le chéile, agus dá mba ag troid féin a bhíodar, d'airigh sí uaithi an caidreamh sin a bhíodh eatarthu.

IV

Níor chreid Mártan Mac Cormaic go bhféadfadh sé a bheith ina mhaidin nuair a dhúisigh clingeadh a chloig é ó bhrionglóid ina raibh sé féin agus Justine ar aon aois le Cian, agus a mháthair ina bean óg arís ag tabhairt aire dóibh. Cuirfidh mé geall go bhfuil sí básaithe, a dúirt sé leis féin agus é ag iarraidh an torann a dhúisigh é a stopadh. Bhraith sé glaoch teileafóin a chur uirthi ach chuimhnigh sé ar chomh luath is a bhí sé. Más beo nó marbh di, cén mhaith a dhéanfadh sé glaoch uirthi an t-am seo den mhaidin?

Tharraing sé na héadaí aníos air féin agus smaoinigh sé ar dul ar ais a chodladh go ceann tamaill, ach ní ligfeadh brú na hoibre dó é sin a dhéanamh. Bheadh an deireadh seachtaine iomlán tugtha do Chian, agus mura ndéanfadh sé a chuid scríbhneoireachta láithreach, bheadh an obair rófhada ar gcúl ag tús na seachtaine dár gcionn.

Bheartaigh sé éirí, suí síos ag a phróiseálaí focal agus radharc amháin, ar a laghad, a scríobh sula mbeadh toitín nó caife aige. An rud ba mhó a thaitin leis faoi obair as a bhaile ná nár theastaigh bearradh ná ní aghaidhe ná athrú éadaigh, fiú amháin, go dtí go raibh sé réidh leis na rudaí sin a dhéanamh.

Chinn air. Bhí sé tuirseach traochta, trom ann féin. Ní raibh níos mó ólta aige an oíche roimhe sin ná mar a d'óladh sé de ghnáth. Ach ní raibh codladh na hoíche faighte i gceart aige. Bhí sé curtha dá threo ag an nglaoch sin a chuir Justine air. Ní mórán suime a chuir sé i ndáiríre ag an am sa bpaidir sin a bhí Cian le rá ag a chéad Chomaoineach, seachas go bhféadfadh sé an rud céanna a chur i mbéal Katie sa sobalscéal, ach choinnigh sé óna chodladh ina dhiaidh sin é nuair a thosaigh sé ag smaoineamh i gceart air. Ar ais leis chuig a leaba.

Bhfuil aithne ag aoinneach againn ar ár gcuid gasúr? a dúirt sé ina intinn. Chuimhnigh sé ar an gcaoi a mbeadh a chomrádaithe ó *Béal an Chuain* ag magadh faoi dá ndéarfadh a mhac a leithéid ón altóir. Ní hé go mbeadh aon duine acu i láthair ag an Aifreann, ach chuaigh scéalta mar sin thart, agus cuireadh leo de réir mar a bhíodar ag scaipeadh. Bheadh sé náirithe os comhair an tsaoil.

Bhí sé sásta go mbeadh Cian leis don deireadh seachtaine, deis aige a chur ina luí air gan aon rud a rá ón altóir nár cheadaigh a mháthair agus a athair, ba chuma céard a déarfadh múinteoir nó sagart. Chuaigh sé trí na rudaí a déarfadh sé leis ina intinn, ag iarraidh a bheith chomh dearfach agus ab fhéidir ach ag déanamh cinnte ag an am céanna gur freagrach dá chuid tuismitheoirí agus ní d'aon duine eile a bheadh a mhac.

Nuair nár éirigh leis a aird a dhíriú ar a bheadh le scríobh, d'éirigh Mártan agus chaith uaidh a chuid éadaigh leapa le cith a thógáil. Smaoinigh sé gur theastaigh caife freisin lena dhúiseacht i gceart. Chuaigh sé isteach lomnocht sa gcistin agus é leathchromtha ag dul thar an bhfuinneog ionas nach bhfeicfí é, mar nár tharraing sé na dallóga an oíche roimhe sin. Chuir sé an citeal ag fiuchadh agus chuaigh isteach faoin gcith.

Mhothaigh sé níos fearr nuair a bhí sé nite, a chéad toitín caite agus cupán caife lena thaobh ar aghaidh an ríomhaire. D'éirigh leis an chéad radharc a chur de go héasca, agus bhí sé tosaithe ar an dara ceann nuair a bhuail an teileafón. Ní raibh sé le haird ar bith a thabhairt air go dtí go bhfaca sé an uimhir a tháinig aníos: Micheline.

"Ar dhúisigh mé thú?" a d'iarr sí.

"M'anam nár dhúisigh," ar seisean. "Táim i mo shuí le fada, radharc amháin den script nua scríofa agam cheana féin."

"Ná bac le níos mó," ar sí, "mar táim ag iarraidh thú a fheiceáil san oifig ar a haon déag." Bhí an fón crochta aici sula raibh am aige fiafraí di cén fáth ar theastaigh an cruinniú seo uaithi. Mhúch sé a phróiseálaí láithreach: cén mhaith dó tuilleadh a scríobh más bata agus bóthar a bhí i ndán dó?

D'fhan an rud a dúirt sí ina intinn. "Ná bac le níos mó." Cén chiall eile a d'fhéadfadh a bheith leis sin nó nach mbeadh sé ag scríobh do *Béal an Chuain* a thuilleadh? Céard a dhéanfadh sé? Dlí a bhagairt? Picéad? Agóid? Cén mhaith a bheadh in aon cheann acu gan cosaint ó cheardchumann, gan tacaíocht óna chomhoibrithe?

Níor sheas sé féin leis an gcuid eile, idir lucht scríofa agus aisteoireachta, ar tugadh bóthar dóibh cheana. Bhí a fhios acu ar fad gur bealach maireachtála éiginnte crua a bhí sa gcineál seo scríbhneoireachta. Ach ní raibh súil aige go dtitfeadh an tua anuas ar a mhuineál féin nuair nach raibh seisean deireanach lena chuid scripteanna riamh.

Thosaigh sé ag smaoineamh ar chiorraithe a d'fhéadfadh sé a dhéanamh dá mbeadh sé fágtha tamall gan phost. A thuras bliantúil i bhfad ó bhaile le Cian an chéad rud a tháinig chun cuimhne. Bhíodar chomh fada leis an Tibéad agus an Vítneam cheana, agus bhí súil aige chuile thír san Oirthear a thaispeáint dó bliain i ndiaidh bliana mar chuid dá chuid oideachais agus lena chaidreamh féin lena mhac a dhaingniú. Céard a dhéanfaidís mura mbeadh sé ar a n-acmhainn dul in áit ar bith i mbliana?

Ní hí an bhliain seo is measa, a chuimhnigh sé. Bhí roinnt airgid curtha i leataobh aige i ngan fhios do Justine, súil aige nach bhféadfadh sí breith air in aimsir cholscartha. Ní féidir léi breith ar an rud atá caite, ar sé leis féin. Rachaimid go dtí an tSeapáin i mbliana agus chuig tír níos saoire an chéad bhliain eile. Cá bhfios nach mbainfidh mé dráma nó úrscéal as chomh maith?

Rud maith a bhain leis an obair a bhí ar bun aige don sobaldráma le beagán de bhlianta anuas ná go gcaithfeadh sé go raibh a chuid scileanna scríbhneoireachta feabhsaithe go mór. Bhí drámaí scríofa aige do chompántais amaitéaracha sular thosaigh sé ar an gclár teilifíse, ach níor ghlac aon mhóramharclann lena shaothar. An ceart acu freisin, a cheap sé, mar go rabhadar rófhoclach agus gan leath a ndóthain aicsin iontu.

An t-aon bhuntáiste a bhí lena ghlaoch ó oifig an eagarthóra scripte ná go raibh sé chomh luath nach raibh deis aige mórán ama a chaitheamh i mbun iontais ar a raibh amach roimhe. Mhéadaigh ar an amhras a bhí air nuair a chonaic sé beirt eile de na scríbhneoirí sa scuaine taobh amuigh de dhoras Mhicheline Néill.

Tharraing Réamonn Ó Cadhain a mhéar trasna a mhuiníl agus bhain sé searradh as a ghuaillí mar chomhartha ceiste. Bhí Sinéad Nic an Ríogh bán san éadan, a lámha i ngreim ar a chéile, "hi" íseal á rá aici leis.

"Cén t-am a bhfuil tusa le bearradh nó gearradh nó cibé atá i gceist aici a dhéanamh?" a d'fhiafraigh Réamonn de Mhártan.

"Ar a haon déag."

"Tá tusa romham, mar sin," ar sé, "agus Sinéad i mo dhiaidh."

"Is measa é seo ná bheith ar do thriail do dhúnmharú nó rud éicint." Lig Sinéad gáire beag neirbhíseach i ndiaidh a cuid cainte. "*Death row*, scuaine an bháis."

"Bheadh seans ar chothrom na Féinne i gcúirt dlí," a dúirt Réamonn, "ach níl i gceist anseo ach claonadh an té atá i gceannas. Mura dtaitníonn dath do ghruaige nó fad do bhríste léi . . . "

"Bhfuil tuairim ag ceachtar agaibh cén fáth ar ghlaoigh sí ar an triúr againne?" a d'fhiafraigh Mártan.

"Cá bhfios dúinn nach bhfuil sí tar éis fios a chur ar an bhfoireann ar fad ina nduine agus ina nduine?" arsa Sinéad.

"Ní fhéadfadh sé teacht ag am níos measa domsa," a dúirt Réamonn, "agus mo chárta creidmheasa in ísle brí."

Ar bhuille a haon déag d'oscail rúnaí an eagarthóra an doras agus thug comhartha láimhe do Mhártan. Bhí Micheline suite ag breathnú ar ríomhaire agus d'fhan sí mar sin ar feadh tamaill, Mártan i ngan fhios ar cheart dó suí síos nó fanacht ina sheasamh. Nach cuma. Céard atá le cailleadh agam? ar sé leis féin agus shuigh.

"Gabh mo leithscéal," a dúirt Micheline ar ball, ag casadh ina threo, "bhí mé ag léamh ríomhphost tábhachtach ón gcomhlacht."

Téarmaí mo chuid iomarcaíochta, is dóigh, a smaoinigh Mártan agus é ag rá lena eagarthóir go raibh sé ceart go leor, nach raibh aon deifir air.

"Tá triúr iarrtha chun cainte agam inniu," arsa Micheline, "mar nílim sásta leis an treo a bhfuil an clár ag dul."

"Agus ceapann tú gur muide atá ciontach?"

Bhreathnaigh Micheline air mar a bheadh croitheadh bainte aisti, cuma rómhór ar a súile gorma trí na spéaclaí néata a bhí leagtha ar shrón bheag suite in éadan leathan. "Ciontach as céard?" a d'iarr sí.

"As an gclár a bheith in ísle brí. Má tá."

"Tarlaíonn sé i ngach clár dá leithéid. Nílim in ann mo mhéar a leagan ar céard atá ciontach ag an bpointe seo," ar sise, "agus ag an nóiméad seo, is cuma liom. Séard atá tábhachtach ná é a chur ar bhealach a leasa arís. Smaointe úra atá ag teastáil, smaointe nua nach raibh a leithéid in aon sobaldráma cheana. Sin é an fáth a bhfuil an triúr agaibhse glaoite anseo inniu agam."

"Le dul ag obair as lámha a chéile?" a d'fhiafraigh Mártan.

"Le dul ag obair i gcoinne a chéile, nó i gcoimhlint lena chéile, ba chirte dom a rá. Tá sé i gceist agam níos lú de na míreanna laethúla a thabhairt daoibh le deis a thabhairt daoibh leagan amach na bliana seo chugainn a chur ar fáil."

"Ní thuigim céard go díreach atá i gceist agat," a dúirt Mártan. "Cén chaoi ar féidir linn scéal na bliana seo chugainn a chumadh má táimid ag obair in éadan a chéile?"

"Mar go mbeidh sibh ag obair ar scéalta éagsúla, agus roghnóidh mise an ceann is fearr acu. Agus beidh an té a nglactar lena scéal ag leanacht ar aghaidh leis an gclár seo, an bheirt eile ag dul i dtreo eile."

"Shílfeá . . . " Bhí Mártan chomh sásta nach raibh sé ag fáil bata agus bóthair láithreach go raibh drogall air aon rud a rá a thabharfadh athrú intinne do Mhicheline. Chosain sé é féin trína rá, "Mar abhcóide an diabhail atáim ag labhairt, an dtuigeann tú? Ní ag fáil lochta ar do phlean atá mé . . . "

"Ó?" ar sise, "feiceann tú locht air?"

"Nílim ag rá gur locht é, ach nach mbeadh go leor curtha amú má tá an leagan amach atá ag an té atá sa dara agus sa tríú háit, sa gcomórtas seo eadrainn, beagnach chomh maith leis an gcéad cheann?"

"Is fíor sin, agus má tá siad sách maith, tabharfaimid seans dóibh, agus don té a scríobh, lena bhforbairt. Ach go hiondúil seasann smaoineamh amháin amach ón gcuid eile i gcomórtas mar seo. Sin é an taithí a bhí agam sna Stáit ar chaoi ar bith. Nuair is ceist bheatha nó bháis do na scríbhneoirí atá ann, tagann an té is mó a dteastaíonn an jab uaidh nó uaithi aníos le plean faoi leith."

"An mbeidh am agam smaoineamh air?"

"Beidh." Bhreathnaigh Micheline ar a huaireadóir. "Tóg nóiméad amháin. Mura bhfuil suim agatsa ann, déanfaidh duine éicint eile é."

"Ó thaobh airgid de . . . " Ní raibh am ag Mártan a cheist a chur.

"Beidh deich míle euro níos mó agat ná mar a shaothraigh tú an bhliain seo caite. Gheobhaidh tú é sin mura scríobhann tú ach seafóid." Bhí meangadh gáire ar a béal agus í ag rá, "Ach más seafóid a scríobhann tú, is é an euro deireanach é a bheas le fáil agat ón gcomhlacht."

"Bheinn ag súil nach seafóid a bheas ann," a d'fhreagair Mártan go ciúin.

"Ní bheadh an dúshlán seo á thabhairt duit murach gur cheapamar go raibh ar do chumas iontas a chur orainn le sileadh do chuid samhlaíochta. Ach is rud amháin é an cumas a bheith ionat, is rud eile é a aimsiú istigh ionat agus é a chur ar fáil."

"Is coimhlint a dhéanann sin, dar leat?" a d'iarr seisean.

"Oibríonn daoine áirithe níos fearr nuair atá siad faoi bhrú; daoine eile nuair atá siad ar a suaimhneas. Agus, ar ndóigh, tá daoine ann nach bhfuil ar a suaimhneas ach amháin nuair atá siad faoi bhrú."

"Cén uair a thosós mé?"

"Críochnaigh an méid atá faoi do chúram i láthair na huaire, agus beidh cruinniú eile agam leat ansin. Ní thosaíonn an clog – clog na bliana a bheas agat leis an bplean nua a chur ar fáil atá i gceist agam – go dtí go mbeidh an scéal pléite ag an mbeirt againn arís."

"Go raibh maith agat." Sheas Mártan, ag glacadh leis nach mbeadh níos mó le rá ag Micheline.

"Dála an scéil," a d'iarr sí, "céard atá i gceist leis na litreacha 'BR'?"

"BR . . . " Bhí náire air agus é suite ag breathnú sna súile uirthi agus é ag iarraidh cuimhneamh ar fhreagra. An raibh a éadan ag éirí dearg?

"Chonaic mé é ar mheabhrán a sheol tú chuig Réamonn Ó Cadhain: 'Ní bheidh sé thart go dtí go gcasann BR.' Céard a chiallaíonn sé sin?"

Bhí a fhios aige nach bhféadfadh sé 'till the fat lady sings' a rá. Ní fhéadfadh sé a rá ach an oiread nár thuig sé céard a bhí ina mheabhrán féin. "Tugann an fhoireann 'BR' ortsa," a dúirt sé, "mar go gcuireann tú brú orainn i gcónaí, brú a choinníonn sprioc os ár gcomhair . . . Is amhlaidh a bhí mé a rá sa meabhrán sin nach bhféadfaimis cinneadh éicint a thógáil go dtí gur chas tú abhaile ó do laethanta saoire." Bhraith sé gur drochmhíniú a bhí tugtha aige, ach ghlac sí leis, de réir cosúlachta.

"Is cuma faoi. Cuireann na ceannlitreacha rúnda sin iontas orm i gcónaí tagann siad aníos chomh rialta sin. Sin an méid."

Shiúil Mártan thar an mbeirt a bhí suite taobh amuigh den doras ag fanacht ar a n-agallamh féin, gan comhartha ar bith a thabhairt ar céard a tharla taobh istigh. B'fhearr iad a fhágáil ina n-allas neirbhíseach féin go dtí gur chuir sí a ndúshlán rompu. Ní raibh a fhios aige fós céard a cheap sé i ndáiríre faoina tairiscint, ceal ama le smaoineamh air.

Bhí an oiread ina intinn ag an am céanna go raibh a fhios aige nach raibh aon mhaith dul ar ais chuig an árasán le hobair a dhéanamh. Beidh mo lón agam sa teach ósta, a smaoinigh sé, agus caithfidh mé an chuid eile den lá i mbun oibre ina dhiaidh sin.

V

Bhí Uiscen ar a bhealach mall chuig an ósta, turas a thug sé air féin lá i ndiaidh lae, samhradh agus geimhreadh, sneachta nó báisteach. Chaith sé cuid den lá dó. Bhí sé i gcuideachta ansin, cé nár labhair sé le duine ar bith ach amháin nuair a bhí air labhairt le deoch a ordú. Ní dhearna sé an méid sin féin leath den am ach nod a thabhairt do bhean an tí. B'fhearr a bheith amuigh tamall den lá ná a bheith ina aonar an t-am ar fad. Bhí na hoícheanta sách fada ina bhothán beag le hais na coille gan an lá a chaitheamh ansin leis féin chomh maith.

Ní raibh aon deifir air. Bhí an lá fada. Sách fada le seasamh ag breathnú ar an gcuid dheireanach de na duilleoga ag titim. B'álainn iad na duilleoga céanna sular thiteadar, dathanna den uile chineál orthu, iad ag déanamh torainn faoina chosa agus é ag siúl. Sheas na géaga ar nós cnámh lom idir é agus an spéir. Thiocfadh feoil ar na cnámha sin arís san earrach, ach ní thiocfadh feoil ar na cnámha a bhí sínte i gcré na reilige, áit a raibh a athair agus a mháthair curtha le fada an lá. Bhí sé leis féin ó d'imíodar.

Bhí sé uaigneach amanta, ach ba chuid den saol é sin. Ní raibh duine beo nach raibh uaigneach, fiú an dream a chaith an oíche i mbun ragairne, iad ag ligean gártha áthais, ag béiceach agus ag scaoileadh gáire gealtach uathu. Shíl sé gurbh in iad an dream ab uaigní ar fad, an dream ar theastaigh uathu a bheith i lár an aonaigh i gcónaí, cé nach raibh cosúlacht ar bith orthu gur thuigeadar é sin.

Thuig b'fhéidir, áit éicint sa gcroí istigh. Ag tóraíocht a bhíodar, mar a bhí chuile dhuine beo, ag tóraíocht neach nach raibh ann, nach raibh ar an ngnáthshaol ar chaoi ar bith. Ach is dócha go raibh sásamh éicint sa tóraíocht sin, sa tslí chéanna go bhfuair sé féin sásamh as daoine a fheiceáil ina thimpeall san ósta, cé nár labhraíodar leis ná nár labhair sé leo.

B'aisteach an saol é, ach shíl sé gurbh fhearr ann ná as. Ní raibh a fhios aige i ndáiríre, ach bhí an-fhonn air a mháthair agus athair a leanacht nuair a d'fhágadar an saol. Leanfadh freisin dá mbeadh a fhios aige cá rabhadar. Bheadh sé uafásach an tsíoraíocht a chaitheamh á dtóraíocht, mar ar chaith daoine ar an saol aitheanta a gcuid ama ag lorg rudaí nach raibh ar fáil, nó nach raibh a fhios acu cén áit a raibh fáil ar na rudaí a theastaigh uathu.

Shíl sé go mairfeadh a mhuintir go deo, mar go rabhadar chomh mór, chomh flaithiúil, chomh lách, chomh cineálta sin. Níor chuireadar chuig an scoil é mar a cuireadh gasúir eile. Thugadar féin oideachas dó sa mbaile agus sa gcoill. Bhí eolas aige ar gach crann, gach éan agus gach ainmhí. Bhí eolas aige ar chuile rud faoin aimsir agus na comharthaí a bhain le haimsir bhreá nó le stoirmeacha a bhí ag bagairt.

Níor thaitin sé leis na Gardaí ná na sagairt ná na húdaráis eile nach gcuirfí chun na scoile é, agus chríochnaigh a mhuintir sa gcúirt mar gheall air. Rinne cigire scoile scrúdú air agus d'inis don chúirt go raibh sé i bhfad chun cinn ar ghasúir dá aois. Níor bhac Garda ná sagart leo as sin ar aghaidh.

Fuair gach duine acu bás óg, nó óg ina shúile seisean ar chaoi ar bith. Bhí sé tógtha, ach ar éigean é, nuair a frítheadh a athair strompaithe fuar ar a leaba maidin amháin. Croíbhriseadh ba chúis le bás a mháthar. Thug na dochtúirí ainm eile air, ach bhí a fhios ag Uiscen. Ní raibh fonn maireachtála uirthi dá uireasa.

Ní raibh súil aige féin le rud ar bith ar an saol ach amháin suaimhneas, ag súil nach gcuirfí isteach air, nach labhrófaí leis, nach dtabharfaí aird air. Ach ní raibh sé sin éasca nuair a chuaigh sé amach i measc na ndaoine. Níorbh iad muintir na háite ba mheasa, mar go raibh taithí acu air, ach sheasfadh strainséirí ag breathnú air ag caint leis féin agus, ag an am céanna, iad ag iarraidh ligean orthu nach rabhadar ag breathnú air.

D'fheicfeadh sé iad ag caint agus ag cogarnaíl agus ag éisteacht lena raibh á rá aige, rud nach ndéanfadh muintir na háite, mar gur cheapadar nach raibh ina chaint ach seafóid. Chaithfeadh sé na focail mhóra isteach nuair a thabharfadh sé faoi deara daoine ag éisteacht, nó déarfadh sé rudaí nach raibh bun ná barr leo lena gcur dá dtreo.

Ní raibh gá ar bith aige dul i measc na ndaoine, ach thug rud éicint ann é. D'fhéadfadh sé fanacht sa mbaile, ar ndóigh. Bheadh suaimhneas ansin aige, ceart go leor, ag breathnú ar na ballaí agus ar an tinteán nár lasadh tine inti ó d'imigh a mhuintir ón saol. Ní hé go raibh sé leisciúil nó nach raibh neart adhmaid sa gcoill, ach bhí an croí agus anam imithe as an teach, agus ní fhéadfadh tine úr nó rud ar bith eile é sin a thabhairt ar ais.

Níor airigh sé teas ná fuacht. Bhuel, d'airigh i ndáiríre, ach níor thug sé le fios d'aon duine é. Is amhlaidh a cheap an lucht féachana san óstán gur mhar a chéile dó samhradh agus geimhreadh, lá agus oíche, agus d'fhág sé mar sin iad. "Beidh an lá inniu mar an lá inné, agus an lá amárach mar an lá inniu," ar sé os ard leis féin agus é ag siúl go mall réidh i dtreo an óstáin.

VI

D'inis Bríd Mhic Chormaic an méid a tharla nuair a d'fhág an sagart an choinneal bheannaithe lasta, do Justine nuair a thug sí a cuairt altranais uirthi lá arna mhárach.

"Nach bhfuilim á rá leat agus ag cur comhairle ort chuile lá beo a bheith cúramach," a dúirt bean a mic léi.

"Ní mise a bhí ciontach ach an sagart, a d'fhág an deamhan coinneal lasta sa gcéad áit," an freagra a fuair sí.

"Caithfidh tú súil a choinneáil ar chuile dhuine. Táim cinnte nach d'aonturas a d'fhág sé mar sin é."

"Má tá róstáil i ndán dom, is dóigh gur in ifreann atá sé, agus ní i mo theach beag féin é."

Rinneadar gáire lena chéile nuair a d'fhreagair Justine, "Déarfainn go mbeifeá in ann an tine mhór sin thíos sin a mhúchadh ar an mbealach céanna." Rinne sí a gnáthscrúdú ar bhrú fola agus dúirt nár chall imní ar bith a bheith ar Bhríd faoina sláinte.

"Beidh orthu piléar a chur ionam ar deireadh. Faraor gan siúl na gcos a bheith agam."

"Nach bhfuil sé chomh maith duit scíth a ligean, mar atá tú?" a dúirt Justine go héadrom. "Nach ndearna tú do dhóthain ar feadh do shaoil? Cá mbeifeá ag dul? Isteach chuig an dioscó, b'fhéidir?"

"D'fhéadfainn dul chuig an mbiongó. Nach bhfuil níos sine ná mé ag dul ann chuile Luan?"

"Níl tada do do stopadh dul ann má thograíonn tú. Tabharfaidh mé féin ann thú má théann sé go dtí sin."

"Bhreathnófá go maith le seanbhean ar do dhroim agat."

"Is furasta cathaoir rotha a fháil. Nár thairg Mártan ceann a fháil duit cheana? Ach dhiúltaigh tú dó."

"B'fhearr liom dul thart i mbarra rotha a d'fheicfeá ar an

bportach ná i gceann acu sin. Nach mbeadh chuile dhuine ag gáire fúm?"

"Is é do rogha féin é. Maidir le daoine ag gáire, ní fhaca mé daoine ag gáire riamh faoi aoinneach i gcathaoir rotha. Ach dhéanfaidís gáire faoin té a bheadh chomh stobarnáilte sin go ligfeadh sí do céard a cheap daoine eile í a choinneáil ó dhul chuig biongó nó in aon áit eile."

"D'fhéadfainn dul chuig an Aifreann freisin." Ba léir do Justine go raibh Bríd ag bogadh ar deireadh.

"D'fhéadfá, agus stopfadh sé sin an sagart ag teacht anseo agus an teach a lasadh ort." Níor aithin Bríd gur ag magadh a bhí sí.

"As ucht Dé ort, ná habair tada leis faoi sin."

"Má tá cathaoir uait," arsa Justine, "is furasta gnáthcheann a fháil ón mBord Sláinte, agus má theastaíonn ceann le hinneall, táim cinnte go bhfaighidh Mártan ceann acu sin duit."

"Maidir le Mártan . . ."

"Bhí sé ag rá liom go bhfuil sé le cuairt a thabhairt ort ag an deireadh seachtaine, agus Cian in éindí leis."

"Creidfidh mé é sin nuair a fheicfeas mé é."

Is beag a cheap Justine go gcloisfeadh sí í féin ag cosaint Mhártain dá mháthair. "Tá sé an-chruógach i láthair na huaire leis an dráma teilifíse sin."

"Níl cuma ná caoi ar an rud sin," arsa Bríd. "Nach bhfaca mé beirt nach bhfuil pósta, in aon leaba amháin an oíche cheana, gan náire gan éadach?"

"D'fheicfeá é sin i gcláracha go leor sa lá atá inniu ann."

"Agus an é Mártan a thugann ann iad?"

"Is fearr duit an cheist sin a chur air nuair a thagann sé anseo an chéad lá eile," a d'fhreagair Justine.

"Tá súil agam nach mbíonn Cian beag ag breathnú air."

"Bíonn sé ina chodladh i bhfad roimhe sin. Níl tada ina chloigeann faoi láthair ach a chéad Chomaoineach. Má fhaigheann tú an chathaoir rotha, beidh tú in ann a bheith ann lena fheiceáil."

"Cuirfidh tú tuairisc faoi, mar sin?"

"Ní hamháin sin, ach féachfaidh mé chuige go mbeidh ceann agat i gceann cúpla lá. Is féidir linn labhairt faoin gceann gluaiste ina dhiaidh sin."

"Bhfuil tú ag caint ar rud ar nós cairrín beag? Ní raibh mise ag tiomáint riamh i mo shaol."

"Níl trioblóid dá laghad leo siúd, ach rud beag a bhrú chun cinn má tá tú ag dul sa treo sin, agus siar má bhíonn ort cúlú."

"Ní bheinn in ann *test* a dhéanamh ag an aois a bhfuilim. Ní raibh ceadúnas tiomána riamh agam."

"Agus ní bheadh ceann ag teastáil don rud seo. Ach tosaigh leis an ngnáthcheann ar dtús, go bhfeicfidh tú."

D'fhiafraigh Bríd ar ball, "An dtiocfaidh tú féin in éineacht le Mártan agus Cian an chéad lá eile?"

"Ní féidir liom. Tá orm dul go Corcaigh. Cúrsa traenála." Bhraith sí sórt náireach tar éis di an bhréag a insint.

"Ná bac leis na cúrsaí seafóideacha sin. Nach bhfuil do dhóthain foghlama ort cheana féin?"

"Tá rudaí nua ag tarlú i gcúrsaí leighis chuile lá, táibléid nua, drugaí nua. Caitheann duine foghlaim fúthu ar fad."

"Níl tada chomh maith leis na seanluibheanna a bhí ann fadó."

"Is fíor sin, is dóigh," a d'fhreagair Justine agus í ag iarraidh an t-ábhar cainte a stiúradh chomh fada ó Chorcaigh is a d'fhéadfadh sí. "Nach é an rud céanna atá sna táibléid, i ndáiríre, is a bhainfeadh daoine as na luibheanna."

"Inseoidh tú dom é má thagann tú ar aon rud a chuirfeas brí i mo sheanchosa arís."

"Is tábhachtaí an cloigeann ná na cosa," a dúirt Justine. "Má fhaigheann tusa an chathaoir rotha, agus má thosaíonn tú ag dul amach i measc na ndaoine arís, ní aithneoidh tú thú féin."

"Bhíodh an t-ádh orm ag an mbiongó i gcónaí."

"Agus beidh arís, táim cinnte." Bhí áthas ar Justine gur éirigh léi intinn Bhríd a athrú faoin gcathaoir rotha, cé gur thuig sí ag an am céanna go bhféadfadh a mhalairt scéil a bheith ag an tseanbhean an chéad lá eile.

"Cé a bheas ag dul go Corcaigh in éineacht leat?" a d'fhiafraigh Bríd go lom díreach. Suite go hard i measc na bpiliúr, chuir sí seanphictiúr den bhanríon Victoria i gcuimhne do bhean a mic. Bhain a ceist sórt geite as Justine. Smaoinigh sí gurbh fhéidir go raibh rud éicint inste ag Mártan ar an bhfón dá mháthair.

"Cara liom nár casadh ort fós," a d'fhreagair sí.

"Bhuel, bí cúramach. Ní mar a shíltear a bhítear, daoine ach go háirithe."

"Tá a fhios agam sin ón saol."

Lean Bríd uirthi. "Níor iompaigh Mártan amach mar a bhí ag súil leat, ná mar a theastaigh uait."

"B'fhearr liom ar tharla idir mé féin agus Mártan a fhágáil idir an mbeirt againne," a dúirt Justine.

"Éist nóiméad le seanbhean nach mbeidh ar an saol i bhfad eile. Thaitin tusa liom ón gcéad lá a thug Mártan abhaile leis thú. Faraor nár chuir mé fainic ort, ach ní fhéadfainn mo mhac a ligean síos."

"Ní raibh aon neart agatsa ar céard a tharla eadrainn."

"Bhí neart agam air, mar is mise a d'fhág é mar atá sé. Mise a rinne peata de, mar ní raibh fios a mhalairte agam. Faraor go mbíonn gasúir againn nuair atáimid óg, in ionad iad a bheith againn nuair atáimid sean agus ciall tagtha orainn.

"Céard a fhéadfas duine a dhéanamh ach a dhícheall?"

"Is cuimhneach liom Cian nuair a bhí sé óg . . . "

"An é Mártan atá i gceist agat?" a d'fhiafraigh Justine.

"Nach hin é a dúirt mé?"

"Cian a dúirt tú." Bhí sórt aiféala ar Justine faoin am seo gur luaigh sí an dearmad ar chor ar bith.

"Sciorrann na focail ar an seanduine uaireanta. Céard é sin a bhí mé a rá?"

"Bhí tú ag caint ar Mhártan nuair a bhí sé óg."

"Buachaill beag deas a bhí ann. Buachaill beag deas, cinnte." Bhí cosúlacht ar Bhríd go raibh a súile ag dúnadh.

"Tá tú ag éirí tuirseach anois. Na táibléid, is dóigh."

"Nuair a bhí Cian ina leaidín beag . . . Nuair a bhí sé óg . . . " Thit a cloigeann chun cinn, beagnach síos ar a brollach, agus ar feadh tamaill cheap Justine gur ag fáil bháis a bhí sí. Ach bhí a cuisle láidir, tromchodladh tagtha uirthi. B'éigean do Justine í a dhúiseacht sách fada lena cur ina luí siar, áit ar thosaigh sí ag srannadh go hard. Bhí uirthi í a fhágáil mar sin, mar go raibh othair eile ag faire ar a cuairt orthu.

Smaoinigh Justine, agus í ag tiomáint ar aghaidh go dtí na seandaoine eile a bhí faoina cúram, gur gearr go gcaithfeadh Mártan cinneadh a dhéanamh faoi aire lánaimseartha a fháil dá mháthair ina baile féin nó i dteach altranais. Is breá liom neamhspleáchas, ar sí léi féin, ach éiríonn daoine áirithe róthinn agus rólag le bheith fágtha leo féin.

Ní den chéad uair a thug sí faoi deara nach raibh Bríd mar a bhíodh. Bhíodh sí ag caint léi go ciallmhar réasúnta ar feadh tamaill, agus ansin bhíodh sí mar a bheadh meath tagtha ar a hintinn. B'fhéidir gurbh iad na táibléid a bhí ciontach, a cheap sí – bhí na drugaí sin sách láidir – ach mhothaigh sí inti féin gur ag sleamhnú isteach sa ngalar a d'fhág an oiread sin seandaoine gan chuimhne a bhí sí.

"*Telepathy*," a dúirt Justine nuair a ghlaoigh James McGill ar a teileafón póca. "Anois díreach a bhí mé ag cuimhneamh ort."

"Sin a deir tú leis na fir go léir, cuirfidh mé geall."

"Níl a leithéid de rud agus 'na fir go léir' i mo shaol, murab ionann agus tusa, de réir na scéalta."

"Níl fear ar bith i mo shaolsa."

"Ach tú féin, ar ndóigh."

"An raibh tú ag cuimhneamh orm, i ndáiríre?"

"Bhí mé ag rá liom féin: meas tú an bhfuil dearmad déanta ag an diabhal sin orm, nó ar chuimhnigh sé a bheag nó a mhór ar na socruithe a dhéanamh don deireadh seachtaine?"

"Tá gach rud réitithe socraithe, in óstán cúig réalta, buidéal seaimpéin ar leac oighir cheana féin."

"Tá súil agam nach bhfuil," ar sise. "Beidh sé millte má tá sé fágtha fuar rófhada." Ní mórán a bhí ar eolas aici faoin deoch chéanna, ach níor aithin James gur ag magadh a bhí sí.

"Cuirfidh mé glaoch orthu láithreach faoi, mar sin."

Bhí cathú ar Justine a rá leis gur cuma léi, ach smaoinigh sí gurbh fhearr é a fhágáil ar an aineolas. "Déan sin, mar déarfainn gur leor trí huaire an chloig sa leac oighir."

"Táim ag tnúth go mór leis an *jazz*."

"Táimse mé féin. Deir siad go mbíonn togha an cheoil ann, fiú taobh amuigh ar shráideanna na cathrach."

"Tá grúpa iontach ag teacht ó St Louis – tá ticéid faighte agam dóibh – ach is cosúil gur sna tithe ósta a bhíonn na seisiúin is fearr."

"Tá go leor le socrú fós agam i dtaca le Cian . . . "

"Shíl mé go raibh a athair le haire a thabhairt dó."

"Tá sé sin socraithe, ach tá éadaí agus bréagáin agus cluichí le heagrú fós, agus chuile rud eile nach bhfuil buachaill in ann déanamh dá uireasa."

"Is aoibhinn don té nach bhfuil na cúraimí sin air."

"Ní bheinn gan Cian ar ór nó ar airgead, nó an seaimpéin is fearr ar domhan chuile oíche den tseachtain," a dúirt Justine.

"Tuigim sin, ach ag smaoineamh ar mo shaoirse atá mise."

"'Tá saoirse ceart go leor nuair atá duine óg . . . "

"Nílim chomh sean sin."

"'Séard atáim a rá gur mhaith liom briseadh a fháil ó ghnáthchúraimí an tsaoil, ach ní bhainfinn mórán taitnimh as mura mbeadh Cian romham nuair a thiocfainn ar ais. Mhothóinn folamh dá uireasa."

"Fásfaidh sé suas. Imeoidh sé."

"Cá bhfios nach mbeidh gasúir eile agam?" a dúirt Justine.

"Imíonn gach éan as an nead ar deireadh," ar seisean. "Beidh tú fágtha leat féin am éicint."

"B'fhéidir go mbeidh, b'fhéidir nach mbeidh," arsa Justine go héadrom. "Ná bíodh aon imní ort, ní ag iarraidh greim a fháil ort nó ceangal a chur ort atá mé. Níor casadh ar a chéile muid go dtí cúpla seachtain ó shin."

"Ní fheileann ceangal d'aisteoirí," a dúirt James. "Dúirt m'athair é sin liom nuair a chuala sé gurbh in an saol a bhí roghnaithe agam. 'Ná pós go deo,' a dúirt sé, 'mar ní fhéadann sé seasamh.'"

"Nach iomaí aisteoir a phós agus a d'fhan pósta?"

"Ach cén costas atá ann don bhean agus don chlann? Tá an iomarca den chathú ag baint leis an saol seo."

"Ní gá géilleadh do gach cathú."

"Nach bhfuilim ag géilleadh duitse?"

"Bhfuil anois?"

"Nár thograigh tú dul go Corcaigh in éineacht liom?"

"Leis an *jazz* a chloisteáil."

"Níor dhúirt tú nach raibh tú ag iarraidh fanacht in aon seomra liom?"

"Is iondúil go mbíonn níos mó ná leaba amháin sna seomraí in óstán cúig réalta."

"Agus mura mbíonn?"

"Bíonn na leapacha sách leathan."

"Ag magadh atá tú?" a d'iarr James.

"Idir mhagadh is dáiríre atá mé. Nílim ag gealladh nó ag diúltú go dtí go bhfeicfidh mé cén sórt duine atá ionat."

"Níl le déanamh agam ansin ach tú a mhealladh."

"B'fhéidir nach mbeidh sé chomh héasca sin."

"Tuige? Nílim gan taithí, bíodh a fhios agat."

"Sin é an t-imní atá orm."

"Go bhfuil galar orm? Bhuel, níl."

"Ní air sin a bhí mé ag cuimhneamh," a dúirt Justine, "ach ar rudaí áirithe atá ráite agat. Ní dóigh liom go bhfuil mórán measa agat ar mhná."

"Is breá liom iad."

"Is breá leat codladh leo, ach an bhfuil meas agat orthu?"

"Tá ardmheas agam ortsa. Sin é an fáth ar iarr mé go Chorcaigh thú."

"Le do mheas a chur in iúl?"

"I measc rudaí eile. Le haithne níos fearr a chur ort. Le fáil amach an cuideachta mhaith muid le chéile."

"Le codladh in éineacht liom?"

"Tá tú álainn slachtmhar tarraingteach. Ní bheinn nádúrtha mura smaoineoinn air sin" D'iompaigh James a ceist. "Agus cén fáth ar dhúirt tusa go bhfuil tú sásta dul in éineacht liom?"

"Leis an *jazz* a chloisteáil."

"Ceart go leor. Ní chuirfidh mise brú ort."

"Tógaimis go réidh é? Feicimis." Bhí Justine míshásta inti féin go raibh sí ag caint mar seo leis, ach ag an am céanna ní raibh a hintinn nó a cuid mothúchán socraithe ar céard go díreach a cheap sí faoi James, nó faoin deireadh seachtaine. "Gortaíodh mise go dona nuair a chlis ar mo phósadh, an dtuigeann tú?"

"Tuigim sin, ach nach bhfuil sé sin thart le tamall?"

"Ní raibh mé amuigh le fear ar bith ó shin, gan caint ar imeacht go dtí óstán i bhfad ó bhaile le duine."

"Gabhfaimid ann ar mhaithe leis an gcuideachta . . . an comhluadar. Ní theastaíonn uaimse tú a ghortú."

"Nílim ag rá gur ar Mhártan amháin a bhí milleán mar gheall ar an bpósadh titim ó chéile. Bhí chaon duine againn ciontach, a bheag nó a mhór. Ní theastaíonn uaim dul trína leithéid arís."

"Nílimid ag caint ar phósadh anseo ná maireachtáil le chéile ach ar spraoi a bheith againn don deireadh seachtaine."

"B'fhearr leat nach ngabhfainn ann ar chor ar bith?" a d'iarr Justine.

"Tá na socruithe déanta. Tá gach rud faoi réir. Táim ag tnúth leis an *jazz* a chloisteáil i do chuideachta. Níl athrú intinne ormsa, mura bhfuil ortsa. An mbeidh tú réidh ag a trí?"

"Beidh, is dóigh."

"Tá ormsa imeacht anois . . . "

"Tá tú ag éirí tuirseach díom cheana," arsa Justine go magúil.

"Ní tharlóidh sé sin go deo," a d'fhreagair sé, "ach tá stiúrthóir ag glaoch orm. Tá radharc le críochnú anseo sa stiúideo agam, bean ag fanacht stromptha ina leaba ag fanacht orm. An mbeidh tú réidh má thagaim thart ag a trí?"

"Ceart go leor, mar sin." Bhí aiféala ar Justine chomh luath is a bhí an teileafón leagtha uaithi aici. Cén saghas duine a déarfadh rud mar sin leat faoi bhean ag fanacht air sa leaba? Fiú má bhí sé fíor agus go raibh sé ag déileáil leis ar bhonn proifisiúnta drámaíochta? Faraor gur thograigh sí dul leis an chéad lá riamh. Faraor gur casadh ar a chéile iad . . .

Céard sa diabhal atá orm ar chor ar bith? ar sí léi féin, cén fáth a bhfuilim chomh neirbhíseach sin? Easpa taithí? Smaoinigh sí go raibh a pósadh thart, agus go raibh sé in am aici é sin a aithint agus bogadh ar aghaidh lena saol. Nach iomaí duine a bheadh in éad léi ag imeacht in éineacht lena leithéid, fiú mura raibh i gceist ach deireadh seachtaine. Cuairt ar sheanfhear amháin eile agus beidh mé réidh le hobair na maidine agus na seachtaine, a dúirt sí ina hintinn, a gluaisteán á chasadh síos bóithrín caol aici.

VII

Thograigh Mártan Mac Cormaic pionta a ól in éineacht leis an gceapaire a bhí ordaithe aige don lón sa teach ósta. Bhí a intinn ina cíor thuathail: áthas an domhain air faoin ardú ioncaim don bhliain dár gcionn; imní air go mbeadh sé thar a chumas leagan úr de *Béal an Chuain,* a bheadh tarraingteach don lucht féachana, a sholáthar. Níos tábhachtaí arís ar bhealach: an mbeadh sé in ann scéal a chumadh níos fearr ná an leagan a bheadh ag Réamonn nó ag Sinéad, a bheadh i gcoimhlint leis as seo amach?

Bhí fonn air an lá a chaitheamh ar an ól, leis an nuascéal a chíoradh dó féin, chomh maith le tosú ag smaoineamh ar mhórscéal a thabharfadh brí agus fuinneamh don sobal. Smaoinigh sé ag an am céanna ar na heipeasóidí den dráma a bhí leagtha amach dó an lá sin agus chomh deacair is a bheadh sé é sin a chur ar an méar fhada, mar go mbeadh Cian ag fanacht leis don deireadh seachtaine iomlán.

Má thugann sé leis a *Ghameboy* agus a chuid cluichí ríomhaireachta eile, féadaim a bheith ag scríobh liom an fhad is atá sé ag spraoi leo, a chuimhnigh sé, ach céard a déarfas Justine má chaitheann an bheirt againn ár gcuid ama le chéile, chaon duine againn ar a ríomhaire féin? Bhain sé blogam as a dheoch. Beidh an ceann seo agam agus imeoidh mé ansin, ar sé leis féin.

"Tá sé seo ag cumadh cheana féin," a chuala sé Sinéad a rá lena thaobh sular thug sé faoi deara go raibh sí féin agus Réamonn tagtha isteach ar a chúl in éineacht le lucht na monarchan, a d'ith lón san ósta gach lá den tseachtain.

"An stuif ceart á ól aige freisin lena shamhlaíocht a ghríosú," a dúirt Réamonn, ag tabhairt buille sna heasnacha dó lena uillinn nuair a shuigh sé lena thaobh. "Céard a cheapann tú faoin gcraic seo?"

"Níl a fhios agam fós," a dúirt Mártan. "Baineadh geit asam i ndáiríre. Chuaigh mé isteach ann ar maidin ag ceapadh gur bata agus bóthar a bhí i ndán dom. Ní raibh súil ar bith agam lena leithéid seo."

"Bata agus bóthar . . . Tusa?" Bhreathnaigh Sinéad air. "Tá tusa i do bhuachaillín bán aici. An t-aon iontas atá ormsa ná nár fhág sí fútsa amháin scríbhinní na bliana seo chugainn a réiteach."

"Táimse sách fada ag plé leis seo," a d'fhreagair Mártan, "le fios a bheith agam nach bhfuil aon duine againn ach chomh maith lena script dheireanach. An lá a chliseann orainn, táimid imithe."

"Ní thaitníonn coimhlint mar seo liomsa," a dúirt Réamonn.

"Cén rogha atá againn?" a d'iarr Sinéad, "ach glacadh leis an dúshlán má táimid ag iarraidh fanacht leis an gclár?"

"Meiriceá, Meiriceá, Meiriceá . . . " Chroith Mártan a chloigeann ó thaobh go taobh agus é á rá. "Caithfimid chuile rud a dhéanamh don dream seo mar a dhéantar i Meiriceá é."

Gháir Réamonn. "Go ndéantar do thoil in Éirinn, mar a dhéantar ar neamh Mheiriceá é."

"Is fíor dom é," arsa Mártan. "D'éirigh chomh maith céanna leis an gclár seo sular thángamar faoi thionchar lucht *Dallas* agus *Knots Landing*, gan trácht ar *Hill Street Blues.*"

"Cén bhrí," a dúirt Réamonn, "ach ní raibh ceachtar acu sin ar scáileán thall le breis is scór bliain. Má tá siad ag iarraidh aithris a dhéanamh ar aon dream, is iad *The Sopranos* nó *Sex And The City* ar cheart dóibh a bheith ag foghlaim uathu.

"Ní ghlacfaidís le teideal ar nós 'Gnéas agus an Tír Mhór' ar theilifís bheag s'againne," a dúirt Sinéad, comhartha láimhe á thabhairt aici don tábhairneoir deoch eile an duine a thabhairt dóibh.

Chuir Mártan lámh suas lena stopadh. "Ní bheidh, go raibh maith agat. Tá lá oibre le déanamh fós agam, mar go bhfuil an leaid beag le bheith agam don deireadh seachtaine."

"Ní mharóidh ceann eile thú."

"Tá a fhios agaibh féin: nuair atá an deoch istigh . . . "

"Tabhair dó an deoch," arsa Réamonn. "Caithfimid súil a choinneáil ar an bhfreasúra feasta. Má tá sé istigh anseo in éindí linne, ní bheidh sé sa mbaile ag cumadh scéalta do Mhicheline mhór."

"Shílfeá gur ag caint ar *tyre*anna Michelin atá tú."

"Nach ndéanfadh sí fógraíocht mhaith dóibh," a dúirt Réamonn, "Micheline an bhitsilín, atá in ann thú a ghreamú den bhóthar."

"A leithéid de mhasla a thabhairt do bhean," arsa Sinéad. "Tá tusa uafásach." Ach chinn uirthi greim a choinneáil ar a gáire. "Bhfuil a fhios agaibh an áit a mbeadh sí go maith: mar bholgán cosanta i gcarr, dá mbeadh timpiste ag duine."

Rug Réamonn ar a dheoch agus shuíodar síos ag bord íseal. "Níor mhaith liom go mbeadh sí idir mé agus an roth tiomána. Bheinn maraithe uilig aici. B'fhearr liom a bheith caite amach tríd an bhfuinneog ná a bheith sábháilte aici sin."

"Meas tú an raibh sé i gceist aici naimhdeas a chothú idir an triúr againne?" a d'iarr Mártan, "ós rud é gur aontaíomar lena chéile ag na cruinnithe, níos mó ná an chuid eile."

"Cén mhaith é do chuid oibrithe a chur in éadan a chéile?" a d'fhiafraigh Sinéad, a gruaig fhada dhonn á caitheamh siar óna baithis aici agus í ag breathnú go díreach ar Mhártan.

Faraor nach bhfuilim deich mbliana níos óige, a cheap seisean, a shúile ag dul ó na súile móra donna go dtí na cíocha téagartha, an gleann eatarthu níos feiceálaí nuair a chuir sí a lámha trasna ar a chéile ar an mbord.

"Céard is féidir linn a dhéanamh ach a dúshlán a thabhairt?" ar sé.

"D'fhéadfaimis dul ar ais chuici agus a rá gur fearr linn comhoibriú lena chéile ná comórtas a bheith eadrainn," a dúirt Réamonn. "Nach fearr triúr le chéile ná duine aonarach ag obair ar a leithéid?"

Níor cheap Sinéad go n-éireodh lena phlean. "Mura ndéanfaimidne é, roghnóidh sí triúr eile leis an leagan amach nua a dhéanamh."

"Bhuel, nílimse ag iarraidh bliain a chaitheamh ag troid leis an mbeirt agaibhse," arsa Réamonn.

"Cé a bheas ag troid?" a d'iarr Sinéad. "Nach bhfuilimid in ann a bheith proifisiúnta faoi?"

Bhreathnaigh Mártan isteach ina súile agus d'ardaigh sé a ghloine. "Agus go n-éirí leis an té is fearr? Nach hin atá tú a rá?"

"Cén rogha eile atá againn?" arsa Sinéad

"Bhí mise ag smaoineamh ar an airgead breise a ghlacadh mar iomarcaíocht agus páipéar bán a shíneadh ar ais chuici ag deireadh na tréimhse," arsa Réamonn, ag gáire.

Dúirt Sinéad go raibh ceist curtha aici ar Mhicheline faoi sin. "Tá an t-airgead le roinnt ina cheithre chuid agus fáil air de réir mar atá céatadáin den phlean á gcur isteach againn."

"Ach má bhíonn smaoineamh úr iontach ag duine tar éis sé mhí," arsa Mártan, "caithfear an chuid eile i dtraipisí."

"Is cuma leo faoi sin," a dúirt Sinéad, "ach teastaíonn uathu go mbeimis ag obair air an t-am ar fad. Ní íocann an dream sin airgead ar thada aon uair."

Bhí a thuairim féin ag Réamonn faoi sin. "Gach seans go mbeidh chuile chineál plean ach an ceann ceart ag dul isteach i dtosach, mar sin, ar fhaitíos go n-éireodh leis an bhfreasúra smaointe maithe a ghoid agus a úsáid iad féin."

"Níl sé i gceist agamsa dul i mbun spiadóireachta," arsa Mártan. "Is é sin, mura gcaithfidh mé, mar níl tuairim dá laghad agam i láthair na huaire faoin treo ar cheart don dráma dul."

Bhí smaoineamh spraíúil ag Sinéad. "Abair dá gcuirfeadh an triúr againn an plean céanna isteach?"

"Comórtas agus coimhlint atá uaithi," arsa Mártan. "Ní dóigh liom go bhfuil aon dul as sin." Bhí air leithscéal a ghabháil ansin, mar gur tháinig glaoch ó Justine ar a fhón póca.

"Caithfidh tú cuimhneamh ar bheannacht éicint eile seachas 'cá bhfuil tusa?'" a dúirt sé léi. "Cá bhfuil tusa, thú féin?"

"Táim sa mbaile. Ní fada go mbeidh mé ag imeacht. Ní dhéanfaidh tú dearmad Cian a bhailiú ón scoil ag a trí."

"An bhfuil tú ag ceapadh gur amadán mé?"

"Bhfuil tusa ag ól?" a d'iarr sí.

"Táim ag lón oibre i láthair na huaire, ach ná bíodh aon imní ort. Ní dhéanfaidh mé dearmad ar Chian ag a trí."

"Níor mhaith leis thú a fheiceáil óltach i lár an lae."

"Cé atá óltach?" a d'iarr Mártan go crosta.

"Is léir go bhfuil tusa. Ba cheart dom fanacht sa mbaile."

"Ba cheart duit imeacht, agus teacht ar ais Dé Domhnaigh agus rún daingean agat gan duine a chrá gan fáth."

Bhraith Justine go rabhadar ag troid go díreach mar a bhídís nuair a bhíodar pósta. "Gan fáth? Agus athair mo mhic ar meisce i lár an lae."

Labhair Mártan go mall, "Táim ag ól deoch le mo lón mar go bhfuil cor nua tagtha ar an obair atá le déanamh agam don dráma."

"Tabhair dráma air," arsa Justine, olc uirthi. "Pornagrafaíocht atá ann leath den am, de réir mar a fheicimse."

"De réir mar a fheiceann tú nuair nach mbreathnaíonn tú air ach corruair," a d'fhreagair Mártan. "Tugaimse dráma air, mar sin atá ann, cé nach bhfuil sé leath chomh drámatúil is atá tusa i láthair na huaire."

"Agus údar agam."

Labhair Mártan níos moille fós, "Geallaim duit go mbeidh mé réidh agus ar mo chiall ag a trí a chlog le mo mhac a bhailiú ón scoil gan titim isteach in aon díog. Tá súil agam freisin go mbainfidh tú taitneamh as an deireadh seachtaine agus go bhfillfidh tú slán, sábháilte, socair, suaimhneach, sásta, sona ionat féin, ionas nach mbeidh ort daoine a ionsaí gan fáth go ceann tamaill mhaith arís." Lena gríosadh tuilleadh, lig sé air le torann a liopaí go raibh póg a tabhairt aige di ar an bhfón.

Níor ghlac Justine lena dhúshlán. "Tabhair aire do Chian," ar sí go ciúin, agus chuir sí deireadh leis an nglaoch.

"An gcaithfidh tú imeacht?" a d'iarr Sinéad nuair a chuaigh sé ar ais chuig an mbord.

Bhreathnaigh Mártan ar a uaireadóir. "Beidh deoch amháin

eile againn," ar sé, "agus baileoidh mé Cian ón scoil ina dhiaidh sin."

"Nach aoibhinn duit," arsa Sinéad.

Bhreathnaigh sé uirthi, ag iarraidh a dhéanamh amach céard a bhí i gceist aici. "Ní thuigim céard atá tú a rá."

"Ba mhaith liomsa gasúr mar sin a bheith agam."

Chaoch Réamonn súil léi trasna an bhoird. "Am ar bith a bhíonn athair ag teastáil uait. Tá tusa óg agus tá mise réidh."

"Táim i ndáiríre," ar sí. "Ba mhaith liom gasúr seacht nó hocht mbliana d'aois a bheith agam, gan an trioblóid a ghabhann leo nuair atá siad níos óige. Leaidín beag gleoite ar nós Chian."

"Ag breathnú mar sin air, is aoibhinn dom, d'fhéadfá a rá," a dúirt Mártan, "ach chuaigh mé tríd an gcuid eile freisin: naipcíní brocacha; caoineadh; tarraingt amach cófraí; briseadh rudaí."

"Tá sé oibrithe amach anois agat, ceart go leor," arsa Réamonn, "an obair a fhágáil ag an mbean, agus an sásamh agat féin ról an athar a bheith agat ag an deireadh seachtaine."

Cheartaigh Sinéad é, "Ní ról atá i gceist. Tá sé tábhachtach go mbeadh aithne aige ar a athair, agus sampla fir ina shaol."

Chroith Réamonn a chloigeann. "Ní bhuaileann tada an bhaitsiléireacht. Pléisiúr gan freagracht."

"Cén pléisiúr?" a d'iarr Sinéad go spraíúil. "Ag do leithéidse?"

"Cé a scríobhann na píosaí is paiseanta i mBéal an Chuain?" a d'fhiafraigh sé ar ais. "Na radharcanna a tharraingíonn an lucht féachana is mó?"

"Níor dhúirt mé nach bhfuil samhlaíocht agat," ar sise.

"Samhlaíocht atá bunaithe ar an bhfírinne."

"Ach ní tú a thugann na radharcanna leapa do James," a dúirt Sinéad, "ach Mártan, mar tá a fhios aige go bhfuil chuile bhean le Gaeilge, agus tuilleadh gan í, craiceáilte ina dhiaidh."

Gháir Réamonn. "Níl mise meallta aige. Céard fút féin, a chomrádaí?" a d'iarr sé ar Mhártan.

"Tá sé ráite go bhfuil sé tarraingteach. Ar bhonn proifisiúnta a bhreathnaím air," ar seisean.

"Agus an ar bhonn proifisiúnta a bhreathnaíonn tú ar mhná freisin?" a d'fhiafraigh Sinéad.

"Breathnaím orthu mar a bhreathnaigh na healaíontóirí móra ar na mná a bhí le péinteáil acu," a d'fhreagair Mártan.

"Seafóid!" a bhéic Réamonn. "Tá tú ar nós chuile fhear. Ní le do shúile amháin a bhreathnaíonn tú ar bhean."

"Le céard, mar sin?" Lig Sinéad racht gáire.

"Coinním mo threabhsar dúnta," arsa Mártan. Thug sé comhartha lena lámh do Jasmine, an tábhairneoir, nuair a thug sé faoi deara í ag breathnú anuas ar an áit a raibh an gleo, nach mbeidís ag caint agus ag gáire chomh hard, ach dúirt sise gur chuma léi, go raibh formhór na gcustaiméirí lóin imithe ar ais ag obair.

"Féach orainn," arsa Mártan le Sinéad agus Réamonn. "Dá bhfeicfeadh Micheline anois muid. Tá chuile dhuine ar ais ag obair ach an triúr ar thug sí na jabanna móra dóibh ar maidin."

"Is lá é seo le fanacht ag ól go dtí am dúnta," arsa Réamonn. "Bheadh níos mó le foghlaim anseo le cur sa dráma ná a bheith suite in árasán ag breathnú ar na ballaí nó ar an deamhan próiseálaí focal ag caochadh súile leat."

"Murach go bhfuil Cian le bailiú agam," a dúirt Mártan.

"Beidh ceann eile ólta agat." D'éirigh Sinéad le dul chuig an gcuntar.

Rinne Mártan achainí, "Fág mise amach an uair seo."

"Faigh ón scoil é," ar sise, "agus tabhair isteach anseo é ar feadh tamaillín. Nach bhféadfadh sé ceapaire agus *crisps* a bheith aige? Agus *coke* nó rud éicint mar sin. Cuid dá chuid oideachais a bheas ann."

"Tá bord púil ansin agus neart de na cluichí ríomhaireachta sa gcoirnéal," arsa Réamonn. "Na flaithis do leaidín óg ar bith. Tabhair ar ais anseo é agus beidh cluiche agam leis."

"Meas tú?" Bhí Mártan idir dhá chomhairle. Céard a déarfadh Justine nuair a chloisfeadh sí faoi? Bheadh sí le ceangal, ar ndóigh, mar ab iondúil, a cheap sé, ach nach raibh cearta aige féin mar athair chomh maith? "Beidh mé ar ais leis ar ball," a dúirt sé. "Líon ceann eile dom, mar sin."

Chuaigh sé chuig an leithreas. Nigh sé a éadan agus chíor a chuid gruaige. Bhreathnaigh sé air féin sa scáthán féachaint an raibh lorg an óil ina shúile, ar fhaitíos go gcasfadh duine de na múinteoirí air. Chuir sé cúpla *Tic Tac* a bhí ina phóca ina bhéal, agus d'airigh sé go raibh sé réitithe lena mhac a bhailiú taobh amuigh den scoil.

Tháinig na gasúir amach ina maidhm ag rith i dtreo an gheata, lán de thorann agus de ghleo, seachtain amháin eile scolaíochta curtha tharstu. Thit Cian i gcoinne Mhártain ina leathbharróg, mar a bheadh sé róchúthail lena chuid mothúchán a léiriú os comhair na ngasúr eile.

"Cá bhfuil an *jeep*?" an chéad rud a dúirt sé.

"Níor thug mé liom é, mar ní raibh i bhfad le dul agam."

"Á, a Dheaide. Bhí mé ag iarraidh go bhfeicfeadh chuile dhuine mé ag imeacht sa *jeep*. Tá sí chomh *cool*."

"Tabharfaidh mé liom é, mar sin, an chéad uair eile," a dúirt Mártan. "Ar mhaith leat rud le n-ithe? Sceallóga?"

"Iontach. Táim ag fáil bháis leis an ocras." Tháinig díomá ar Chian. "Ach ní osclaíonn an *chipper* go dtí a cúig."

"Tá a fhios agamsa áit eile a bhfaighimid iad."

"Á, a Dheaide, ní dhearna tú féin iad?" Rug sé ar lámh a athar nuair a bhí formhór na ngasúr eile scaipthe. "Dhóigh tú an uair dheireanach iad."

"Tá a fhios agam. Sin é an fáth a bhfuilimid ag dul chuig áit ina mbíonn siad an-bhlasta."

"Cén áit?"

"An teach ósta."

"*Cool*. Dáiríre?"

"Bhí cruinniú agam ann am lóin, agus tá cúpla duine a bhíonn ag obair liom ann. Ach tá cluichí agus chuile shórt eile ann."

"Ní ligeann Mama isteach sa bpub mé aon am. Mar gheall ar an deatach."

"Ach ní raibh *asthma* ort le tamall, agus níl cead toitín a chaitheamh anois. Mar sin ní bhíonn deatach ann níos mó."

"Níl cead agam oráiste ná *coke* a ól ná rud ar bith le *fizz*."

"Gheobhaidh mise fíororáiste duit, nach bhfuil aon rud tríd."

"Breathnaigh ar an lipéad ar a thaobh feachaint an bhfuil aon dochar ann," a dúirt Cian leis agus iad ag casadh isteach trí dhoras an ósta. "Sin a dhéanann mo Mhama i gcónaí."

Chuir Réamonn agus Sinéad an-fháilte roimh Chian, agus níorbh fhada go raibh sé féin agus Sinéad ag imirt púil le chéile, an fhad is a bhí *burger* agus sceallóga, ar ordaigh agus ar íoc Réamonn astu, á réiteach dó.

"Níor thóg sé i bhfad ort cailín a fháil duit féin," arsa Réamonn leis. "Agus is dóigh go bhfuil cailín eile agat ag an scoil? *Girlfriend*."

"Níl," a dúirt Cian. "Níl aon *ghirlfriend* agam ach mo Mhama."

"Éist leis," a dúirt Sinéad. "Tabhair cead dó a chluiche a imirt. Ní hé a chéad uair ach an oiread é, an chaoi a bhfuil sé ag cur na mbáilíní síos."

"Tá bord agam sa mbaile," a mhínigh Cian, "a fuair mé ó Dhaidí na Nollag anuraidh." Lean sé air go dtí go raibh an bord glanta aige, agus bhí Réamonn buaite freisin aige sular tháinig na sceallóga.

"Is maith nach raibh aon airgead againn air," arsa Réamonn, "nó bheimis bánaithe agat."

De réir a chéile bhí roinnt de mhuintir na háite ag bailiú isteach, i ndiaidh a gcuid oibre sa mhonarcha, nó pinsinéirí agus feirmeoirí beaga na háite a raibh obair an lae críochnaithe acu. Ba mhó aithne a bhí ag Réamonn agus Sinéad orthu, mar gurbh as an áit sin iad, ná mar a bhí ag Mártan, a rugadh agus a tógadh seacht míle soir an bóthar.

Bhí aithne súl aige ar a bhformhór, mar sin féin, cé nach mbíodh sé san ósta ag an am sin den tráthnóna go hiondúil. Thug sé faoi deara gurbh iad na seandaoine agus na daoine meánaosta a d'ól deoch sa tráthnóna. Bhí custaiméirí na hoíche níos óige, sa tábhairne sin go háirithe, lucht na meán cumarsáide áitiúil, chomh maith le teicneoirí teilifíse agus aisteoirí – lucht nuashaibhir an cheantair.

Ba é Cian a tharraing aird ar an seanfhear a bhí suite taobh istigh den doras ag caint leis féin gan stad agus gan duine ar bith ag tabhairt airde air. Choinnigh sé súil air ar feadh tamaill, agus chonaic sé Jasmine ag dul síos chuige le deoch. Rinne sí an rud céanna gach uair a chríochnaigh sé ceann, cosúlacht ar an seanleaid nach raibh sé ag íoc as ceann ar bith acu. Ní raibh Cian in ann a shúile a bhaint de, agus thosaigh sé ag déanamh aithrise air.

"Bíodh múineadh ort," a dúirt Mártan leis.

"Cé leis a bhfuil sé ag caint?" a d'fhiafraigh an buachaill.

"Mo dhuine thall?" a d'fhreagair Réamonn. "Ag caint leis féin atá sé agus, ar ndóigh, ceapann sé nach féidir leis labhairt le duine níos deise."

"Cé hé féin, ar aon chaoi?" arsa Mártan. "Chonaic mé ar an mbóthar é uair nó dhó, agus istigh anseo tráthnóna amháin."

"Tráthnóna amháin?" arsa Réamonn. "Bíonn sé anseo gach tráthnóna. Uiscen a thugann siad air. Tá sé ina chónaí leis féin gar do bhun an tsléibhe. Tagann sé anseo beagnach chuile lá ar feadh scaithimh le cúpla pionta a ól, agus imíonn sé le titim na hoíche."

"Nach é inniu lá an phinsin?" a d'iarr Sinéad.

"Mas ea féin," arsa Réamonn, "ní ghlacann sé sin le pinsean ar bith, mar go gceapann sé gur do sheandaoine atá an pinsean ann."

"Nach bhfuil sé sách sean?" a d'fhiafraigh Mártan.

Bhí a fhreagra ag Réamonn. "Ní airíonn sé féin go bhfuil, agus tá sé róbhródúil ann féin aon airgead a thógáil in aisce. Duine den seansaol ceart atá in Uiscen, bíodh a fhios agat."

"Céard air a mhaireann sé?" Ba bheag nach raibh Mártan faoi dhraíocht ag an éan corr seo, smaointe ag borradh ina intinn faoin gcor nua a d'fhéadfadh sé cur ar an sobaldráma trí charachtar mar seo a chur ann. Bhí faitíos an domhain air ag an am céanna go dtabharfadh a bheirt chomrádaithe faoi deara céard air a raibh sé ag smaoineamh. Chuimhnigh sé nach lá amú a bheadh ina lá ar an ól dá mba rud é gur bhain sé plean nua as a raibh le feiceáil thart air.

D'fhreagair Réamonn a cheist, "Deamhan a fhios agam céard a bhíonn aige le n-ithe, murar fíor don dream a deir go bhfuil ithe agus ól sa bpórtar. Ólann sé neart den stuif sin."

"Agus feictear dom nach n-íocann sé ar phionta ar bith," arsa Mártan.

"B'fhéidir go gcuireann sé ar an *slate* é," a dúirt Sinéad.

"Níl aon *slate* aige sin ach ceann atá ar iarraidh," an tuairim a bhí ag Réamonn. "Déarfainn go dtugann Jasmine dó é ar mhaithe le suaimhneas."

"An dtarraingíonn sé achrann?" a d'iarr Mártan.

"Ní hin é . . . " Bhí cosúlacht ar Réamonn nach raibh sé cinnte céard a bhí i gceist aige. "Ach cuireann duine mar sin sórt faitís ar dhaoine. Tá pisreoga ann i gcónaí, in ainneoin na n-athruithe atá tagtha ar an saol."

"Deir mo mháthair gur duine le Dia é," a dúirt Sinéad.

"Bhfuil tú ag rá go bhfuil cumhachtaí áirithe aige?" a d'fhiafraigh Mártan, é leath ag gáire.

"Nach cuma ann nó as do na cumhachtaí," arsa Sinéad, "má tá amhras féin ann faoi, fiú mura gcreideann daoine iontu i ndáiríre."

"An mbeidh deoch eile agaibh?" Thograigh Mártan an t-ábhar cainte a athrú ar an bpointe, mar gurbh é an smaoineamh ab airde ina intinn ná: tabhair cumhachtaí dó. Bhí a fhios aige anois é. Chumfadh sé carachtar ar nós mo dhuine thall, duine a raibh cumhachtaí faoi leith aige, cumhachtaí osnádúrtha . . . Nó, níos fearr arís, duine ar cheap daoine faoi go raibh a leithéid aige, ach nach raibh.

Samhlaíocht, arsa Mártan leis féin. Ní bhuailfeadh tada samhlaíocht atá gar don fhírinne ach atá difriúil ag an am céanna.

Bhí sé réidh le dul abhaile agus nótaí a bhreacadh síos faoina phlean nua nuair a dúirt Sinéad leis, "Beidh ceann eile agamsa má tá tú féin agus Cian ag fanacht le ceann."

"Táimse ag fanacht go dtí am dúnta," arsa Réamonn.

Bhreathnaigh Mártan ar Chian. "Fágfaidh mé faoi féin é. Táim cinnte go bhfuil sé an-tuirseach faoin am seo."

"Fanfaidh mé," arsa Cian le Sinéad, "má imríonn tusa cluiche amháin eile púil in éineacht liom."

"Éist léi," arsa Mártan lena mhac. "Caithfidh tú cead a thabhairt do Shinéad a scíth a ligean. Ní féidir leat a bheith ag tarraingt aisti an t-am ar fad."

"Is cuma liom," ar sise. "Tá an comhluadar chomh deas gur mór an trua deireadh a chur le lá mar seo."

Thug Mártan na deochanna anuas ón mbeár agus shuigh taobh le taobh le Réamonn ar feadh tamaill, gan aon rud á rá ag ceachtar acu. Réamonn a bhris an tost, é ag breathnú ar Shinéad cromtha os cionn an bhoird púil.

"Nach breá an tóin atá uirthi."

"Is deas an cailín í," arsa Mártan. "Tá sí an-nádúrtha."

"*Ride* cheart atá inti."

"Bheadh a fhios agatsa," a d'fhreagair Mártan.

"Ná tóg mícheart mé, ní raibh mise in éineacht léi. Fós, ar chaoi ar bith. Ach tá sí an-tógtha leatsa," a dúirt Réamonn.

"Is maith léi Cian . . . "

"Is maith léi a athair freisin."

"Tá sí i bhfad níos gaire do d'aois, a Réamoinn. Dá mbeinn cúig bliana déag níos óige, b'fhéidir . . . "

"Deamhan difríocht a dhéanann aois má tá na *hots* ag duine duit."

Thosaigh Mártan ag gáire. "An iomarca atá ólta agatsa. Is maith liom a bheith ag caint léi. Ach an oiread leat féin."

"Ach tá difríocht ann. Ní theastaíonn uaimse dul a chodladh leat."

"Ná mise leatsa ach an oiread. Maidir le Sinéad, táim cinnte gurb é an rud is faide óna hintinn é. Nach bhfuilim i gcomórtas léi, agus leatsa, as seo ar aghaidh, nó an bhfuil dearmad déanta ar scéal na maidine?"

"Deamhan dearmad. Is beag eile a chuimhnigh mé air ó mhaidin, déanta na fírinne. Cén seans atá agamsa i gcoimhlint leis an mbeirt agaibhse?"

"An seans céanna go díreach atá againne," arsa Mártan.

Bhris Cian isteach ar an gcomhrá, é tagtha ar ais, gliondar air. "Bhuaigh mise ar Shinéad arís," a dúirt sé, nóta cúig euro ina lámh aige.

"Ní raibh sibh ag imirt don mhéid sin?" Bhí geit bainte as Mártan.

"Bhíomar ag imirt ar caoga cent, ach ní raibh sóinseáil ar bith aici."

"Fág aige é," ar sise, nuair a bhí Mártan ag cartadh ina phóca, ag cuardach sóinseáil. "Nach bhfuil sé in am aige tuilleadh sceallóga a cheannacht?"

VIII

Nuair a bhain Justine Mhic Chormaic agus James McGill Corcaigh amach, bhí cineál iontais uirthi í a bheith an oiread sin ar a suaimhneas. Bhí James cineálta cúirtéiseach léi fad an bhealaigh. Maidir lena mhaidin sa leaba lena chomhréalta scannánaíochta, dúirt sé gur beag rud atá chomh gránna le bheith "ag tabhairt póige do bhean nach dtaitníonn leat í a phógadh."

"Tá na mílte ar mhaith leo a bheith ina bróga sise, agus an deis a fháil tú a phógadh chomh minic is a dhéanann sí," a dúirt Justine.

"Agus an bhfuil tú féin ar bhean acu?"

"B'fhéidir," ar sí go héadrom.

"Maidir le bheith i mbróga Mharia sa scéal," ar seisean, "tráthúil go maith, bhí ár mbróga ar an mbeirt againn nuair a bhíomar sa leaba ar maidin inniu."

"Gan oraibh ach na bróga."

"Bhíomar gléasta go huile is go hiomlán, beagnach, ach gur theastaigh uathu beagán feola a fheiceáil thart ar na guaillí. Níl cead, ar ndóigh, aon rud eile a thaispeáint i ndráma a fheiceann gasúir."

"Caithfidh sé go bhfuil sé deacair, mar sin féin, greim a choinneáil ort féin agus bean chomh tarraingteach sin in aice leat."

"Le lucht ceamara ag breathnú agus muid i leaba i gcoirneál sciobóil atá préachta fuar. Ní fhéadfá tada a dhéanamh, fiú dá mbeadh fonn ort. Rud nach mbíonn," a dúirt James, go cinnte.

"Ceapann chuile dhuine go bhfuil sibh mór lena chéile, nach bhféadfadh sibh a bheith chomh grámhar ar an scáileán mura bhfuil rud éicint ag tarlú i ndáiríre idir an mbeirt agaibh."

"Caithfidh sé gur an-aisteoirí muid más é sin a cheapann daoine."

"Cá bhfios domsa nach ag aisteoireacht atá tú anois chomh maith?" a d'fhiafraigh Justine.

"Agus cá bhfios domsa nach ag aisteoireacht atá tusa chomh maith liom?" a d'iarr sé ar ais.

"Ní aisteoir mise."

"Aisteoirí chuile dhuine," a dúirt James, "agus ní ar an stáitse atá an chuid is fearr acu."

"Ach nílimse mar sin," arsa Justine.

"Tusa, agus chuile dhuine," ar seisean.

"Tá drochphictiúr agat den chine daonna."

"Níl, ach pictiúr réalaíoch. Ná tóg mícheart mé. Nílim á lochtú. Bíonn ar chuile dhuine masc a chaitheamh. Níl aon bhealach eile againn lenár gcuid príobháideachais a choinneáil agus a chaomhnú."

"Ní bhraithim gur aisteoir mé," arsa Justine. "Bím ar mo mhíle dícheall a bheith fírinneach díreach macánta i gcónaí."

"Ach mhaisigh tú d'éadan le péint agus le púdar sular tháinig tú amach as an teach tráthnóna?"

"Beagán," ar sise, "le m'aghaidh a chosaint chomh maith le rud ar bith."

"Agus mise ag ceapadh gur dom féin a bhí sé."

"Bhí roinnt orm ar maidin chomh maith agus mé ag dul thart chuig na seandaoine."

"Má tá tusa imníoch fúmsa sa leaba le Maria," arsa James, ag magadh, "ba cheart domsa ceist nó dhó a chur faoi na daoine seo a dtugann tú cuairt orthu. Cuirfidh mé geall gur ina leaba atá a bhformhór."

"Dá bhfeicfeá iad, ní chuirfidís aon imní ort."

"Déarfainn nach mbíonn boladh ró-iontach uathu i gcónaí."

"Ní dhéanaim aon phlé ar na hothair atá faoi mo chúram le duine ar bith," a dheimhnigh Justine.

"Ní bhíonn boladh ró-iontach ó Mharia i gcónaí, ach an oiread."

"Nílim ag iarraidh é sin a chloisteáil," ar sí.

"Ag insint fáth eile nach dtaitníonn sí liom atá mé. Le go mbeifeá cinnte nach bhfuil spéis dá laghad agam inti."

"Is gránna an rud é sin le rá faoi aon duine," a dúirt Justine.

"Shíl mé nár thaitin sí leat?"

"Ní thaitníonn. Ach má bhíonn tú ag caint fúithi mar sin le strainséir, cá bhfios dom nach ndéarfaidh tú an rud céanna fúmsa le duine éicint eile?"

"Tá a fhios agamsa nach bhfuil tusa mar sin."

"Ná hinis rud ar bith dom faoin mbean sin," arsa Justine. "Fág do chuid oibre sa mbaile."

"Ar fhaitíos go bhfaighidh tú boladh uaithi chomh maith le pictiúr ar do theilifís an chéad uair eile a bhreathnaíonn tú ar an gclár?"

"Má bhreathnaím arís air."

"Caithfidh tú breathnú air níos minice."

"Tuige?" a d'iarr Justine.

"Le mise a fheiceáil, ar ndóigh."

"B'fhéidir go bhfeicfidh mé mo dhóthain díot gan breathnú ar an scáileán," a d'fhreagair sí.

"Taitníonn sé liom gur dhúirt tú é sin." Leag sé lámh ar a lámh eatarthu agus d'fhág mar sin é go raibh air giar a athrú. Bhreathnaigh Justine amach tríd an bhfuinneog lena taobh, ag féachaint ar chrainn, ar pháirceanna móra glasa, ar thithe anseo is ansiúd, ceantar saibhir, a cheap sí, cé gur ar éigean a bhí a hintinn dírithe ar a raibh os comhair na súl.

Mártan a bhí ina cuid smaointe, í ag cuimhneamh ar an uair a chuadar ag rothaíocht ó dheas, ag maireachtáil ar phingineacha, ag ithe tornapaí ó na páirceanna le go mbeadh luach an *cider* acu, iad ag codladh i gcampa a bhí déanta le haghaidh duine amháin, ach iad sona sásta agus i ngrá. Céard a tharla eadrainn ar chor ar bith? a d'fhiafraigh sí di féin.

Bhain James geit aisti nuair a dúirt sé, "Tá a fhios agam céard faoi a bhfuil tú ag smaoineamh."

"Tá a fhios?"

"Cian, ar ndóigh."

"Cá bhfios duit nach ag smaoineamh ortsa a bhí mé?"

"Bhí do shúile imithe ar bhóithrín na smaointe."

"Ag breathnú ar an mbóthar ba cheart duitse a bheith," ar sise.

"Bhí an bóthar leathan agus an trácht gann. Bhí orm breathnú ar an spéirbhean le mo thaobh."

"Fág an aisteoireacht sa mbaile, maith an fear." Smaoinigh sí ar feadh tamaill. "Ní fhéadfá mo shúile a fheiceáil, mar go raibh mé ag breathnú amach ar thaobh na láimhe clé."

"Ní raibh orm ach breathnú sa scáthán ar an taobh sin."

Bhreathnaigh Justine uirthi féin sa scáthán sin agus rinne sí gáire beag. Smaoinigh sí nár bhreathnaigh sí go dona ar chor ar bith. Ní raibh am aici lena cuid gruaige fada a fháil maisithe go proifisiúnta, ach bhí sí scaoilte siar ag an ngaoth agus ina luí go nádúrtha ar a guaillí, an dath dubh céanna a bhí uirthi ó bhí sí ina cailín óg.

Ag féachaint anonn ar James, shíl sí go mbeadh bean ar bith bródúil a bheith lena thaobh. Ba léir óna ghiall cén fáth a raibh sé chomh hoiriúnach don teilifís: a aghaidh mar a bheadh sé gearrtha as cloch, na súile gorma ar nós diamaint.

"Cuir glaoch ar Chian," a dúirt James, "le nach mbeidh tú ag déanamh imní faoi ar feadh na hoíche."

"Níl imní ar bith orm faoi. Tá sé lena athair."

"Tá a fhios agamsa cá mbíonn tú nuair a théann na súile ar seachrán," arsa James. "Glaoigh air."

Smaoinigh Justine gurbh fhéidir go raibh sí ina haisteoir níos fearr ná mar a cheap sí, mar gur ag cuimhneamh ar Mhártan a bhí sí arís. Dá ndéarfainn le James gur ar mhí na meala le m'fhear céile a bhí m'intinn ar seachrán, a smaoinigh sí, céard a déarfadh sé? Ach b'airsean a bhí sí ag smaoineamh, ar an achrann a tharla eatarthu; chomh maith leis an bpaisean agus an pléisiúr.

"Níor mhaith liom go gceapfadh Mártan go raibh amhras orm faoi Chian," a d'fhreagair sí. "Agus i ndáiríre, níl. Tá an bheirt sin, athair agus mac, chomh mór le chéile le bó agus coca féir."

"Ní chuirfidh sé as domsa má ghlaonn tú air míle uair in aghaidh an lae," a dúirt James.

"Teastaíonn uaimse mo scíth a ligean chomh maith," ar sise, "agus sos a fháil uaidh ar feadh tamaill. Ach an bhfuil a fhios agat céard a dhéanfas mé? Cuirfidh mé glaoch air nuair a bheimid san óstán. Beidh sórt leithscéil ansin agam insint dó cén saghas áit ina bhfuilimid agus go bhfuil ceann scríbe bainte amach againn slán sábháilte."

Ghlaoigh sí nuair a bhíodar sa seomra, á réiteach féin le dul chuig dinnéar. Chuir méid agus áilleacht an *suite* a bhí curtha in áirithe ag James iontas ar Justine. Cé go raibh óstáin bhréatha feicthe aici nuair a bhí sí ag banaltracht in Jedda, ní raibh saibhreas mar seo feicthe aici.

Ní raibh freagra ó árasán Mhártain, rud a chuir iontas uirthi, agus chuir sí glaoch ar a fhón póca. Bhí a fhios aici ón torann gur i dteach ósta a bhí sé. "Cá bhfuil Cian?" a d'iarr Justine, ag súil nach fágtha lena mháthair a bhí sé.

"Sin athrú ó 'cá bhfuil tusa?', do ghnáthbheannacht," a d'fhreagair sé.

"Cá bhfuil Cian?" a d'fhiafraigh sí arís. "Lig de do chuid seafóide."

"Tá sé anseo díreach le mo thaobh," a dúirt sé, an teileafón á thabhairt aige dá mhac.

"Hi, a Mhama," ar seisean.

"Cá bhfuil sibh?"

"Táim sa teach ósta le Deaide, agus tá an-*time* go deo agam ag imirt púil agus chuile rud."

"Ar ith tú do dhinnéar?"

"Bhí sceallóga agus *burger* agam, agus bhíodar go hálainn. An dtabharfaidh tusa anseo mé lá éicint?"

"Abair le do Dheaide tú a thabhairt abhaile anois díreach."

"Nílim ag iarraidh dul abhaile."

"Abair leis go bhfuil mise ag iarraidh labhairt leis."

"An bhfuair tú mo bhronntanas fós?"

"Ní bhfuair, agus ní bhfaighidh mura dtéann sibh abhaile láithreach." Chuala sí é ag tabhairt an fhóin ar ais dá athair, agus bhí aiféala uirthi nár dhúirt sí aon rud grámhar cineálta leis. Ach bhí sí oibrithe le Mártan, agus thug sí íde béil dó faoina mhac a bheith amuigh san ósta leis.

"Tabhair tusa aire dó i do bhealach féin agus tabharfaidh mise aire dó ar mo bhealachsa," ar seisean.

"Tabharfaidh, má fhaigheann tú arís é," arsa Justine, olc uirthi.

"An bhfuil tú ag bagairt orm?"

"Nílim ag iarraidh go mbeidh sé ina mheisceoir, ar nós a athar."

Bhí sé ar bharr a theanga ag Mártan 'focáil leat' a rá léi, ach chuimhnigh sé go raibh Cian lena thaobh. "Beimid ag caint faoi seo nuair a thiocfas tú ar ais," a dúirt sé agus bhrúigh sé an cnaipe lena gcomhrá a chríochnú.

"Gach rud ceart?" a d'iarr James go magúil, a charbhat á shocrú aige ar aghaidh an scátháin mhóir.

"Tabhair aire do do ghnó féin," arsa Justine go borb. "Cén fáth ar éist mé leat, a bheag ná a mhór? Bhí a fhios agam nár cheart dom glaoch a chur orthu. Tá an mhaith uilig bainte as an oíche anois acu!"

Thug James naipcín anonn chuici le deoir a ghlanadh nuair a thug sé faoi deara go raibh sí beagnach ag caoineadh. Bhrúigh sí uaithi é nuair a rinne sé iarracht a lámha a chur ina timpeall, ach chas sí isteach ina bharróg ansin. "Tuige a bhfuil cac déanta de mo shaol?"

Chuimil James lámh dá droim agus d'fhiafraigh go cineálta, "Céard atá mícheart, a ghrá?"

"Chuile rud." Bhreathnaigh Justine air, a súile lán le deora, agus ansin thosaigh sí ag gáire trína gol. "Níl aon rud tromchúiseach mícheart," a dúirt sí. "Seafóid atá orm. Tuige nach dtabharfadh Mártan Cian leis chuig an teach ósta má thograíonn sé é? Nach bhfuil sé ansin le breathnú ina dhiaidh?"

Thug James póg ar an mbéal di. "Ní dhéanfaidh sé arís é, táim cinnte, tar éis an méid atá cloiste anois aige."

"An raibh mé uafásach uilig?" Thug sí póg éadrom bhuíochais dó as a bheith chomh deas léi.

"Cuirfidh mé mar seo é," ar seisean, ag gáire, 'ní bheidh mise ag troid leat má tá do chuid fiacla chomh géar sin."

"Céard a dhéanfas mé anois?" Sheas Justine siar uaidh. "Ní féidir liom dul chuig dinnéar agus mo shúile ataithe le deora."

"Cé a bheas ag breathnú?" ar seisean.

"Ní bheadh a fhios agat. Tá a fhios agamsa gur cuma leatsa, ach nílim ag iarraidh go bhfeicfí mar seo mé."

"D'fhéadfaimis an dinnéar a ordú chuig an seomra."

"Nílim ag aireachtáil chomh rómánsúil sin," a d'fhreagair Justine.

"Ar an mbéile a bhí mise ag cuimhneamh," arsa James.

Bhreathnaigh Justine uirthi féin sa scáthán. "Ní féidir liom dul in áit ar bith an chaoi a bhfuil mé."

"Oíche fhada ocrach a bheas inti, déarfainn." Shuigh James ar leaba. "Ní féidir linn ithe anseo, agus ní féidir linn dul síos chuig an mbialann."

"Beidh mé ceart go leor i gceann scaithimh," arsa Justine, "nuair a chuirfeas mé aghaidh nua orm féin."

"Is maith liom an ceann atá ort cheana féin."

"Ní bheidh mé i bhfad." Thug sí a mála léi go dtí an seomra folctha.

IX

Ní raibh a fhios ag Mártan Mac Cormaic an ag brionglóideach nó ina chodladh a bhí sé nuair a bhraith sé go raibh duine in aice leis sa leaba. Bhí a theanga dlúite go barr a bhéil, blas gránna uaidh agus pian uafásach ina chloigeann. Ansin a chuimhnigh sé go raibh Cian ag fanacht leis don deireadh seachtaine. Bhí sé tagtha isteach sa leaba in aice lena athair, agus ní den chéad uair, a smaoinigh sé. Tá an t-ádh air nach bhfuil cloigeann chomh tinn air is atá ormsa, ar sé leis féin.

Is beag nár reoigh sé nuair a tháinig lámh ina thimpeall, lámh a thosaigh ag cuimilt a chliabhraigh, a bhoilg agus níos faide síos. Chas sé sa leaba. "Sinéad! Cé as ar tháinig tusa?"

Gháir sí. "Tá a fhios agam cé as ar tháinig tusa." Rug sé go garbh ar a lámh nuair a lean sí lena cuimilt. "Céard atá ort?" a d'fhiafraigh sí. "Ní raibh stopadh ar bith ort aréir."

"Cian," ar seisean, ag éirí ina shuí sa leaba.

"Tá sé ina chodladh go sámh ar an tolg."

"Caithfidh tú imeacht, nó feicfidh sé thú."

"Tá a fhios aige go maith go bhfuilim anseo."

"Cén chaoi? Ar tháinig sé isteach sa seomra?" Bhí cuma ar éadan Mhártain go raibh náire an domhain air.

"É féin is mé féin a thug abhaile ón teach ósta aréir thú. Nach cuimhneach leat? Bhí tú chomh tinn le gadhar."

"Cuimhním ar chuid de. Ar éigean."

"Tháinig sé ort go tobann nuair a d'fhágamar an tábhairne. Bhí orainn imeacht ag a naoi mar nach bhfuil cead ag gasúir a bheith ann níos deireanaí. An t-aer úr a rinne é, is dóigh."

"Bhí an oiread ólta agatsa is a bhí agamsa."

"A leathoiread, b'fhéidir."

Bhí cuimhne ag Mártan ar an gcéad chuid den lá. "Ach bhí tusa ag ól piontaí chomh maith liomsa."

"Bhí, ar feadh an tráthnóna, ach ní bhfuair mé aon deoch dom féin ar mo *round* féin bhí an oiread os mo chomhair cheana. Agus is dóigh gur fhág mé trí cinn i mo dhiaidh ar an mbord."

Bhuail smaoineamh Mártan agus d'éirigh sé de léim amach as an leaba agus chuir sé air a chuid éadaigh leapa a bhí caite ar an urlár. "Cuir ort do chuid éadaigh," ar sé le Sinéad. "Is maith le Cian *cornflakes* a thabhairt dom sa leaba nuair a bhíonn sé ag fanacht liom."

Shín Sinéad í féin agus dúirt go raibh sí breá compordach mar a bhí. "Nuair a dhúisigh tú tar éis cúpla uair an chloig, bhí an-spreacadh go deo ionat. A leithéid d'oíche . . . Nára fada go ndéanfaimid arís é."

"Éist anois," arsa Mártan. "Má chloiseann Cian thú . . . Agus má fheiceann sé gan do chuid éadaigh tú."

Bhí Sinéad ar nós cuma liom. "Tá a fhios aige faoin am seo nach gcaitheann daoine a gcuid éadaigh sa leaba. Agus níl aon *nightie* agam."

"Cuir ort do cuid éadaigh go beo."

"Níl sé i gceist agamsa éirí as seo go tráthnóna," a d'fhreagair sí. "Táim maraithe tuirseach agat. Agus, ach an oiread leat féin, nílim ag aireachtáil ró-iontach tar éis ól an lae inné."

"Ach caithfidh tú cuimhneamh ar Chian."

"Tá Cian agus mé féin an-mhór le chéile. Nár chaith mé an chuid is mó den lá inné agus den oíche aréir ag imirt púil leis?"

"Ach is rud eile tú a fheiceáil anseo i mo leaba."

"Ní thabharfaidh sé suntas ar bith dó mura ndéanann tusa scéal mór de," arsa Sinéad. "Táim cinnte go bhfeiceann sé corrfhear i leaba a mháthar chomh maith."

"Táim cinnte nach bhfeiceann, mar níl a mháthair mar sin."

"Agus céard é 'mar sin'? *Slut*, an ea? Striapach?"

"Ní hin atá mé a rá, ach nach bhfuil aon fhear i saol Justine." Chuimhnigh sé air féin. "Go bhfios domsa."

"Sin é," arsa Sinéad. "Go bhfios duitse."

"Tá rud éicint ar eolas agat."

"Níl. Ní bhaineann sé liom, a bheag ná a mhór."

"Ní bheifeá ag rá nach mbaineann sé leat mura mbeadh a fhios agat go bhfuil fear éicint ina saol."

"Ní chuireann sé isteach ormsa, a bheag ná a mhór. Tá sibh scartha. Tá tusa saor. Nílimse ag teacht eadraibhse."

"Breathnaigh, a Shinéad . . . An rud a tharla aréir . . . "

"Bhí tú óltach. Ní raibh a fhios agat céard a bhí ar siúl. Ní theastaíonn uait a bheith ceangailte le duine ar bith. Tá a fhios agam. Tá a fhios agam . . . An seanscéal ceannann céanna . . . "

"Ní hé nach dtaitníonn tú liom. Tá an-chion agam ort."

"Ach níl tú réidh? Sin é?"

"Bhain tú as mo bhéal é."

"Bhuel, nílimse ag iarraidh a bheith ceangailte ach an oiread. Ach idir an dá linn . . . " Thug sí léim ina threo faoin gcuilt agus thosaigh ag cur cigilte ann. Bhíodar i mullach a chéile, Mártan ag iarraidh í a stopadh mar gheall go raibh a mhac sa gcéad seomra eile, nuair a d'oscail Cian an doras.

"Bricfeasta," a d'fhógair sé in ard a ghutha. Bhí am ag Mártan agus ag Sinéad iad féin a shocrú beagán sular tháinig sé isteach le soitheach gránaigh an duine dóibh.

Thug Sinéad ardmholadh dó, cé go raibh i bhfad an iomarca siúcra ina cuidse. Bhraith sí go raibh náire ar Mhártan, mar gur fhan sé ciúin, cé is moite de bhuíochas a ghlacadh sular thosaigh sé ag ithe. Shuigh Cian ar cholbha na leapa nóiméad, sular dhúirt sé, "Ba mhaith liom dul isteach sa lár."

"Ní féidir leat," a dúirt Mártan go borb.

"Nuair a bhí mé beag, bhínn i gcónaí ag dul isteach idir thú féin agus Mama sa leaba."

"Lig leis," arsa Sinéad, áit á fágáil aici dó.

"Téirigh ar an ríomhaire tamall nó rud éicint," a dúirt Mártan. "Tabharfaidh mé ar cuairt thú ar do Mhamó ar ball. Táim tuirseach fós, agus ba mhaith liom néal a chodladh ar feadh tamaillín eile. Is é an lá inniu an t-aon lá den tseachtain a mbíonn deis mar seo agam."

"Táimse tuirseach freisin agus ba mhaith liom dul isteach ansin." Thaispeáin sé an áit istigh eatarthu, a bhreathnaigh anchompordach dó.

"Ní féidir leat." Thug a athair an soitheach a bhí folaithe aige dó, agus spúnóg. "Tabhair iad sin amach chuig an gcistin, dún an doras agus léigh scéal nó déan d'obair baile nó téirigh ar an nGameboy go ceann tamaill."

"Nílim ag iarraidh . . . "

"Bhuel, táimse ag iarraidh . . . " Leag Mártan síos an dlí, ach bhog sé beagán ansin. "Déanfaimid rud speisialta ar ball."

"Cén rud speisialta?"

"Ní bheadh sé speisialta dá mbeadh a fhios agat roimh ré é."

"An mbeidh Sinéad ag teacht linn?"

"Ní bheidh. Beidh Sinéad ag dul abhaile."

Thug Sinéad an soitheach a bhí aici féin do Chian, agus dúirt go ciúin, "Déan an rud a deir d'athair, maith an buachaill."

Bhí olc ar Mhártan nuair a d'imigh Cian. "Ná déan é sin go deo arís. Bhuel, ní dhéanfaidh, mar nach bhfaighidh tú an deis."

"Ní dhearna mise tada," ar sise.

"Is beag nár nocht tú do . . . do chliabhrach dó nuair a shín tú an soitheach chuige. Agus maidir lena ligean isteach sa leaba eadrainn . . . "

"Cén dochar a dhéanfadh sé?"

"Cén dochar? Agus tú lomnocht le mo thaobh?"

"Bhí an chuilt i mo thimpeall."

"Tá tú gan náire, gan mhoráltacht."

"Cé atá ag caint? Ní raibh aon leisce ort aréir nuair a theastaigh do chuid uait. Cén fáth gur ar an mbean a chuirtear an milleán i gcónaí?"

"Ní hin é atá i gceist agam ach go gcaifear gasúir a chosaint."

"Bhuel, níl neart agamsa air má chonaic sé a athair chomh hóltach gur ar éigean a bhí sé in ann a chosa a chur faoi aréir."

"Nílimse ag caint ar ól," arsa Mártan. "Tá sé sin nádúrtha, bhuel, nádúrtha go maith, sách nádúrtha . . . "

"Ach níl sé seo?" Sheas sí amach as an leaba, ag taispeáint a colainne dea-dhéanta dó.

"As ucht Dé ort, clúdaigh tú féin. Ar fhaitíos go dtiocfadh sé isteach anseo arís." Tharraing sé pluid aníos thar a chloigeann.

"Tá tú ar nós ostraise anois," arsa Sinéad, ag gáire, "cloigeann sa ngaineamh agus tóin san aer."

"Níl mo thóin san aer."

"Faraor . . . "

"Níl sé sin barrúil, tá mise ag rá leat."

"Táimse le cith a thógáil," ar sise, "agus beidh mé imithe as do bhealach ansin chomh luath in Éirinn agus is féidir liom."

"Níl tú ag dul amach tríd an gcistin mar sin," arsa Mártan. Léim sé amach as an leaba agus chuir fallaing sheomra dá chuid féin ina timpeall. Thosaigh Sinéad ag gáire agus d'fhiafraigh sé di cén fáth.

"Ní raibh a fhios agam go raibh tú chomh coimeádach sa mbaile," a d'fhreagair sí, "i gcomparáid leis an stuif a scríobhann tú don dráma."

"Níl ansin ach scéal," ar sciscan. "Seo é an saol."

"Is fíor don dream a deir nach gcuireann tú aithne ar dhuine go dtí go maireann tú leis," a dúirt Sinéad.

"Níl tú ag maireachtáil liomsa."

"Go fóill."

"Go deo," arsa Mártan, go cinnte.

"Tá tú chomh goilliúnach sin." Thug Sinéad póg dó in ainneoin a chuid iarrachtaí í a choinneáil uaidh. "Rud a thaitníonn liom fút."

Luigh Mártan ar bharr na leapa nuair a bhí sí imithe le cith a thógáil. Céard atá tarraingthe agam orm féin anseo? a d'fhiafraigh sé de féin. Smaoinigh sé ansin. Nach mbeidh mé in ann úsáid a bhaint as sa sobaldráma? Na rudaí a bhí ráite ag Cian a chur i mbéal Katie. Mar a bhí ar intinn aige a dhéanamh leis na ceisteanna a bhí curtha aige faoina chéad Chomaoineach. Caithfidh mé fiafraí de Justine arís céard go díreach a bhí sé le rá sna paidreacha a chum sé.

Chuimhnigh sé ansin ar an obair nach raibh déanta aige, ar an lá roimhe sin curtha amú, ar ar tharla i rith na hoíche. Ach má éiríonn liom scéal a bhaint as, cén dochar? Rinne sé iontas nach raibh cuimhne ar bith aige ar chraiceann a bhualadh le Sinéad. Cén mhaith pléisiúr gan chuimhne? B'fhearr gan a bheith tarlaithe ar chor ar bith. Go háirithe nuair a bhí cosúlacht ar an scéal gur cheap sí go raibh greim de chineál éicint aici air dá bharr. Caitheamh aimsire a bhí ann di nóiméad amháin; gníomh mór an ghrá an chéad nóiméad eile.

Maidir le cosaint, ní raibh aon cheo déanta aige. Bhí na coiscíní a bhí ceannaithe aige ag súil go mbeadh an t-ádh leis, go dtarlódh rud mar a tharla an oíche roimhe sin am éicint, fágtha gan oscailt ina bpaicéad. Tá súil le Dia agam, ar sé ina intinn féin, go bhfuil sí ar an b*pill*. Caithfidh sé go bhfuil, nó ní fhéadfadh sí a bheith ag léim ó leaba go leaba dá uireasa. Ach b'fhéidir nach raibh, go raibh an ceart ag Réamonn nuair a dúirt sé gur thaitin sé léi, go raibh na *hots* aici dó, go raibh súil aici air le tamall anuas.

Ise a chaithfeas an fhreagracht a ghlacadh má tá sí ag iompar, arsa Mártan leis féin. Níor iarr mise ar ais chuig an árasán í agus níl cuimhne agam ar céard a tharla. Sórt éignithe a bhí ann i ndáiríre, gan fórsa gan foréigean, ar ndóigh, ach déanta air gan chead gan chuireadh. DNA amháin a chruthódh a cás, mar cárbh fhios dósan cé leis a raibh sí le tamall de sheachtainí anuas? D'fhéadfadh cúrsaí a bheith níos measa ná í a bheith ag iompar, a smaoinigh sé; ní bheadh a fhios ag duine cén sórt galair a d'fhéadfadh a bheith uirthi siúd.

Caithfidh mé a admháil, mar sin féin, go mbreathnaíonn sí breá folláin, go háirithe agus í ina peilt, a chuimhnigh sé. A leithéid de stumpa a bheith sa leaba agam agus gan cuimhne agam ar thada . . . Dúirt sé leis féin gurbh é an t-ól ba chúis lena pharanóia, nár chuir sé isteach a bheag nó a mhór ar fhir nó ar mhná ar comhaois le

Sinéad oíche a chaitheamh le duine. Ba mhar a chéile dóibh agus béile a bheith acu, dearmad déanta air lá arna mhárach murar éirigh leo oíche ar dóigh ar fad a bheith acu, oíche nárbh fhéidir dearmad a dhéanamh air.

Rinne sé iarracht imeachtaí an lae roimhe a thabhairt ar ais chun cuimhne: an t-agallamh le Micheline ar maidin; an lá fada sa teach ósta; an comhluadar; Cian a bhailiú ón scoil; iad ag imirt púil; ag ithe sceallóg; an seanfhear ag caint leis féin. Chinn air cuimhneamh cén t-ainm a bhí air sin, ach tháinig sé ar ais chun a chuimhne go raibh sé i gceist aige cuid dá scéal nua a bhunú ar a leithéid de dhuine.

Rug sé ar an leabhar nótaí a choinníodh sé le taobh na leapa le smaointe nua a bhreacadh síos. Scríobh sé nóta faoin 'seanfhear cainteach', ceannlíne eile faoi 'craiceann gan chuimhne', nóta faoi 'Katie i lár na leapa le leannán Jason nó Maria'. Caithfidh mé bheith ag obair lá agus oíche le breith suas ar mo chuid oibre, a smaoinigh sé, nuair atá Cian imithe abhaile uaim ón oíche Dé Domhnaigh ar aghaidh.

Céard a déarfadh Cian le Justine faoin gcailín i leaba a athar? Ba cheart gur chuma leis céard a déarfadh sé, a cheap Mártan, ach d'fhéadfadh sé go mbeadh tionchar aige sin ar an gcolscaradh nuair a bheidís ceithre bliana scartha óna chéile. An rud nach raibh a fhios aici, ní chuirfeadh sé isteach uirthi. Dá ndéarfadh sé le Cian gan aon rud a rá, ba bheag nach bhféadfadh sé a bheith cinnte go sciorrfadh sé uaidh agus é ag iarraidh a rún a choinneáil. B'fhearr gan rud ar bith a rá, b'fhéidir.

Cheisteodh Justine Cian faoin deireadh seachtaine, cinnte, chomh luath is a thiocfadh sí ar ais. Ba mhó a chuirfeadh an lá sa teach ósta as di, b'fhéidir, ná an cailín ina leaba. Má insíonn sé gur ar éigean a bhí a Dheaide in ann siúl abhaile ag deireadh na hoíche, beidh mé i dtrioblóid cheart, ar sé leis féin, ach déarfaidh mé go bhfuil sé ag déanamh scéal mór d'eachtra bheag, gur ag pleidhcíocht agus ag ligean orm go raibh mé ólta a bhí mé.

Shíl sé go raibh Sinéad i bhfad imithe, rófhada le cith a thógáil ar chaoi ar bith. Tháinig íomhá ina intinn ó scannán éicint de bhean óg a sciorr i gcith agus a phléasc a cloigeann ar an marmar. Paranóia an óil arís, ar sé leis féin, ach chuaigh sé amach á cuardach.

Bhí cluiche á imirt aici ar an ríomhaire in éineacht le Cian, gan am ag ceachtar acu labhairt leis bhíodar chomh tógtha sin leis an gcluiche, a n-aird iomlán dírithe ar an gcéad diúracán eile a bhí le pléascadh as an aer acu. Beirt ghasúr, a smaoinigh sé, ag ceapadh gur dhócha gur gaire in aois í Sinéad dá mhac ná dó féin. Ba léir nach raibh a cith tógtha fós aici, a fallaing sheomra leathoscailte, an gleann idir a cíocha le feiceáil go soiléir, a cuid éadaigh fágtha lena taobh ar an tolg. An t-aon sólás a bhí ag Mártan ná nach bhfeicfeadh a mhac aon rud seachas a raibh roimhe amach ar an scáileán. Thograigh sé iad a fhágáil mar a bhí go dtógfadh sé féin cith ar dtús.

Mhothaigh sé níos fearr nuair a bhí an t-uisce ag sileadh anuas air ar feadh tamaill. Cibé céard eile a cheap sé faoi Shinéad, bhí sí go maith le Cian. B'fhéidir go dtabharfadh sí in áit éicint é, agus bheadh deis aige beagán oibre a dhéanamh. Chuimhnigh sé ansin go mbeadh dóthain trioblóide ann le Justine gan a mac a bheith fágtha le duine nach raibh aithne aici uirthi.

Shocraigh sé ina intinn Cian a thabhairt ar cuairt ar a sheanmháthair chomh luath agus a bheidís réitithe agus Sinéad imithe abhaile. Chuir sé tuáille ina thimpeall agus amach leis tríd an seomra suí, áit a raibh Cian suite leis féin ar aghaidh na teilifíse.

"Cá bhfuil Sinéad?" a d'iarr sé.

"Tá sí ina seomra. Dúirt sí go raibh sí tuirseach."

Bhraith Mártan ar a rá nach raibh baint ná páirt aici leis an seomra ach gur tharla gur fhan sí ann an oíche roimhe sin. Ach cén mhaith dó é sin a dhéanamh? Ní bheadh mar thoradh air ach tuilleadh ceisteanna a tharraingt air féin.

"Cuir ort do chuid éadaigh anois," ar sé, "agus tabharfaimid cuairt ar do Mhamó."

"Táim ag iarraidh an clár seo a fheiceáil."

"An iomarca teilifíse a fheiceann tú. Gan caint ar an deamhan ríomhaire atá agat. Ní fhéadfadh sé a bheith go maith do do shúile."

"Bíonn tusa ag breathnú air níos mó ná mise," a d'fhreagair a mhac, a shúile dírithe ar an scáileán. "Bíonn tusa ag breathnú air gach lá."

"Sin mo chuid oibre."

"Ba mhaith liomsa obair mar sin a bheith agam, a bheith ag spraoi ar ríomhairí an t-am ar fad."

"Ní ag spraoi a bhímse ach ag obair, agus ag obair go crua."

Bhain an chéad rud eile a dúirt a mhac leis croitheadh as, mar nár bhain sé a bheag nó a mhór leis an ábhar cainte a bhí acu go dtí sin. "Bhfuil tusa agus Sinéad le pósadh?"

"Pósadh? Cén fáth a ndeireann tú é sin?"

"An fearr leat ise nó mo Mhama?"

"Is cara liom í. Bíonn sí ag obair in éineacht liom. Bhí cúpla deoch againn le chéile inné. Sin an méid."

"An í do *ghirlfriend* í?"

"Nár dhúirt mé leat gur cairde muid? Agus ar aon chaoi, nach bhfuilim pósta le do Mhama?" Ba bheag nár dhúirt sé 'fós'.

"An mbeidh leanbh agaibh?"

"Cé as a bhfuil na ceisteanna seo ag teacht?"

"Chonaic mé daoine ar an teilifís ag déanamh páiste. Ní raibh éadach ar bith orthu."

"Cén sórt cláracha teilifíse a mbíonn tusa ag breathnú orthu?"

"Ar scoil a bhí sé. Bhí Mama ann freisin agus daoine móra eile."

Bhraith Mártan ar fhiafraí cén fáth nach raibh seisean ann, nuair a chuimhnigh sé gur ag caint le gasúr a bhí sé. "Is clár é sin le nádúr an tsaoil a mhíniú. Is rudaí iad sin a dhéanann daoine nuair a bhíonn siad mór agus i ngrá lena chéile." Bhí sórt náire air agus é ag iarraidh labhairt go ciallmhar lena mhac faoi na cúrsaí sin nár mhínigh aon duine dó féin iad lena linn. Ba bheag a cheap sé gur thosaigh oideachas mar sin ag aois chomh hóg sin.

"Bhfuil tusa i ngrá le Sinéad?"

"Is maith liom í," a d'fhreagair Mártan.

"Tá sí i ngrá leatsa?"

"Ar dhúirt sí é sin leat?"

Bhain Cian searradh as a ghuaillí mar fhreagra. Dúirt Mártan leis a chuid éadaigh a chur air láithreach agus fáil réidh le dul chuig teach a sheanmháthar. Bhí a fhios ag a mhac óna ghuth nach ndéanfadh leithscéal aon mhaith an uair seo.

Chuaigh Mártan isteach ina sheomra codlata, áit a raibh Sinéad á síneadh féin siar ar na piliúir, cosúlacht uirthi go ndearna sí sin go tobann nuair a chuala sí é ag teacht. Thug sé faoi deara go raibh a leabhar nótaí fágtha oscailte ar an gcófra beag le taobh na leapa.

"An raibh tú ag breathnú air sin?" a d'fhiafraigh sé.

"Ag breathnú ar céard?"

"Mo chuid nótaí?"

"Níl a fhios agamsa tada faoi do chuid nótaí."

Chuaigh Mártan anonn, agus bhreathnaigh sé ar na nótaí a bhí breactha síos aige tamall roimhe sin. Smaoinigh sé gurbh fhéidir gur fhág sé mar sin é, cé go raibh amhras air.

"Níor mhaith liom go mbeifeá ag breathnú ar aon rud príobháideach."

"Ná bíodh aon imní ort. Bhí sé dorcha aréir," ar sí, searbhas le tabhairt faoi deara ina guth.

"Ní hin é atá i gceist agam, mar atá a fhios agat go maith."

"Bhí mé ag breathnú ar cén marc a thug tú dom i do chín lae. I gcomparáid le do chuid ban eile."

"Níl a leithéid de rud agus bean nó mná agamsa, agus ní bheidh anois ar chaoi ar bith. Leis an oiread sin oibre breise tugtha dúinn inné."

"Ar chuir tú do phlean mór i dtoll a chéile fós?"

"Ní raibh mórán ama agam," a d'fhreagair sé, "ach an oiread leat féin. D'athraigh sé an t-ábhar cainte go sciobtha. "Céard a bhí tú ag rá le Cian mar gheall ormsa?"

"Ní rabhamar ach ag caint ar na cluichí."

"Nílim ag iarraidh go gcuirfí trína chéile é."

"Céard atá i gceist agat?"

"A bheith ag déanamh amach go bhfuil mothúcháin áirithe agat."

"Mothúcháin áirithe? Mothaím nach tusa an duine céanna a bhí in éineacht liomsa inné agus aréir. Tháinig athrú mór ort ó fuair tú do chuid."

"Tá a dhóthain ar bord ag Cian i láthair na huaire mar gheall ormsa agus a mháthair a bheith scartha. Gan aon rud eile a bheith ag cur isteach air."

"Níl a fhios agam céard faoi a bhfuil tú ag caint."

"Bhí sé ag fiafraí an mbeimis ag pósadh," arsa Mártan, "an mbeadh gasúir againn."

"An leaidín bocht." Bhí Sinéad ar crith le gáire ar an leaba. Dúirt sí nuair a stop sí, "Cibé cá bhfuair sé an smaoineamh sin, ní uaimse a tháinig sé. Is féidir leat a bheith cinnte faoi sin."

"Ar dhúirt tú leis go bhfuil tú i ngrá liomsa?" a d'fhiafraigh Mártan go tobann.

"Níor dhúirt mé tada ach an fhírinne."

"Agus céard í sin?"

"Táimse ag dul ag tógáil cith." D'éirigh Sinéad agus shiúil amach as an seomra.

X

D'éirigh James McGill ar a uillinn sa leaba, agus bhreathnaigh sé ar chúl a cinn ar Justine Mhic Chormaic. "Bhfuil tú i do dhúiseacht?" a d'iarr sé.

"Níl," an freagra a fuair sé.

"Coinneoidh mé mo bhéal dúnta, mar sin."

"Faraor nár choinnigh tú dúnta é i rith na hoíche. Bhí tú ag srannadh ar nós traein."

"Tá brón orm faoi sin."

"Níl neart agat air, is dóigh."

"Tuige nár dhúisigh tú mé?"

"Níor theastaigh uaim."

"Ar fhaitíos na bhfaitíos?" Lig sé osna, mar dhea. "Tá mo cháil millte go deo na ndeor tar éis na hoíche aréir."

"Do dhea-cháil nó do dhroch-cháil?"

"Braitheann sé ar an gcaoi a mbreathnaíonn tú air. Mo cháil sa leaba. Mar Don Juan nó Valentino."

"Nach leor a rá, le cibé dream a ndéanann tú gaisce leo, gur chodail tú liom, fiú mura raibh ann ach codladh."

"B'fhéidir gur cheart dom leabhar nua a oscailt: liosta de na mná nach ndearna mé tada leo ach srannadh lena dtaobh," ar seisean.

"Caithfidh mé a rá gur fear uasal a bhí ionat," a dúirt Justine. "Ní raibh gíog ná míog asat ach dul a chodladh."

"Ní hé deireadh an tsaoil é."

"Ní raibh mé réidh . . . "

"Tá go maith. Déan dearmad air. Is tusa atá ag déanamh scéal mór de."

"Scéal mór? Nílim ach ag iarraidh mo chás a mhíniú."

"Tá tú i ngrá leis i gcónaí?"

"Le Mártan? Nílim, ná le fada."

"Duine éicint eile?"

"Ní dheachaigh mé taobh amuigh den doras le fear ar ar bith ó scaramar óna chéile. Go dtí anois."

"Ach céard a tharla ar chúl an dorais?" a d'iarr James go magúil.

"Chonaic mé chuile chlár teilifíse dár dearnadh riamh."

"Ar a laghad ar bith tá tú taobh amuigh den doras anois," ar seisean. "Ar thaitin an ceol leat aréir?"

"Thaitin, agus an dinnéar, agus an comhluadar. Bhain mé an-taitneamh as an oíche," arsa Justine.

"Mise freisin, agus níor chodail mé chomh maith sin le fada. Agus níl tinneas cinn orm ná tada."

"Níor ól tú an méid sin?" a dúirt Justine.

"Ag tagairt don Chinnéideach atá mé," arsa James. "Iar-Uachtarán Mheiriceá. Tá sé ráite gur dhúirt sé am éicint go mbíodh tinneas cinn air lá ar bith nach mbíodh bean aige."

"Agus bean chomh deas aige féin? Tuige a raibh gá aige dul ar seachrán?"

"B'fhéidir nach raibh sé á fháil sa mbaile."

"Bhfuil chuile fhear mar sin?" a d'fhiafraigh Justine. "Craiceann ina chéad chloch ar a phaidrín aige?"

Rinne James gáire. "Ní dóigh liom go mbíonn paidrín ag mórán a dhéanann amhlaidh le mná difriúla go minic."

"Murar paidrín an-ghearr é."

"Ná habair go bhfuilimid beirt ar cuimhneamh ar an rud céanna," ar sé, "agus shílfeá nach leáfadh an t-im i do bhéal."

"Nach bhfuil sé thar am againn éirí amach as seo?" a d'iarr Justine.

Bhreathnaigh James ar a uaireadóir. "Ba cheart go mbeadh an bricfeasta anseo nóiméad ar bith anois." Ní túisce é ráite aige ná buaileadh cnag ar an doras agus thug beirt fhreastalaithe béile na maidine isteach: fear i dtosach le tráidire mór, bean ina dhiaidh le buicéad oighir ina raibh buidéal seaimpéin.

"Níl sé i gceist agat é sin a ól anois?" arsa Justine.

"Ní raibh sé i gceist agam é a ól liom féin," ar sé, "ach é a roinnt leatsa. Is beag atá chomh deas le bricfeasta seaimpéin."

"Ní bheadh a fhios agam," arsa Justine, "mar nach raibh a leithéid agam riamh cheana."

"Tá sé in am agat e a thriail, mar sin." Phléasc James an corc go barr an tseomra.

"Fainic, tá tú á dhoirteadh," a dúirt Justine, ag breith ar ghloine le cur faoi.

"Cén dochar? Tá ár ndóthain ann, agus ní bheidh ort é a ghlanadh suas. Ní sa mbaile atá tú anois."

"Sin é a cheap mé, ceart go leor."

"Caithfidh tú dearmad a dhéanamh ar an mbaile go dtí an oíche amárach." Dhoirt James deoch chroíúil amach di. "Sláinte mhaith."

"Go mbeirimid beo ar an am seo arís." Chuireadar a ngloiní le chéile agus d'ól. Rinne Justine a machnamh ar feadh nóiméid. "Faraor nach bhfuil sé chomh héasca sin dearmad a dhéanamh ar an mbaile."

"Cian atá i gceist agat?"

"Bhí mé ag cuimhneamh air ar feadh na hoíche."

"Shíl mise gur bhain tú taitneamh as an gceol?"

"Bhain, ar ndóigh. Bhí sé sin iontach. Lár na hoíche atá i gceist agam. Nuair a bhí tusa ag srannadh."

"Bhfuil imní ort faoi? Bhfuil tú ag iarraidh filleadh inniu?" a d'fhiafraigh James.

"Nílim. Ach bhí mé sórt borb leis. Agus dá dtarlódh tada dó, agus an rud deireanach a chuala sé óna Mhama ná mé ag tabhairt amach . . . ?"

"Céard a tharlódh dó?"

"Tá a fhios agam, ach níl neart agam ar na rudaí a thagann isteach i m'intinn mar gheall air."

"Cén fáth nach gcuireann tú glaoch air?"

"Fágfaidh mé anois é. Go dtí go mbíonn an bricfeasta thart, ar chaoi ar bith. Bhfuil tae ar bith sa bpota sin?"

"Seaimpéin i do lámh agat agus tú ag iarraidh tae."

"Tá sé in am faisean nua a thosú. Tae agus seaimpéin."

Bhuail James na gloiní le chéile arís. "Tae agus seaimpéin." Dhoirt sé amach tae do Justine ansin sular dhúirt sé, "Bain taitneamh as inniu, mar ní féidir linn é a ól arís ar maidin amárach."

"Tuige? Anois go bhfuil an blas faighte againn . . . "

"Beidh mise ag tiomáint abhaile. Agus beidh mé ag iarraidh é sin a dhéanamh gan alcól."

"Ach ní bheidh mise ag tiomáint," a dúirt Justine.

"Is fíor duit. Ordóidh mé buidéal eile duit."

"Ag magadh atá mé. Is leor seo uair amháin i saol an duine."

"Ná bíodh seafóid ort. Ba cheart go mbeadh sé seo againn chuile lá."

"Is gearr a bheadh duine ag éirí bréan de."

"Ní éireoinnse bréan de go deo."

"Ní thógfadh seaimpéin áit mo mhic choíche," arsa Justine, "is cuma cé chomh deas is a bheadh sé."

"Ach tá sé go deas corruair?"

"D'fhéadfainn dul i gcleachtadh air. Ar an seaimpéin agus ar an gcuideachta." D'ardaigh Justine a gloinc arís.

"Tuige nach dtéimid ar saoire le chéile?" a d'fhiafraigh James. "Áit éicint atá te agus an seaimpéin fairsing."

"Déan go réidh. De réir a chéile . . . " a d'fhreagair Justine.

"Ach má éiríonn go maith linn? Mar bheirt, mar chairde, mar pháirtnéirí? Nach mbeadh sé go deas?"

"Tá tú ag dul rófhada chun tosaigh in aon léim amháin."

"Ach nach bhfuil cead agam scaoileadh le mo shamhlaíocht?"

"Gheofá tuirseach díom go héasca."

"Tuige?" a d'iarr James.

"Mar gur tusa an réalta scannáin. Níl ionamsa ach . . . gnáthdhuine."

"Réalta scannáin? Faraor nach ea. Is aisteoir maith go leor mé i sobaldráma nach mbreathnaíonn ach trí faoin gcéad de phobal na tíre air, má bhreathnaíonn an méid sin féin. Iasc leathmhór i linn an-bheag."

"Tá cáil ort in áit s'againne, ar chaoi ar bith."

"Ach cén mhaith cáil? An gcuireann sé snas ar do bhróga, dinnéar ar an mbord, gliondar ar an gcroí?"

"Ní bheidh tú gan obair go deo. Ná cuideachta ná comhluadar."

"Ach an é an comhluadar a theastaíonn ó dhuine é? Comhluadar an tí ósta, na daoine faiseanta éadoimhne éadroma . . . ?"

"Comhluadar an bhricfeasta seaimpéin?"

"Do chomhluadarsa a bheadh uaim." Bhreathnaigh James go géar ar Justine. "B'fhearr liom sin ná rud ar bith."

"Níl aithne ar bith agat orm."

"Ón méid atá feicthe agam go dtí seo."

"Níl feicthe agat ach bean atá trína chéile, nach féidir léi oíche amháin a chaitheamh ó bhaile gan an baile a thabhairt léi."

"Tá bean láidir neamhspleách, a bhfuil a hintinn féin aici, feicthe agam."

"Caithfidh sé nár dhúirt aon bhean 'no' riamh cheana leat."

"Níl ansin ach cuid de. Tá stíl ag baint leatsa, agus doimhneas nach bhfuil ag mórán a casadh ormsa go dtí seo."

"Plámás," arsa Justine. "Dá mbeadh aithne cheart agat orm . . . "

"Céard a bheadh ar eolas agam fút nach bhfuil a fhios agam cheana?"

"Teip atá ionam, duine a bhfuil teipthe ar a phósadh, duine a bhfuil a misneach agus a muinín caillte aici."

"Tá tú ródhian ort féin."

"Bhfuil?" arsa Justine. "Ceapann tusa, is dóigh, gur moráltacht de chineál éicint a tháinig eadrainn sa leaba aréir, a choinnigh óna chéile muid. Ní hea, ach easpa muiníne agus misnigh, agus sórt faitís."

"Faitíos romhamsa?" a d'fhiafraigh James.

"Faitíos go ndéanfainn óinseach díom féin."

"Cén saghas óinsí?"

"Níl a fhios agam. Sin atá mé ag iarraidh a rá. Níl aon mhuinín agam ionam féin, asam féin. Níl a fhios agam céard atá ceart nó mícheart níos mó. Agus nílim ag caint ar mhoráltacht amháin ach go fisiciúil, ar chuile bhealach . . . " Stop sí ag caint nóiméad. "Ná tabhair aird orm. Níl a fhios agam, nó níl sé soiléir i m'intinn céard atá mé ag iarraidh a rá."

"Cén deabhadh atá ort? Tógaimis rudaí go réidh."

"Ach ní bheidh tusa sásta leis sin?" a d'fhiafraigh Justine.

"Táimse sásta iarracht a dhéanamh aithne cheart a chur ort. Agus cibé céard a tharlaíonn ina dhiaidh sin . . . Is maith liom thú, agus is maith liom a bheith ag caint leat. Is fada ó bhí comhrá chomh spéisiúil agam sula raibh mo bhricfeasta críochnaithe agam, fiú amháin."

"B'fhéidir gurb é an seaimpéin atá ag cur faid le do theanga?"

"Ní hé ach muide, beirt ag iarraidh ceart a bhaint as a chéile, ag iarraidh a bheith cneasta díreach macánta."

"Nach mbíonn daoine mar sin i gcónaí?"

"Ní bhíonn sa saol a mairimse ann," a d'fhreagair James, "ach chuile dhuine ar mhaithe leis féin. Is minic nach mbeadh a fhios agat cé acu is mó atá dáiríre, a bpáirt sa sobaldráma nó i ngnáthdhráma an tsaoil. Is beag nach mar a chéile iad amanta."

"Céard a cheapann tú faoi Mhártan? Mo *ex*?" a d'iarr Justine.

"Is scríbhneoir maith é. Ar an leibhéal sin."

"Mar dhuine atá i gceist agam."

"Níl aithne agam air."

"Bhí tú ag ól leis an oíche cheana."

Bhain James searradh as a ghuaillí. "Casadh ar a chéile muid. Chonaic mé ar an *set* é cúpla uair. Aithne súl atá agam air. Breathnaíonn sé ceart go leor."

"Bhíomar i gcónaí ag troid."

"Cén fáth?"

"Níl a fhios agam i ndáiríre. Ní raibh ar ár gcumas réiteach le chéile ná aontú le chéile faoi mhórán."

"Ach tá sé go maith le Cian, a deir tú."

"Tá siad iontach mór lena chéile." Smaoinigh Justine sular fhiafraigh sí, "Céard faoi Chian, má tá mise agus tusa le leanacht ar aghaidh tamall eile?"

"Céard faoi?"

"An té atá mór liomsa, caithfidh sé a bheith mór le Cian freisin."

"Ní mé is fearr ar an saol le gasúir, ach dhéanfainn iarracht."

"Tá amhras orm," arsa Justine. "Níl fear ag teastáil chomh mór sin uaimse nach dtabharfainn an phríomháit i mo chroí agus i mo shaol do Chian."

"An gá go mbeadh coimhlint ann?"

"Bheadh coimhlint ann, mar ní fhéadfainnse a bheith amuigh ar an *tear* chomh minic is a bhíonn tusa."

"B'fhéidir nach mbeinn amuigh chomh minic sin dá mbeadh údar agam fanacht istigh."

"Níl sé furasta taithí an tsaoil a athrú."

"D'fhéadfá an dinnéar a réiteach. Thiocfainn thart le buidéal fíona. Bheadh Cian ag déanamh a chuid obair bhaile . . . " Bhí James mar a bheadh sé ag samhlú an tsaoil a bheadh amach rompu.

"Nó d'fhéadfása an dinnéar a réiteach . . . "

"Is túisce a cheannóinn sa *chipper* é."

"Cara mór le Cian a bheadh ionat, más mar sin é," a dúirt Justine, ag gáire.

"Bheinnse sórt neirbhíseach thart ar ghasúir," a d'admhaigh James. "Níl aon taithí agam orthu."

"Caithfidh sé go bhfuil clann ag deartháir nó deirfiúr agat."

"Tá. San Astráil. Tá buachaill beag, nach bhfaca mé fós, ag mo dheirfiúr."

"Arbh in an méid a bhí sa gclann? Beirt?"

"Tá deartháir eile agam atá aerach, mar a deir siad. Nílim ag súil go mbeidh gasúir aigesean, cé nach mbeadh a fhios ag duine sa lá atá inniu ann."

"Céard faoi d'athair agus do mháthair? Nach bhfeiceann tú," arsa Justine, "nach bhfuil aithne ar bith againn ar a chéile?"

"Fuair m'athair bás in aois a seachtó nuair nach raibh mé ach cúig bliana déag. Bhí sé amach sna blianta nuair a phós sé. Bhí mo mháthair i bhfad ní b'óige ná é. Tá sise san Astráil le mo dheirfiúr i láthair na huaire."

"Céard faoi do bhean agus do chlann?" Ag magadh a bhí Justine nuair a chuir sí an cheist, ach thug sí faoi deara gur baineadh croitheadh as James.

"Bhí mé pósta uair amháin . . . "

"Anois atá tú á rá liom?"

"Bhíomar óg seafóideach. Is ar éigean a bhí aithne againn ar a chéile. Ar mhaithe lena fáil isteach sa leaba a chuaigh mé tríd an searmanas in Golders Green. Bhí mé ar camchuairt le grúpa drámaíochta ag an am, ag iarraidh an cheird a fhoghlaim. Cúig bliana déag a bhí sí, ag ligean uirthi go raibh sí seacht déag. Bhí sí chomh tanaí le dris, páirt cailín deich mbliana d'aois aici. Ní raibh mé féin ach scór . . . "

"Cén t-ainm a bhí . . . atá uirthi?"

"Nach cuma. Cén difríocht a dhéanann sé?"

"Ní féidir a bheith in éad le duine gan ainm."

"Lainey. Ní fhaca mé í le scór bliain."

"Cá bhfuil sí anois?"

"Londain, is dóigh."

"Bhfuil sibh pósta fós?"

"Níl. Aturnae mór le rá a bhí ina hathair. D'éirigh leis an rud a chur ar ceal ar bhealach éicint."

"Níl bhfuair tú colscaradh, mar sin? Tá tú pósta léi i gcónaí?"

"Ní raibh mé pósta léi riamh. Nuair a fuair a hathair amach go raibh an dáta mícheart tugtha aici, fuair sé bealach amach as."

"Éigniú a bhí ann," a dúirt Justine. "A bheith in éindí le cailín chomh hóg sin. Éigniú ó thaobh dlí de."

"Dúirt sí liomsa go raibh sí a seacht déag, agus bhíomar in ainm is a bheith pósta," arsa James. "Bhagair a hathair an dlí orm, ceart go leor, mura bhfágfainn an tír. Ní raibh mé i Sasana ó shin."

Chroith Justine a cloigeann. "Níl a fhios agam," a dúirt sí.

"Níl a fhios agat céard?"

"Níl a fhios agam faoin mbeirt againne."

"Mar gheall ar ar inis mé anois duit? Shíl mé gur theastaigh uait an fhírinne a chloisteáil?"

"An raibh tú le mórán cailíní eile a bhí faoi aois?"

"Céard le haghaidh an croscheistiú seo? Ní i gcúirt dlí atá mé. Nílim ciontach i rud ar bith ach i mbotún a dhéanamh nuair a bhí mé an-óg. Nach ndearna tusa aon rud as bealach riamh?"

"Ní dhearna mé a leithéid sin, cinnte."

"Cén aois a bhí tusa nuair a bhí tú le buachaill den chéad uair?"

"Ní bhaineann sé leat," a d'fhreagair Justine.

"Baineann, ós rud é go gceapann tú gur fearr thú ná mise."

"Bhain an méid a dúirt tú geit asam."

"Nach raibh tú féin pósta chomh maith liom? Nach bhfuil i gcónaí?"

"Cén fáth a mbacann daoine lena chéile, a bheag nó a mhór?" a d'iarr Justine, "nuair atá a fhios acu nach bhfuil le fáil as ach croíbhriseadh."

"B'fhearr leat fanacht i d'aonar ar feadh do shaoil?"

"B'fhearr, ná mo chroí a bheith briste arís."

"Níl sé i gceist agamsa do chroí a bhriseadh," a dúirt James.

"An mbíonn sé ar intinn ag aoinneach? Ach tarlaíonn sé."

Rinne seisean gáire. "Nach breá an rud é a bheith suite anseo ag ól seaimpéin don bhricfeasta agus muid chomh dorcha dubhach le préacháin. Fan go gcuimhneoidh mé ar rud níos éadóchasaí, níos lagmhisniúla arís."

Is gearr go raibh Justine ag gáire freisin. "Tá an ceart agat. Cén fáth nach bhfeicim ach an taobh dorcha i gcónaí?"

"Feiceann tú an taobh eile freisin, táim cinnte. Bhreathnaigh tú go hálainn aréir nuair a bhí tú chomh tógtha sin leis an gceol. Gan caint ar an dream a bhí á chasadh."

"Déarfainn go raibh cuid acu sin sna hochtóidí. Go háirithe an feairín beag gorm ar thaobh na láimhe deise leis an orgán béil."

"Bhíodar ar fad gorm, agus a gceol chomh maith," arsa James, "ach bhíodar thar cionn. Sin é an rud faoin gceol. Coinníonn sé óg an duine. Bhíodar sin chomh beo, chomh bríomhar, in ainneoin chomh sean is a bhíodar."

"Beidh tusa mar a chéile nuair a bheas tú sean, Daideo *Béal an Chuain,* agus na sicíní á dtarraingt agat i gcónaí."

"Ní dóigh liom go mairfidh mé féin ná an clár chomh fada sin."

"Nach bhfuil ag éirí thar cionn leis an dráma?"

"Tá ráflaí ann go bhfuil athruithe móra ag teacht, go mbeidh daoine á ligean chun bealaigh, is é sin mura dtagann na scríbhneoirí aníos le scéalta spéisiúla nua. Feictear domsa go bhfuil sé leamh leisciúil le tamall."

"An mbeadh Mártan i mbaol?"

"Tá chuile dhuine i mbaol, a chloisim, ó tháinig an bhean mhór sin ó Mheiriceá atá i gceannas anois."

"Ní fhéadfaidís déanamh de d'uireasa. Nach tusa an réalta is mó le rá den *lot* acu?" a dúirt Justine.

"Ní thógfadh sé ach piléar sa réalta le haird na tíre a tharraingt, leis an lucht féachana a tharraingt ar ais."

"Ar nós '*who shot JR*' fadó?"

"Go díreach é. Ní dóigh go bhfuil aon duine againn slán sábháilte, ach ní rud nua é sin. Bhí saol an aisteora éiginnte riamh."

"Agus is cuma leat faoi sin?"

"Ní cuma. Táim réasúnta socraithe thart anseo. Chomh socair is a bheas mé go deo, b'fhéidir. Is í an aois atá ag teacht orm, is dóigh. Bheadh drogall orm tosú ag tóraíocht páirteanna beaga sa mbaile mór arís."

"Nach mbíonn conradh agaibh?"

"Go deireadh an tséasúir. Ach d'fhéadfaidís é sin a cheannacht amach dá dtogróidís féin é. Maidir leis na scríbhneoirí, is ag obair ó sheachtain go seachtain atá siad sin. Má chliseann orthu scéal a chur ar phár nó ar scáileán, tá deireadh leo. Tá suas le scór acu imithe ó tháinig mise an chéad lá riamh."

"Tá súil agam nach gcaillfidh Mártan a phost," a dúirt Justine.

"Tá áit i do chroí agat dó i gcónaí?"

"Áit i mo phóca ba chirte a rá, b'fhéidir. Cuidíonn sé le Cian, mar a bheifeá ag súil leis. Bheimis ceart go leor, ach ní bheadh sé éasca."

"Ní hé *Béal an Chuain* an t-aon sobaldráma sa tír. Is dóigh go bhfuil sé in ann Béarla a scríobh chomh maith le Gaeilge."

"Bheadh air an áit seo a fhágáil."

"B'fhearr leat é a bheith thart i gcónaí?" a d'iarr James.

"Ar mhaithe le Cian. Is é a athair é, agus ba mhaith liom go mbeidís mór lena chéile."

"Níl aon áit sa tír chomh fada sin ó bhaile. Nár dhúirt tú liom nach bhfeiceann sé ach lá sa tseachtain é go hiondúil?"

"Ach tá sé ansin i gcónaí, má theastaíonn sé. Cuirim fios air corruair má tá deacracht agam le hobair bhaile. Níl gach rud mar a bhí nuair a bhí mise ag dul ar scoil fadó."

"Braithim nach bhfuil an ceangal eadraibh briste ar chor ar bith," a dúirt James. "Tá sibh scartha go fisiciúil ach níl ó thaobh na mothúchán de."

"Táimid scartha. Sin sin, agus níl aon dul siar air. Beidh colscaradh againn chomh luath is a bheimid ina theideal." Shiúil Justine i dtreo an tseomra folctha, áit ar chas sí ag an doras. "Nach cuma duitse, ar chaoi ar bith?"

"Má tá mise agus tusa le bheith, bhuel, le chéile, teastaíonn uaim a fháil amach an bhfuil ceangal idir thú féin agus Mártan i gcónaí?"

"An ceangal céanna atá idir tusa agus cén t-ainm atá uirthi? Lainey."

"Ní raibh baint ná páirt agam le Lainey le fiche bliain."

"Ach beidh sí fós ina taibhse ag an mbord s'againne, go díreach mar a bheas Mártan. Caithfimid glacadh leis sin má táimid chun leanacht ar aghaidh. Ceart go leor?" a d'iarr sí.

"Tá go maith." Bhain James searradh as a ghuaillí. "Maidir le Mártan," a dúirt sé, "d'fhéadfadh sé a bheith ag scríobh do shobal i Manchain nó i mBaile Átha Cliath agus é ina chónaí anseo, a chuid stuif á chur ar aghaidh aige tríd an ríomhphost."

"Bhí a fhios sin agam," a d'fhreagair sí ar bhealach éadrom sula ndeachaigh sí isteach sa seomra folctha.

XI

Bhí a cathaoir rotha ag Bríd Mhic Chormaic faoi cheann uair an chloig tar éis do Justine í a ordú, sula ndeachaigh sí go Corcaigh tráthnóna Dé hAoine. Chaith Bríd an chuid is mó den lá sin ag breathnú air go hamhrasach óna leaba, ag rá léi féin nach mbeadh sí in ann í a úsáid go deo.

"Is túisce a ghabhfainn ar *bhicycle* ná ar an deamhan rud sin," a dúirt sí le Sail, bean an chúraim bhaile, ar maidin lá arna mhárach, ach bhí sí suite inti faoin ngrian ag an doras tosaigh taobh istigh de leathuair an chloig. Thóg sé tamall uirthi dul i gcleachtadh ar na rothaí a chasadh lena lámha, ach faoin am a bhí Sail ag imeacht, ní raibh sí sásta í a fhágáil.

"Ní bheidh tú in ann athrú isteach sa leaba aisti," arsa Sail. "Níl seans ar bith go dtiocfaidh tú ar ais tráthnóna. Tá a fhios agam go bhfuil do dhóthain le déanamh . . . "

"Tiocfaidh mé ar ais thart ar a trí. Ach bí cúramach. Tógann sé tamall eolas a chur ar ghléas nua ar bith. Agus seachain do chuid méaracha sna rothaí."

"Cá mbeinn ag dul ach isteach is amach an doras agus timpeall na sráide?"

"Is maith an rud é nach bhfuil céimeanna ann."

"Bhfuil tú ag ceapadh gur óinseach chomh mór sin mé go ngabhfainn síos céimeanna ar an rud seo?"

"Tárlaíonn timpistí, agus is ormsa a bheas an milleán má tharlaíonn tada."

"Siúil leat, maith an cailín," arsa Bríd. "Beidh mise ceart go leor." Choinnigh sí uirthi go raibh sí tuirseach, amach tríd an doras, soir siar, ag casadh anseo is ansiúd, ag dul siar agus ar aghaidh. Bhí a fhios aici go raibh a lámha láidir – chruthaigh an lá a mhúch sí an choinneal é sin di.

Bhí an tsráid ina cíor thuathail ó d'imigh a cosa, a cheap sí, na plandaí a bhí curtha i mboscaí agus i seanbhairillí fásta fiáin agus roinnt mhaith acu tite síos lofa. Chuaigh sí chomh gar agus ab fhéidir léi don cheann is mó acu leis an salachar a bhí tite síos in íochtar a ghlanadh. Bhí sé sin ar aon leibhéal lena lámh dheas, agus is ann a bhí sí ag obair léi nuair a chuala sí torann sa gcistin. "Tá mé amuigh anseo," a d'fhógair sí.

Bhí eochair ag Mártan don doras eile, agus baineadh geit as nuair a chuaigh sé isteach trí dhoras amháin agus chonaic go raibh an ceann eile oscailte. Dheifrigh sé amach tríd sin nuair a chuala sé a mháthair ag caint taobh amuigh. "Céard sa diabhal . . . ?" Rith Cian thairis agus thug barróg dá sheanmháthair.

"Maith an feairín," ar sí leis. "Dúirt tusa 'hello' liom sular thug tú an diabhal isteach sa scéal, murab ionann is d'athair."

"Scanraigh mé," a dúirt Mártan, "nuair a chonaic mé an doras oscailte. Is amhlaidh a cheap mé gur bhris duine éicint isteach."

"Má bhriseann féin," arsa a mháthair go gaisciúil, "ní bheidh siad in ann coinneáil suas le mo chairrín nua."

"Cá bhfuair tú é?" a d'fhiafraigh Mártan.

"Cuir an cheist sin ar do bhean."

"Justine?"

"Cé mhéid bean atá agat?"

Cian is túisce a thug freagra. "Beirt: Mama agus Sinéad."

"Sinéad?" Is ar Chian a dhírigh Bríd a ceist. "Bhfuil aithne agamsa uirthi sin? Tá seanaithne agam ar Justine, bail ó Dhia uirthi, a chuir na rothaí seo faoi mo chathaoir."

"Thug sí Deaide abhaile nuair a bhí sé óltach. Agus thug mise cúnamh di."

"Ní raibh mé óltach, a Chian."

Rinne Cian iarracht an dochar a mhaolú. "Bhí tú tuirseach."

"An raibh sé chomh tuirseach sin go raibh na cosa ag imeacht faoi?" a d'iarr Bríd, fios maith aici le scéal a bhaint as gasúr.

Bhreathnaigh Cian ar a athair, a raibh a chloigeann á chroitheadh go mall ó thaobh go taobh aige. D'fhéach sé ar ais ar a sheanmháthair agus é idir dhá chomhairle. Mheabhraigh sí dó nach n-insíonn buachaillí atá le dul lena gcéad Chomaoineach bréaga.

"Má insím ceann, is féidir liom é sin a rá sa bhfaoistin," a dúirt Cian.

"Ní gá é a insint anois," ar sí, "mar tá a fhios agam an freagra."

"Tá tú róghlic ar fad," a dúirt a mac.

"Má tá mise glic, tá tusa *thick*," ar sí. "Is mór an náire thú, ar meisce os comhair do ghasúir."

"Tá sé ag cur beagán leis," a dúirt Mártan. "Bhí deoch agam le cúpla duine atá ag obair liom, mar go bhfuaireamar ardú beag pá. Tháinig cuid acu ar ais ag deireadh na hoíche."

"Is maith liomsa Sinéad." Shíl Cian go gcuirfeadh a ráiteas gach rud ina cheart arís.

"Má tá tú chomh mór sin léi," a dúirt Bríd le Mártan, "tuige nár thug tú anseo í go bhfeicfinn í?"

"Bhí sí ag iarraidh teacht linn," a dúirt Cian, "ach dúirt Deaide léi gan teacht."

"Ar dhúirt, muis?" Chas Bríd isteach i dtreo an chrainn bhig a bhí á shocrú aici nuair a thángadar, ar nós gurbh é an rud ba thábhachtaí ar an saol é. "Ní chloisfinn tada," ar sí leis an gcrann, "murach Cian beag."

"Níl tada eadrainn, i ndáiríre." Bhí Mártan ar buile leis féin go raibh air, ag an aois a raibh sé, rudaí mar sin a mhíniú dá mháthair. "Is cara liom í ón obair. Sin an méid."

"Ní gá an saol mór a chosaint ormsa," arsa Bríd. "Nach bhfeicim ar an mbosca bréan iad oíche i ndiaidh oíche, ag dul isteach sa leaba le daoine nach bhfuil siad pósta leo."

"Ní gá breathnú ar a leithéid má chuireann sé isteach chomh mór sin ort," a d'fhreagair Mártan. "Is furasta an cnaipe beag a bhrú ar an *zapper*."

"Ní chuireann sé isteach ná amach orm," a dúirt a mháthair. "Má tá siad ar fad ar bhóthar ifrinn, níl neart agamsa air."

"Níor oscail tú na milseáin fós." Ghearr Cian isteach ar a gcomhrá.

"Tá mé chomh dearmadach, a Mhártain," ar sí ar ais leis. Rinne sí iarracht an bosca a oscailt, agus shín chuig a garmhac arís é. "Oscail tú féin é, a Mhártain. Tá mo chuid méaracha chomh stobarnáilte."

"Is mise Cian." Bhreathnaigh sé isteach i súile a sheanmháthar.

"Nach hin é a dúirt mé?"

"Thug tú Mártan orm."

"Níor thug! Bhuel, má thug, ní iontas ar bith é, mar go bhfuil tú chomh cosúil le d'athair nuair a bhí sé féin beag."

"Déarfainn go bhfuil sé in am dul isteach le cupán tae a ól," a dúirt Mártan. "Tá an tráthnóna ag éirí fuar."

"Nílim ag dul isteach go dtiocfaidh Sail le mé a chur a chodladh. Is mór idir a bheith amuigh anseo agus a bheith greamaithe den leaba."

"Gheobhaidh tú slaghdán má fhanann tú rófhada taobh amuigh ar do chéad lá sa rud sin," a dúirt a mac. "Nach féidir leat dul amach arís amárach?"

"Is féidir, de do bhuíochas."

"Thairg mé ceann acu a fháil duit go minic cheana ach dhiúltaigh tú, ar fhaitíos go bhfeicfeadh aon duine thú."

"D'athraigh mé m'intinn," ar sí go simplí.

"Is féidir liom ceann níos fearr ná sin a fháil má thograíonn tú," ar sé. "Ceann le hinneall."

"Cathaoir le hinneall," arsa Cian, a shúile ag lasadh. "An mbeidh cead agamsa go a bheith agam inti?"

"Ní bréagán é," arsa a athair.

"Féadfaidh tú suí ar mo ghlúine," a dúirt a sheanmháthair leis, "agus gabhfaimid chuig an mbaile mór. Bhfuil a fhios agat, a Mhártain, gur thug mé d'athair chuig an mbaile mór go minic nuair a bhí sé ar comhaois leatsa?"

Shín Cian a mhéar i dtreo a athar agus ar ais chuige féin. "Sin é Mártan, agus is mise Cian."

"Nach bhfuil a fhios agam?" a d'fhreagair sí.

Chroith sé a chloigeann agus é ag gáire. "Thug tú Mártan mar ainm ormsa cúpla uair inniu."

"Ag déanamh spraoi a bhí mé." Chuir sí a méaracha trína chuid gruaige cataí agus í ag rá le Mártan, "Níl a fhios agam leath den am an ag brionglóideach atá mé nó sa saol dáiríre, má tá a leithéid ann. Fós féin is deacair a chreidiúint go bhfuilim ag dul thart sa gcathaoir seo. Ní chuirfeadh sé aon iontas orm má dhúisím suas ar ball agus mé istigh i mo leaba."

Rinne Cian an rud a rinne sé i gcónaí nuair a thosaigh na daoine fásta ag caint eatarthu féin. Chuaigh sé ag cuardach sa gcró le rud éicint a fháil a chaithfeadh an t-am dó. Fuair sé sluasaid, a bhí deacair a iompar, agus thosaigh ag cartadh i gcarnán gainimh.

"Bhí Justine ag rá liom go mbíonn tú sórt dearmadach, ceart go leor," a dúirt Mártan lena mháthair.

"Nuair a éirím tuirseach, téim amú, bím trína chéile."

"Dhéanfadh táibléid é sin, freisin." Bhraith Mártan gur thóg sé go dtí sin uirthi labhairt leis mar dhuine fásta. Bhreathnaigh sí air an chuid is mó den am mar an buachaill a bhí, ar ghá di é a smachtú nó a choinneáil ina áit féin.

"Ós rud é gur ghlac tú leis an gcathaoir ar deireadh thiar, b'fhéidir go gcuimhneofá ar dhul in áit ina mbeadh cúram ar fáil ar feadh an lae."

"Nílim ag dul isteach in aon *bhloody home*. Nach bhfuilim ceart go leor, anois go bhfuil na rothaí fúm? Nach mbeidh mé in ann dul chuig an Aifreann arís agus chuile rud?"

"Ní fhéadfá dul as seo go dtí an séipéal sa rud sin," arsa Mártan.

"Nach bhféadfá mé a thabhairt chomh fada leis an ngeata? Fiú má tá drogall ort féin dul isteach."

D'airigh sé go raibh a leithscéal suarach agus é ag rá, "Ní bheinn saor ag an am sin den lá go hiondúil"

"Bíonn tú ag obair san oíche Dé Sathairn agus ar maidin Dé Domhnaigh?" a d'iarr sí.

"Tá a fhios agat nach dtéim chuig Aifreann ar bith."

"Agus bhí tú chomh tógtha leis fadó." Chuaigh sí ar seachrán ar bhóithríní na smaointe. "Is cuimhneach liom thú a fheiceáil le lus an chromchinn iompaithe bunoscionn le taobh bosca *match*anna, mar shagart ag an altóir – chuir dathanna na mbláthanna éadaí an tsagairt i gcuimhne duit, a dúirt tú."

"Taispeánann sé go raibh samhlaíocht agam an uair sin féin," ar sé, "ach is mór idir an gasúr sin agus an duine atá anois ann."

"Meas tú?" Bhí cosúlacht ar a mháthair gur léi féin a bhí sí ag caint. "Tabharfaidh Justine chuig an Aifreann mé," a dúirt sí.

"Ní bheidh sí in ann tú a thabhairt ón leaba go dtí an chathaoir agus ón gcathaoir go dtí an carr . . . "

"Agus ón gcarr go dtí an chathaoir le dul isteach sa séipéal. Tá a fhios agam," a dúirt Bríd. "Ach gheobhaidh sí bealach timpeall air, ní hionann is mo mhac breá gur cuma leis sa diabhal mar gheall orm."

"Níl sé sin fíor, ná ceart ná cóir é a rá."

"Mura bhfuil." Bhí cloigeann Bhríd cromtha go pusach.

Chuimhnigh Mártan ar phlean. "Iarrfaidh mé ar lucht na gcathaoireacha rotha tú a thabhairt chuig an Aifreann sa veain atá in ann na cathaoireacha a chrochadh agus a scaoileadh isteach sa gcúl."

"Ar nós beithíoch ag dul ar leoraí," ar sise.

"Is cuma céard a deirim, nó céard a dhéanaim," a dúirt Mártan, "ní shásóidh mise go brách thú!" D'iompaigh sé chuig a mhac. "Gabh i leith, a Chian. Tá sé in am againne dul abhaile."

Sheas Cian ag breathnú air, ar nós nach raibh sé sásta corraí. "Ní raibh an tae againn fós, ná mórán de na milseáin."

"Gabh i leith nuair a deirim leat é!"

Chuaigh sé anonn agus rug go garbh ar lámh a mhic agus thug leis é, gan breathnú ar a mháthair.

"Slán, a Mhamó." Is beag nár thit Cian nuair a bhí sé ag iarraidh a lámh a ardú i mbeannacht lena sheanmháthair, ach choinnigh a athair air ag siúl go sciobtha chomh fada leis an gcarr, é ag eascainí faoina anáil.

Thiomáin sé go díreach chuig an teach ósta, agus d'iarr ar Chian, "Bhfuil tú ag iarraidh teacht isteach nó fanacht sa gcarr?"

"An mbeimid ann ar feadh an lae arís?"

"Nílim ag fanacht ach le deoch amháin, mar go bhfuilim ag tiomáint. Tá cineál slaghdáin orm, agus déanfaidh fuisce te maith dó."

"Rachaidh mé isteach, mar sin," arsa Cian go drogallach.

Fuair Mártan a dheoch, agus dhiúltaigh sé cuireadh ó bheirt ag an gcuntar ól ina gcuideachta. Theastaigh uaidh a chuid smaointe féin a chur i dtoll a chéile, agus shuigh sé, a dhroim le balla, gar go maith don seanfhear a chaith an t-am ag caint leis féin. Chuaigh Cian anonn chuig an mbord púil, agus chaith sé a chuid ama ag plé leis an aon bháilín a bhí fágtha ar an mbarr uaine.

Ní raibh a fhios ag Mártan an ar buile leis féin nó lena mháthair nó leis an saol mór a bhí sé. Thuig sé go raibh baint ag an méid a bhí ólta an lá roimhe sin leis, ach chuireadh a mháthair le báiní é chuile uair a thugadh sé cuairt uirthi. Beidh sí ag fanacht tamall sula bhfeicfidh sí mise nó Cian arís, a dúirt sé leis féin go dubhach ina intinn.

Bhí a chuid mothúchán trína chéile ag an am céanna. Ní bheadh sé ceart, ar ndóigh, Cian a choinneáil óna sheanmháthair, go háirithe nuair nach raibh sí chomh fada sin ón mbás. Agus má fhaigheann sí bás anois tar éis dom í a fhágáil mar sin, a dúirt sé leis féin, beidh sé ag goilliúint go deo orm. Ach nach hin atá uaithi? Mé a fhágáil gan suaimhneas, ciontach i gcoireanna an tsaoil, chuile rud mícheart a tharla riamh di caite ina mhullach anuas ormsa.

Chuimhnigh sé gur cheart dó a leithéid de charachtar a chumadh don sobaldráma. Seanbhean chantalach, bunaithe ar a mháthair. Sórt cairdis a bhunú idir í agus an seanfhear cainteach lena thaobh san ósta. Tuige nár smaoinigh mé air seo cheana? Bhraith sé níos fearr ar an bpointe. Imreoidh mé mo dhíoltas pearsanta uirthi, fiú mura mbeidh a fhios aici go deo faoin scéal. Ach déanfaidh sé maith domsa.

An bhféadfadh duine a leithéid a dhéanamh ar a mháthair? a
d'iarr sé air féin. Tuige nach bhféadfadh? B'fhéidir gurbh in a
leigheasfadh cibé easaontas domhain a bhí eatarthu, go dtuigfeadh
sé a cás níos fearr dá bharr. Ní fhéadfainn, a dúirt sé leis féin arís,
cé go raibh a fhios aige go maith go ndéanfadh, ina ainneoin féin
beagnach.

Shuigh sé siar ar an suíochán bog, níos socra ann féin, ag ligean
don fhuisce póit an lae roimhe sin a mhaolú. Go tobann tháinig
guth an fhir a bhí i ngar dó isteach ina chluasa. Ní hé nach raibh
sé ag caint gan stad roimhe sin, ach ní raibh Mártan ag éisteacht de
bharr go raibh a chuid trioblóidí féin á reic aige.

"Is cuma liom ann nó as dóibh," a bhí mo dhuine a rá. "Is
cuma liom beo nó marbh iad. Ní thugann siad aird orm agus ní
thugaim aird orthu. Tuige a n-éistfinn leo nuair nach n-éisteann
siad liom? Is cuma liom sa diabhal. Is cuma liom sa foc. Ach, ar
ndóigh, ní cuma. Duine nó dream a deir gur cuma leo faoi rud ar
bith, is é a mhalairt atá i gceist i gcónaí."

Bhí Mártan ar bís ag éisteacht. Dá mbeadh sé seo ar stáitse nó
ar scáileán, dá mbeadh sé scríofa ag an mBeicéadach, a cheap sé,
bheadh aird an tsaoil air. Ach ós rud é gur seanfhear é a bhí ag
caint leis féin i gcúinne tí ósta in Éirinn, ní raibh cluas le héisteacht
ar bith á sroicheadh aige.

Ní raibh dabht ar bith ag Mártan ach go mbunódh sé dráma na
bliana úire a bheadh le scríobh aige air seo mar phríomhcharachtar.
D'fhéadfadh sé ceangal grá a chothú idir é agus an carachtar eile a
bheadh bunaithe ar a mháthair. Bheidís sin ina gcór Gréagach ag
cur síos ar a mbeadh ag tarlú le Jason, Maria, Katie agus an chuid
eile acu. Bhainfeadh sé úsáid freisin as an gcineál ruda a bhí ráite
ag Cian níos túisce lena sheanmháthair, a athair á chrochadh aige i
ngan fhios dó féin. Caithfidh mé focail mar iad a chur i mbéal
Katie, a chuimhnigh sé.

Bhreac sé síos cúpla smaoineamh sa leabhar nótaí, a bhí tugtha
leis ina phóca an lá sin ionas nach mbreathnódh Sinéad air an fhad
is a bheidís imithe. Chinn air í a sheoladh ar ais chuig a hárasán

féin sular fhág sé féin agus Cian a bhaile. Bhí sí róthuirseach dul in aon áit, a dúirt sí, ag dul ar ais go dtí an leaba, í fós gléasta ina fallaing sheomra agus ag tarraingt na pluide aníos thar a cloigeann.

Bhí fonn air í a dhíbirt, ach céard a déarfadh sé le Cian ansin? Cá bhfios nach ndéanfadh sí tagairt d'imeachtaí na hoíche roimhe sin agus a mhac ag éisteacht. Bhí dóthain trioblóide ann le Justine mar a bhí sé, gan tuilleadh spairne a thabhairt di le caitheamh nuair a thiocfadh sí ar ais. Dúirt sé go ciúin le Sinéad gur theastaigh uaidh an t-am a bhí fágtha aige den deireadh seachtaine a chaitheamh in éineacht lena mhac, agus gheall sí go mbeadh sí ar shiúl ón áit chomh luath is a bheadh beagán codlata déanta aici.

D'éist Mártan arís leis an bhfear lena thaobh, é ag smaoineamh gurbh ionann seo do scríbhneoir agus féith óir a aimsiú ar an Klondyke. Ní raibh le déanamh ach éisteacht, corrnóta a thógáil ar nós gur ar rud eile ar fad a bhí sé ag cuimhneamh, agus dhéanfadh an chuimhne agus an tsamhlaíocht an chuid eile.

"Deir siad nach bhfuil aon rud le rá agamsa," a bhí an seanfhear a rá. "Deir siad nach fiú éisteacht liom ná aird a thabhairt orm. D'fhéadfadh sé go bhfuil an ceart acu. B'fhéidir é, ach ní dóigh liom é. Tá a fhios agam féin go bhfuil neart le rá agam, go bhfuil neart cainte agam, ar chaoi ar bith. Dar leo sin, níl tada le rá agam. Mura bhfuil . . . "

Bhí Mártan ag brath labhairt leis, ceist a chur air: cén fáth a raibh sé mar a bhí sé? Ach d'fhéadfadh sé sin gach rud a mhilleadh. B'fhéidir go stopfadh sé ag caint. Nó d'fhéadfadh sé é a bhualadh nó rud éicint. Bhí sé breá láidir ag breathnú, agus cé go raibh cosúlacht an tseanfhir ar a chuid éadaigh ghioblaigh, bhí a éadan folláin agus a shúile lonracha ag damhsa ina chloigeann.

D'éist Mártan arís. "Tá a fhios agamsa chuile rud faoi chuile dhuine acu sin. Focain amadáin an *lot* acu, mé ag caint orthu ó mhaidin go faoithin, ach ní chloiseann siad mé. Mar nach bhfuil siad ag iarraidh mé a chloisteáil. Is mó an aird a thabharfaidís ar thaibhse ná mar a thugann siad ormsa. Ach cén dochar? Deamhan aird a thugaimse orthu siúd ach an oiread."

"An mbeimid i bhfad eile anseo?" Bhí cosúlacht ar Chian nuair a tháinig sé anonn le taobh a athar go raibh sé ag éirí tuirseach de shaol leadránach an tí ósta nuair nach raibh aoinneach ar nós Shinéad nó Réamoinn ann le spraoi a dhéanamh leis. "Dúirt tú nach raibh tú ach le deoch amháin a ól."

Thaispeán Mártan a ghloine dó. "Sin an méid a d'ól mé, ach bhí mé ag iarraidh scíth a ligean anseo tamaillín eile."

"Níl mise ag iarraidh fanacht anseo. Táim ag iarraidh dul abhaile chuig Sinéad. Tá sí go maith ag imirt cluichí."

"Beidh Sinéad imithe nuair a ghabhfaimid ar ais," a dúirt Mártan.

"Tá mise ag iarraidh go bhfanfadh sí i do theachsa i gcónaí. Mura mbeidh Mama ann."

"Tá árasán aici féin agus is ann atá a ríomhaire. Déanann sí an obair chéanna a dhéanaimse."

"Cén fáth a bhfuil an fear sin ag caint leis féin?" a d'fhiafraigh Cian, chomh hard sin gur cheap Mártan go gcloisfeadh an seanfhear é. Ach má chuala, níor thug sé le fios é, ag caint leis gan stad. "Is cuma liom sa diabhal. Is cuma ann nó as dom. Is cuma beo nó marbh mé . . . "

"Inseoidh mé duit arís é," a d'fhreagair Mártan i gcogar. "Éist leis anois go fóill beag."

"Nílim ag iarraidh éisteacht leis. Táim ag iarraidh dul abhaile agus dul ag spraoi le mo *Ghameboy*."

"Ar mhaith leat *coke* nó líomanáid?"

"Tá a fhios agat, a Dheaide, nach bhfuil deochanna le siúcra iontu go maith dom. Bhí milseáin agam cheana féin tigh Mhamó, agus níl cead agam níos mó ná sin a bheith agam inniu."

"Tá brón orm, a Chian. Rinne mé dearmad. Nílim ag cuimhneamh i gceart inniu. Ar mhaith leat aon rud eile?"

"Shíl mé nach raibh tú ag fanacht ach tamaillín."

"Theastaigh uaim cúpla rud a scríobh síos i mo leabhar nótaí," a mhínigh Mártan, "ionas nach ndéanfaidh mé dearmad orthu nuair a bheas mé ar ais ag scríobh ar an ríomhaire Dé Luain.

Bheinn sásta dá mbeadh cupán amháin caife agam." Bhí sé ar bís i ndáiríre le tuilleadh cainte a chloisteáil ón seanfhear.

"Is dóigh nach bhfuil sceallóga acu," a dúirt Cian.

"Cén fáth nár chuimhnigh mé air sin?" arsa Mártan, ag dul chuig an gcuntar le caife agus sceallóga a ordú.

"Dúirt sé sin an focal mór," a d'inis Cian dó nuair a tháinig sé ar ais. Rinne sé aithris ar an seanfhear, "Is cuma liom sa diabhal. Is cuma liom sa foc." Chuir sé cogar i gcluas a athar. "Ba cheart dó dul chuig faoistin."

"Ssssh!" a dúirt Mártan, agus d'éist.

Ag caint ar Jasmine a bhí mo dhuine. "Bean bhreá. Nuair a thugaim paca amadán ar an dream sin ag an gcuntar, nílim ag caint ar Jasmine taobh istigh. Togha an duine í Jasmine. Murach í sin, ní ligfí mise isteach anseo a bheag nó a mhór, go díreach mar nach bhfuilim ligthe isteach sna tithe ósta eile. Bhí mé bearáilte ag an mbitseach a bhí anseo roimh Jasmine, cé go raibh gaol agam léi, dá mba ghaol fada amach féin é."

Bhí Mártan sásta nuair a tugadh na sceallóga do Cian, mar go raibh tuilleadh ama aige le bheith ag éisteacht an fhad is a bhí a mhac ag ithe.

"Bhí sí náirithe agam," bhí mo dhuine ag rá, agus é fós ag aithris ar an tábhairneoir mná a bhí ann roimh Jasmine, "náirithe os comhair an tsaoil. Gan trácht ar na fámairí, na turasóirí, na strainséirí a tháinig thart. Níor theastaigh uathu sin bacach gioblach mar mise a fheiceáil rompu sa mbeár, a dúirt sí liom, agus mé do mo dhíbirt aici."

Chuir Mártan méar chuig a liopaí le Cian a choinneáil ina thost nuair a bhí sé ag iarraidh ceist a chur ar a athair. Bhí caint an tseanfhir ag éirí níos spéisiúla in aghaidh an nóiméid. "Ní raibh lá den ádh orthu sin tar éis dóibh mise a dhíbirt. Bhí saibhreas á dhéanamh acu go dtí sin. Thit an tóin astu beagnach ar an bpointe. Chlis orthu. Bhí sé féin ar an ól agus ise ag plé le fir eile. Níorbh fhada go raibh an teach seo le díol."

Bhí Cian ag tarraingt ar mhuinchille sheaicéad a athar, eisean ag iarraidh tuilleadh den scéal a chloisteáil. "Nóiméad amháin eile agus imeoidh mé," arsa Mártan lena mhac, aird dírithe ar an gcéad rud eile a thiocfadh ó bhéal an duine lena thaobh.

"Ní raibh lá den ádh orthu tar éis dóibh mise a dhíbirt," a bhí sé a rá arís. "Níor dhúirt aoinneach os ard gur mar gheall ormsa a tharla sé, ach bhí a fhios agam féin é, agus déarfainn go bhfuil a fhios ag Jasmine chomh maith. Tuigeann sí sin go mbaineann an t-ádh liomsa. Ní hin le rá go raibh an t-ádh orm féin riamh i mo shaol. Níl le déanamh ach breathnú orm le é a thabhairt faoi deara. Ach bíonn an t-ádh leis an té atá liom, an té nach bhfuil i m'aghaidh. Ná fiafraigh díom cén fáth, ach is mar sin atá . . . "

"Tá mise ag iarraidh dul abhaile." Bhí Cian ag tarraingt ar sheaicéad a athar arís, agus thug sé beagán airgid dó le cluiche ríomhaire a imirt, le go bhféadfadh sé fanacht tamaillín eile ag éisteacht.

"Ceapaim amanta nach bhfuilim ann ar chor ar bith," a bhí an fear cainteach a rá. "Ceapaim nach bhfuil ionam ach smaoineamh atá imithe ar fán, gur taibhse atá ionam a bhfuil a dheis scanraithe caillte aige. Is duine mé nach duine é. Breathnaíonn daoine orm ach ní fheiceann siad mé. Táim ag caint, ach ní chloiseann siad mé. Ach táim beo. Tarraingím anáil. Ólaim deoch. Déanaim cac. Céard eile a bheonn duine?"

D'imigh Mártan ansin mar go raibh Cian ag éirí ró-mhífhoighdeach, ach bhí a fhios aige ina chroí istigh céard a scríobhfadh sé nuair a ghabhfadh sé ar ais. "Táim ann, ach i súile na ndaoine, eile nílim ann. Táim ann mar rud aisteach, rud difriúil, éan corr, rud náireach, rud sa mbealach, gealt nach bhfuil faoi ghlas. B'fhearr dóibh as ná ann mé, ach níl mise ag dul in áit ar bith . . . " Sea, bhí a fhios aige go mbeadh sé ag scríobh chomh fada is a sheas sruth na samhlaíochta: eisean ag obair ar a ríomhaire; Cian lena thaobh ag plé lena *Ghameboy.*

XII

"Bhain mé an-taitneamh go deo as an deireadh seachtaine."

Bhí Justine Mhic Chormaic suite siar go compordach sa suíochán buicéid i bPorsche James McGill, í sona sásta ar an mbealach abhaile ó Chorcaigh. "Ach táim ag tnúth go mór le Cian a fheiceáil."

"Deir siad gur saoire mhaith í nuair atá fonn ar dhuine dul abhaile," a dúirt James.

"D'fhéadfá an rud céanna a rá faoi dhrochshaoire," ar sise, ag gáire. "Sin í an uair a bheadh deifir abhaile ar dhuine i ndáiríre."

"Tá iontas ormsa go ndeachaigh tú tríd an lá inné ar fad gan glaoch amháin a chur air."

"Bhí sé deacair, ach ba mhaith an rud go ndearna mé amhlaidh. Ghlac mé leis go mbeadh sé ceart go leor de m'uireasa, agus relaxáil mé."

"'Relaxáil mé'?" arsa James go magúil. "Cén sórt Gaeilge atá ansin agat?"

"An t-aon saghas a oibríonn le mo chuid othar. Níl aon mhaith a rá leo sin suaimhneas a dhéanamh. Smaoiníonn siad ar shuaimhneas mar rud atá le fáil sa gcéad saol eile. Ach má deirim 'relaxáil', bíonn a fhios acu céard atá i gceist agam."

Leag sé a lámh go héadrom ar a glúin. "Ag magadh a bhí mé, i ndáiríre."

D'airigh Justine an teagmháil bheag sin mar a bheadh lasair ag dul tríthi. Thug sí í féin go fonnmhar dó an oíche roimhe sin nuair a thángadar ar ais ón gceol. Ise a thosaigh é, agus bhí aiféala uirthi anois nár thosaíodar ar an gcéad oíche agus nár leanadar orthu á dhéanamh ar feadh an ama. Chuimil sí a lámh ar éigean ar a lámh chlé a bhí fós ar a glúin. "Bhí a fhios sin agam," ar sí, í ina luí siar chomh fada is a bhí sí in ann ar an suíochán. "Is fada an lá ó bhí mé chomh *relax*áilte."

"Níl aiféala ort, mar sin?"

"A dhath riamh aiféala."

"Meas tú cá bhfuil an *jazz* an chéad seachtain eile?" a d'iarr James.

"Tá faitíos orm nach mbeidh mise saor go ceann tamaill mhaith arís," a dúirt Justine.

"Tuigim sin, ach tá súil agam nach gciallaíonn sé sin nach bhfeicfidh mé a bheag ná a mhór thú."

"Táim cinnte go bhfaighimid bealach timpeall air, ach tá a fhios agat go mbíonn Cian agam sé lá na seachtaine."

"Téann sé ar scoil, ar ndóigh."

"Téann, ach is dóigh go mbíonn tusa ag obair ag an am sin."

"Bíonn briseadh againn am lóin nó thart air sin," a dúirt James. "An dtéann Cian abhaile don lón?"

"Bíonn greim le n-ithe acu sa scoil mar ní bhíonn acu ach briseadh leathuaire, agus críochnaíonn siad níos luaithe tráthnóna mar gheall air sin."

"D'fhéadfainn mo lón a bheith agam leat, mar sin?"

"Níl a fhios agam," arsa Justine.

"Níor mhaith leat go mbeinn ag dul chuig an teach?"

"Níl a fhios agam cén sórt lóin a bheadh uait."

Chaoch sé súil léi. "Dhéanfadh anraith agus ceapaire cúis. Níos mó dá mbeadh fáil air." Bhain sé searradh drámatúil as a ghuaillí.

"Níor mhaith liom gur . . . cén chaoi a gcuirfidh mé é . . . gur fisiciúil amháin a bheas sé seo an t-am ar fad."

"Is maith liom gur fhág tú an 'fisiciúil' ann, ar aon chaoi."

"Ba mhaith liom go mbeadh comhrá agus caint mar chuid den chaidreamh atá againn. Sin é a thaitin liom faoin gcaoi ar thosaíomar. Bhí an-phíosaí cainte againn san óstán agus timpeall na cathrach, sular . . . sular thángamar le chéile."

"Sular tharla an phléasc," arsa James.

"B'fhéidir gurbh in a raibh uait?"

"Thaitin an chaint agus an comhrá liomsa chomh maith, an chuideachta agus an comhluadar. Cinnte, ba mhaith liom go leanfaí leis sin. Agus leanfar leis, cinnte, ach cén áit? Agus cén uair?"

"Nach bhfuil na teileafóin agus na *mobiles* againn le socruithe a dhéanamh?"

"Agus bíonn Cian lena athair chuile Dhomhnach?"

"Níor mhaith liom é a phoibliú go fóill," a dúirt Justine.

"An gcuireann sé náire ort?"

"Nílim ag iarraidh Cian a ghortú, agus tá coinníollacha ag baint leis an gcolscaradh."

"Tuigim. An gciallaíonn sé sin nach féidir liom dul chuig an teach nuair atá Cian leat?"

"D'fhéadfá tosú trí theacht chuig dinnéar anois agus arís. Ba cheart go mbeadh cead agam cara a bheith agam."

"Nach n-inseoidh sé do Mhártan ar an bpointe é?" a d'fhiafraigh James, "go bhfuil fear na teilifíse ar cuairt ar a Mhama?"

"Tar éis chomh mór le rá is atá tú, níl tú feicthe fós ag Cian, déarfainn. Ní bhfuair sé cead, mar ní fhéadfá a rá gur clár do ghasúir é *Béal an Chuain*."

"Ach má théann sé chuig a athair leis an scéal go raibh duine darbh ainm James ag dinnéar lena mháthair, céard a cheapfas seisean?"

"Tabharfaimid Séamas ort," a d'fhreagair Justine.

"Meas tú cén chaoi a réiteoidh mé féin agus Cian lena chéile?"

"Go maith, má tá spéis agat i gcluichí ríomhaireachta, i gcúrsaí sacair i Sasana, gan trácht ar spórt den uile chineál ar fud na hEorpa agus ar fud an domhain."

"Tabharfaidh mé tuilleadh airde ar na leathanaigh spóirt uaidh seo amach," a dúirt James.

"Ná bíodh aon imní ort," arsa Justine. "Má tá tú mór liomsa, beidh sé mór leatsa."

"An bagairt é sin?" a d'iarr James go magúil, "nó an mar sin atá sé le do chuid fear ar fad?"

"Ní raibh fear ar bith sa teach le haghaidh dinnéir ó d'imigh a athair. Sin í an fhírinne."

"Caithfidh sé go raibh tú an-uaigneach?"

"Bhí, go minic agus go han-mhinic. Ach tá cairde agam i measc na mban, roinnt mhaith acu mar atá mé féin: scartha óna gcuid fear. Is iomaí píosa breá bitseála a bhí againn nuair a thángamar le chéile. Ach ar a laghad bhí cairdeas eadrainn, agus thugamar cúnamh dá chéile nuair a bhí sé sin ag teastáil. Murach iad sin, agus casadh le daoine i mo chuid oibre, bheinn imithe glan as mo mheabhair fadó," a dúirt Justine.

"An inseoidh tú chuile rud a tharla i gCorcaigh do do chairde?" a d'fhiafraigh James.

"An fhad is a bhaineann sé le duine ar bith, is imithe ar chúrsa a bhí mise ar an deireadh seachtaine."

"Agus ar fhoghlaim tú mórán ar an gcúrsa?"

"D'fhoghlaim mé cúpla rud nach raibh a fhios agam cheana, nó má bhí, bhí dearmad déanta agam orthu."

"Ach an oiread le cúrsaí teanga, bíonn cleachtadh agus taithí ag teastáil sna cúrsaí sin chomh maith," a dúirt James.

"Cúrsaí teanga," arsa Justine le gáire beag. "Tráthúil go maith. Agus ag caint ar chleachtadh, ná déan an iomarca gaisce faoi sin nó cuirfidh tú éad orm."

"Níl aon údar agat."

"Ní ghlacaim leis sin, ó na scéalta atá cloiste agamsa."

"Ní hionann mise agus mo cháil."

"Ní bhíonn cáil mar sin ar dhuine gan fáth."

"Is leor cáil amanta," arsa James, "agus ní bhíonn gá ag duine rud ar bith a dhéanamh. Má tá cáil an óil ar dhuine, nó ragairne, is deacair é sin a athrú i súile na ndaoine."

"Ní bheifeá ag iarraidh é a athrú ach an oiread."

"Bíonn íomhá mar sin ag teastáil san obair atá ar siúl agamsa nó ní bhreathnódh duine ar bith ar an gclár."

"Déarfainn gur íomhá í atá saothraithe go maith agat."

"Níl saoi gan locht," a dúirt James.

"Cé is moite duit féin, ar ndóigh."

"Níor lig mé orm riamh nach bhfuil ionam ach aisteoir fánach, ag imeacht ó jab go jab, sásta go maith má tá mo dhóthain agam don lá inniu, ag brath ar mo cheird le cuid an lae amárach a shaothrú."

"Is maith an dearcadh é sin ar an saol," arsa Justine, "mura bhfuil cúraimí orainn seachas muid féin. Cibé fúm féin, caithim smaoineamh ar Chian i ngach rud a dhéanaim."

"Tá a fhios agam." D'fháisc James lámh dheas Justine lena lámh chlé, ach dúirt sí leis a lámha a choinneáil ar an roth tiomána agus an oiread siúil aige is a bhí. Is beag caint a rinneadar agus Luimneach á thimpeallú acu, ise báite ina cuid smaointe féin, aird iomlán ag James ar an trácht a bhí ar an mbóthar.

Ní raibh a fhios ag Justine céard a thiocfadh as an gcaidreamh eatarthu, ach shíl sí gurbh fhearr é ná a mhalairt. Ba dheise i bhfad é ná an t-uaigneas, agus bhainfeadh sí sásamh as, cibé cen fhad a sheasfadh sé. Gheall sí di féin nach ligfeadh sí dó a croí a bhriseadh. Dá gclisfeadh orthu, cén dochar? Chuirfeadh sí taobh thiar di é.

Bhí a fhios aici ag an am céanna nárbh ionann ráiteas agus gníomh. Smaoinigh sí nach raibh ansin ach an taobh diúltach den scéal. Ach dá n-éireodh leo, iad a bheith sona sásta, a dara deis sonais faighte aici ina saol? Dhéanfadh sí a míle dícheall, ar sí léi féin, a saol a shocrú ar bhealach go mbeidís in ann an oiread ama agus ab fhéidir leo a thabhairt dá chéile, taobh istigh de na constaicí oibre agus sóisialta a bhain leis, go dtí go mbeidís in ann a ngrá a fhógairt go hoscailte os comhair an tsaoil. Rinne sí gáire beag léi féin faoin bhfocal 'grá', nuair nach raibh aithne cheart acu ar a chéile go fóill. Ach céard eile a d'fhéadfaí a thabhairt ar na mothúcháin a bhí ag borradh istigh inti?

Lena taobh bhí James ag smaoineamh siar ar a shaol féin, ar an gcaoi ar éirigh leis i gcónaí gan é féin a thabhairt go huile agus go hiomlán do bhean ar bith. D'fhoghlaim mé mo cheacht le Lainey, ar sé leis féin. An mbeadh tada difriúil leis an gcaidreamh seo? Bhí súil aige go mbeadh, ach neosfadh an aimsir.

Shíl sé gurbh ionann caidreamh le bean agus a bheith ag iarraidh éirí as toitíní. Thosófá le rún daingean leis an rud ceart a dhéanamh. Ba mhinic an croí agus an intinn láidir ach an cholainn fann.

Ar an Aoine roimhe sin – sula ndeachaigh sé go Corcaigh fiú – bhraith sé gur theastaigh níos mó ó dhuine dá chuid comhréaltaí, Megan, sa dráma ná an pógadh, mar dhea proifisiúnta, a rinne aisteoirí i bpáirt mar sin. Chuir cúpla rud a bhí ráite aici leis an tuiscint sin freisin. An mbeadh sé sách láidir gan géilleadh do chailín óg aclaí álainn mar í dá bhfaigheadh sé a dheis? Drochsheans go mbeadh, a cheap sé.

Thaitin sé go mór le lucht déanta an chláir go mbeadh rud éicint níos mó ná aisteoireacht idir na carachtair nuair a bhí cúrsaí craicinn i gceist. D'aithneodh daoine a bhí ag breathnú ar an scáileán nach cur i gcéill ar fad a bhí ann. B'fhéidir nach mbeidís in ann méar a leagan air, ach bhí a leithéid tarraingteach don lucht féachana i gcónaí.

Ina ainneoin sin, d'aithin sé go raibh rud éicint faoi leith nár bhraith sé le fada, má bhraith sé riamh é, ag baint lena chaidreamh le Justine. Bhí sí sórt místuama sa leaba i gcomparáid le cuid de na mná a bhí leis, go háirithe an dream ab óige. Ach bhí an ceart aici maidir le cuideachta, comhrá agus caint. Níor labhair sé riamh le bean, nó le fear ach an oiread, mar a labhair an bheirt acu le chéile i rith an deiridh seachtaine.

"Céard air a bhfuil tú ag smaoineamh?" a d'fhiafraigh Justine.

"Ag smaoineamh ortsa, ar ndóigh."

"Bréag mhór," ar sí go héadrom. "Amuigh sa spás a bhí do shúile le cúpla míle anuas."

"Ar chumarsáid a bhí mé ag smaoineamh, i ndáiríre," ar seisean. "Ar chumarsáid idir dhaoine, chomh tábhachtach is atá sé."

"Tá súil agam go mbeidh an bheirt againn in ann labhairt le chéile i gcónaí," a d'fhreagair sí.

"An raibh cumarsáid mhaith idir thú féin agus Mártan? Má tá cead agam a leithéid de cheist a chur."

"Más ionann béiceach agus screadaíl, agus cumarsáid," ar sise.

"Bhuel, níl sé sin fíor amach is amach. An oíche cheana, fiú amháin, bhraith mé gur airigh mé uaim a bheith ag caint leis – tar éis gur ag troid a bhíomar – nuair a d'imigh sé ón bhfón."

"Bhí a fhios agam é. Níl an bheirt agaibhse scartha ach in ainm, i ndáiríre."

"Cén chaoi ar féidir leat é sin a rá tar éis na hoíche aréir?"

Bhraith sé a rá gur spraoi agus taitneamh agus paisean a bhí ansin, ach bhí sé soiléir go bhfaca Justine níos mó ná sin ann.

"Ní stopann tú ach ag caint air. Ar Mhártan Mór an Fhómhair."

"Ní bheinn ag caint air ar chor ar bith," ar sí, "murach gur chuir tusa ceist orm faoi."

"Nílim ag fáil lochta air." Rinne James iarracht an dochar a mhaolú. "An méid a bhí eadraibh, bhí sé eadraibh, agus tá Cian mar cheangal idir an bheirt agaibh go deo. Tá a fhios agam nach féidir sin a athrú."

"Níl aon cheo idir mise agus Mártan, ach go bhfuil grá ag chaon duine againn do Chian. Ach má bhí an ceangal ba lú ar domhan ann, gearradh aréir é. Ní ghabhfainn le fear eile murach go raibh a fhios agam go raibh deireadh leis an gcaidreamh idir Mártan agus mé féin."

"'Fear eile' atá anois ionam." Rinne James iarracht an comhrá a éadromú.

"Agus tabhair fear air." Shín sí a lámh ina threo.

"Stop é sin," arsa James, "nó cuirfidh tú den bhóthar mé."

"Is gearr go mbeimid sa mbaile," a dúirt Justine ar ball.

"Nach é an trua é nach féidir linn deoch a bheith againn sa teach ósta le clabhsúr a chur leis an deireadh seachtaine," arsa James.

"Nach féidir linn ceann a bheith againn sa teach?"

"Céard faoi Chian?"

"Ní bheidh Mártan á thabhairt abhaile go ceann cúpla uair an chloig, ar nós gach Domhnach eile. Ná bíodh imní ort, nílim le thú a ligean abhaile fós."

"Cén fáth ar cheap mise gur caidreamh platónach a bhí uaitse?"

XIII

Bhí tocht ina scornach ag Mártan Mac Cormaic tráthnóna Dé Domhnaigh, mar a bhíodh air gach Domhnach nuair a bhí a mhac á scaoileadh amach aige ag doras an tí a bhíodh mar bhaile aige féin, Justine agus Cian tráth. Ag breathnú dó ar an solas sna fuinneoga an fhad is a bhí an buachaill ag rith i dtreo an dorais agus ag casadh arís is arís eile le slán a fhágáil aige, chuir sé an tseancheist air féin faoi céard a tháinig eatarthu. Ach níor fhan sé i bhfad ag smaoineamh ar fhreagra. Bhí go leor le déanamh, obair trí lá beagnach, le sprioc na seachtaine sin a aimsiú.

Ba mhó i bhfad an taitneamh a bhí bainte aige as an lá sin lena mhac ná na laethanta roimhe sin nuair a bhí meáchan an óil anuas ina mhullach. Chaith sé tamall taitneamhach i mbun oibre an tráthnóna roimhe sin, é ag iarraidh cuimhneamh ar an oiread de ráitis an fhir chaintigh san óstán is a bhí sé in ann agus ag iarraidh tuilleadh acu a chur le chéile óna leabhar nótaí agus a chur ar a phróiseálaí focal sula mbeadh dearmad déanta aige orthu.

Bhí Cian suite ar an suíochán lena thaobh, ag plé lena chuid cluichí féin. Cé nach rabhadar ag caint mórán, bhraith sé mór leis, mórán mar a bhraith sé fadó nuair a bhíodh sé amuigh sa ngarraí lena mháthair agus í ag baint fhataí. Baineadh geit astu beirt, ar ndóigh, nuair a chualadar an guth taobh thiar díobh, "Cén t-am é, ar chor ar bith?"

Níor smaoinigh sé fiú nach mbeadh Sinéad imithe as an árasán nuair a chuadar ar ais ann. Ach chodail sise go trom, agus tháinig amach idir chodladh is dúiseacht óna sheomra nuair a bhíodar i mbun ríomhaireachta. D'éirigh Cian de léim nuair a chuala sé an chaint agus chuaigh isteach i ngabháil a athar. Ba bheag nár thit an triúr acu as a seasamh agus iad sna trithí ag gáire dá bharr.

"Cheap mise gur taibhse a bhí ann," a dúirt Cian. "Scanraigh tú mé."

Thug sé cúpla buile, mar dhea, do Shinéad. Chuir sise a lámha ina thimpeall. "Tá tú ag croitheadh fós," ar sí.

"Ba chuma liom ach go bhfuil cuma na taibhse ort. Tá d'éadan chomh bán le taibhse," a dúirt Mártan.

Ghabh sí leithscéal leis nár imigh sí mar a gheall sí, ach dúirt seisean gur thuig sé go maith céard a tharla. Bhí sí chomh tuirseach is a bhí sé féin ó mhaidin. "Agus gan leigheas na póite agat, mar a bhí agamsa."

"Ná habair go ndeachaigh tú ar an ól arís inniu."

"Ní raibh agam ach ceann amháin. Nach fíor dom é, a Chian?"

"Péire," ar seisean. "Fuisce agus caife."

Rinneadar gáire le chéile arís, Mártan ag aireachtáil i bhfad níos fearr i gcuideachta Shinéad ná mar a bhí sé níos túisce. Bhí sé cúramach, mar sin féin. Sheas sé idir í agus an ríomhaire, le nach bhfeicfeadh sí céard a bhí scríofa aige.

"Tá sé thar am agam an cith sin a thógáil," ar sise, "agus imeacht as bhur mbealach."

"Fan go mbeidh rud le n-ithe anois againn."

"Fan, fan," arsa Cian, ach bhraith sise gur fhan sí rófhada cheana, "ós rud é nach mbíonn Cian agat ach corruair." Sular imigh sí, bhí socrú déanta ag Mártan léi go mbeadh cúpla deoch acu tar éis dó Cian a fhágáil ar ais ag a mháthair lá arna mhárach.

Bhí aiféala anois air gur thug sé geallúint ar bith, mar go raibh sé fós tuirseach agus an oiread oibre os a chomhair amach. Ach b'fhéidir go ndéanfadh sé maith dom seachas dul ar ais chuig árasán folamh, a dúirt sé leis féin. D'fhág sé a *jeep* taobh amuigh dá áit chónaithe agus shiúil chuig an tábhairne.

Ní raibh Sinéad ann, agus bhí Mártan ag smaoineamh ar chasadh amach tríd an doras arís, nuair a ghlaoigh fear a bhí ag an gcuntar anonn air. Bhí aithne súl ag Mártan air agus fios aige gur Larry an t-ainm bhí air, ach is beag eolas a bhí aige air seachas sin. Chuir Larry a chara Timothy in aithne dó, agus dúirt seisean gur imir sé peil ina n-aghaidh nuair a bhíodar beirt óg agus na clubanna béal dorais i gcoinne a chéile.

"Ní inniu nó inné é sin," a dúirt Mártan.

"B'in í an uair a bhí chaon áit in ann foireann a chur chun páirce," arsa Timothy, "sular thángadar le chéile in aon chlub amháin."

"Nach fearr club amháin idirmheánach," a dúirt Mártan, "ná péire sa ngrád sóisearach?"

Sháigh Larry a ladar féin isteach. "Ach bhí an-choimhlint idir an dá thaobh. Níl craic ar bith anois ann nuair atá siad le chéile."

Ba é an tuairim a bhí ag Mártan, "Tá an taobh tíre seo níos fearr as gan an iomarca coimhlinte."

"Tá neart argóintí fós ann," a dúirt Timothy, "chaon dream ag rá go bhfuil an iomarca ón taobh eile ar an bhfoireann."

Cheannaíodar deoch do Mhártan, agus cé gur bheag suim a bhí curtha aige i gcúrsaí peile áitiúla le fada, seachas breathnú ar na torthaí corruair, bhraith sé go raibh dualgas air leanacht leis an gcomhrá. "Bhfuil baint ag ceachtar agaibhse leis an gclub i láthair na huaire?" a d'fhiafraigh sé. "Traenáil nó tada?"

"Jab é sin do na boicíní áitiúla," a d'fhreagair Larry. "Istigh anseo a dhéanaimid ár gcuid traenála. Ach an oiread leat féin, déarfainn."

"Bhfuil gasúir ag ceachtar agaibh?" a d'iarr Mártan.

Lig Larry scairt gháire. "Mura bhfuil siad againn i ngan a fhios dúinn. Níl ceachtar againn pósta. Nílim ag rá go gciallaíonn sé sin mórán sa lá atá inniu ann. Ach cuirfidh mé mar seo é: ní raibh ar cheachtar againn *maintenance* a íoc le bean ar bith go fóill."

"Cé go bhfaighimid ár ndóthain *maintenance* den chineál eile uathu." Chaoch Timothy a shúil go gáirsiúil le Mártan sular dhúirt sé, "Chonaic mé istigh anseo thú le leaid beag cúpla uair le gairid. An é do mhac é?"

"Cian atá air," arsa Mártan. "Ocht mbliana d'aois atá sé."

"Ní raibh a fhios agam go raibh tú pósta ar chor ar bith," arsa Larry. "Chonaic mé anseo go minic thú le lucht na teilifíse, ach sin í an chéad uair a chonaic mé gasúr leat."

"Pósta agus scartha," a dúirt Mártan. "Bíonn sé lena mháthair an chuid is mó den am."

"Ní peileadóir a bheas ann, mar sin," arsa Timothy go deimhnitheach.

"Tuige a bhfuil tú á rá sin?" a d'iarr Mártan.

"Níl a fhios agam ar chuala tú faoin suirbhé sin i Sasana a thug le fios go bhfuil caighdeán an tsacair ag titim mar go bhfuil an iomarca máithreacha ag tógáil a gcuid gasúr leo féin."

"Níor chuala. B'fhéidir nach léim na páipéir chearta," arsa Mártan. "Déanta na fírinne, is ar éigean go léim nuachtán ar bith, ceal ama. Cén chúis atá leis an droch-chaighdeán imeartha, dar leo?"

"Tá na buachaillí óga thar a bheith bog," arsa Timothy, "de bharr a bheith tógtha ag mná."

"Beidh an tír seo lán le *nancy boys* dá bharr, freisin," an tuairim a bhí ag Larry, "chomh maith le Sasana."

"Bean a thóg mise," a dúirt Mártan, "an chuid is mó de mo shaol mar go bhfuair m'athair bás óg. Agus déarfainn go raibh mé chomh crua le ceachtar agaibh nuair a bhí mé ag imirt."

"Bhí an saol crua ag chuile dhuine an uair sin," an freagra a bhí as Larry.

D'athraigh Mártan an t-ábhar cainte lena dheis a thapú eolas a fháil faoin seanfhear a bhí ag caint leis féin go síoraí seasta ar a gcúl. "Céard faoi a mbíonn sé sin ag caint an t-am ar fad ar chor ar bith?" a d'fhiafraigh sé den bheirt.

"Deamhan a fhios agamsa," a dúirt Timothy, "mar ní bhím ag éisteacht lena chuid seafóide."

"Tuige?" a d'iarr Mártan.

"Céard a bheadh le rá ag a leithéid?"

"Tá a fhios agamsa céard a bhíonn le rá aige gan staonadh," a dúirt Larry. Rinne sé aithris ar an seanfhear, "Is cuma liom sa diabhal. Is cuma liom sa foc. Is cuma liom faoi chuile dhuine agus chuile rud. Is cuma, is cuma, is cuma . . . "

"Bhí mise gar go maith dó ar maidin inné," a dúirt Mártan, "agus bhí rudaí ní ba spéisiúla ná sin á rá aige."

"Spéisiúil, mo thóin," arsa Larry. "Tuige nach n-éisteann tú anois, go gcloisfidh tú?" Chas sé timpeall ar a stól ard le breathnú ar an seanfhear an fhad a bhíodar ag iarraidh éisteacht leis.

Thug sé sin faoi deara céard a bhí ar siúl acu, agus dúirt sé, "Is cuma liom sa diabhal. Is cuma liom sa foc. Is cuma liom faoi chuile dhuine . . . "

"Nár dhúirt mé libh é?" arsa Larry. "Is é an port ceannann céanna é ó mhaidin go faoithin, agus ó dhá cheann na seachtaine chomh maith."

D'aontaigh Timothy leis. "Sin é, ó thús go deireadh agus ó bhreith go bás."

"Ach níl sibh ag éisteacht leis i gceart," a dúirt Mártan, fios aige go raibh níos mó ná sin le rá ag an seanduine.

Chas Larry ina thimpeall agus bhreathnaigh ar an bhfear cainteach ar nós gur sórt innill a bhí ann. "Bhuel, éist leis i gceart, mar sin.

An port ceannann céanna a chuala sé. "Is cuma liom sa diabhal. Is cuma liom sa foc. Is cuma liom faoi chuile dhuine."

"Éist leis ar fad," a dúirt Timothy, "nó ná héist leis, ba chirte dom a rá. Tabhair an chluas bhodhar dó. Píobaire aon phoirt atá ann nach bhfuil cuma ná caoi ar a chuid cainte."

"Tá tusa ag cur an-spéis ann," a dúirt Larry le Mártan.

"Cuireann sé iontas orm, é ina shuí ansin ag caint leis féin, gan aon aird aige ar an saol ná ag an saol air."

D'aithin Timothy an ráiteas sin. "Mar a dúirt Sean-Phádraig Ó Conaire fadó faoina *little black ass* i *M'Asal Beag Dubh*."

"Ní raibh a fhios agam gur fear gorm a bhí sa gConaireach," arsa Larry. Bhí Timothy agus Mártan sna trithí ag gáire faoi, iad i ngan fhios an ag magadh nó i ndáiríre a bhí sé.

"Ar tháinig sé abhaile ó áit éicint?" a d'fhiafraigh Mártan. "Is minic a bhí mise anseo fadó nuair a bhímis ag imirt peile, agus ní fhaca mé riamh é."

"Bhí sé sórt cúthail," a d'fhreagair Timothy. "Bhí sé ag fanacht thuas ansin ag bun an tsléibhe leis féin."

Chuir Larry lena fhreagra, "Agus nuair a thosaigh sé ag corraí amach, bhí sé bearáilte ag lucht an ósta. Tá fós, ag chuile dhuine acu seachas Jasmine an tí seo."

"Má theastaíonn uait an scéal iomlán a fháil," arsa Timothy, "bí anseo amárach thart ag a cúig. Bíonn seanleaid anseo le cúpla deoch a ól roimh am dinnéir, agus inseoidh sé chuile rud a bhaineann le mo dhuine duit."

Bhraith Mártan a rá go mbeadh sé ag obair ag an am sin, ach smaoinigh sé go bhféadfadh obair na bliana ar fad agus ina dhiaidh sin a bheith ag brath ar an eolas a gheobhadh sé lá arna mhárach. Shocraigh sé a bheith ann ar a cúig. "Ach is le casadh léi seo a tháinig mé isteach," a mhínigh sé do na fir eile nuair a thug sé Sinéad faoi deara ag teacht isteach an doras.

"Nach ort atá an t-ádh," arsa Larry nuair a bhí Mártan ag dul anonn chuici.

"Táim anseo le huair an chloig ag fanacht leat," a dúirt Mártan léi nuair a shuíodar le taobh a chéile.

"Bhí mé féin anseo do do chuardach tamall ó shin," a dúirt sí, "ach ní raibh tú ann."

"Is dóigh nach raibh aon am cinnte socraithe againn," ar sé, "ach nuair a d'fhágfainn Cian ar ais."

Chuaigh mé chuig árasán Réamoinn," arsa Sinéad, "nuair nach raibh tú anseo. Ní raibh mé ag iarraidh a bheith anseo liom féin. Beidh sé linn i gceann cúpla nóiméad. Fuair sé scairt ar a fhón póca taobh amuigh den doras."

"Dá mbeadh a fhios agam go raibh cuideachta agat," a dúirt Mártan, "d'fhanfainn sa mbaile."

"Ní *date* a bhí ann, beag an baol. Ní raibh tú anseo, agus ní raibh a fhios agam an mbeifeá ag teacht."

"Tá fón agam," ar seisean.

"Agus tá ceann agamsa freisin. Ach ar ghlaoigh tú orm?"

"*Touché*," arsa Mártan. "Céard atá tú a ól?"

"Mo ghnáthphionta. Tá sé chomh maith duit ceann a fháil do Réamonn chomh maith."

Nuair a tháinig Mártan anuas ón gcuntar leis na deochanna, cheap sé go raibh Réamonn agus Sinéad an-mhór le chéile, suite taobh le taobh, ag sciotaíl gháire, a nglúine ag teagmháil lena chéile, cosúil le beirt, a smaoinigh sé, a bhí go díreach tar éis a bheith i mbun craicinn.

"Aon scéal?" a d'fhiafraigh sé, ag baint chúr an phórtair óna liopa uachtarach lena theanga, a shúile ag cuardach leide a d'fhíoródh a thuairim mar gheall orthu.

"Bhí togha an chraic againn ansin le tamall," a dúirt Réamonn. "Nach raibh, a Shinéad?"

"B'fhiú dul ar cuairt ort. Déarfaidh mé an méid sin."

"Nára fada go ndéanfaimid arís é." Bhreathnaigh Réamonn ar Mhártan ar nós nach raibh sé ach tar éis tabhairt faoi deara go raibh sé leo. "Bhuel, cén chaoi a bhfuil tú ag dul ar aghaidh leis an bplean don bhliain seo chugainn?"

"Tá sé ar fad oibrithe amach agam," a d'fhreagair seisean. "Tá sé i gceist agam *slut* nó dhó a chur ann, striapach bhrocach atá sásta codladh le fear ar bith a chastar a bealach, bíodh sí íoctha as nó ná bíodh."

Bhreathnaigh Sinéad air, iontas ina súile. "Céard atá ortsa, nó céard faoi a bhfuil tú ag caint?"

"Mura bhfuil a fhios agat," a d'fhreagair Mártan.

"Níl a fhios agam," ar sí. Bhí Réamonn ag breathnú go géar air freisin.

"Is cosúil an bheirt agaibh le dhá chat atá tar éis teacht amach ó na driseacha agus nach iad na dealga a chuir ag scréachaíl iad."

Bhreathnaíodar ar a chéile agus thosaíodar ag gáire. "Tá a fhios agam anois céard atá i d'intinn," arsa Sinéad.

"Tar éis a bheith in éineacht liomsa arú aréir," a dúirt Mártan, olc air.

"Tá bord púil ina árasán ag Réamonn," a mhínigh Sinéad, "agus bhí cúpla cluiche an-ghéar againn. Ach bhí an-spraoi againn. Agus tá súil agam go ndéanfaimid arís é."

"Shíl mé . . . " Bhí Mártan náirithe.

Tháinig focail Shinéad amach mar a bheadh smugairle á chaitheamh aici, "Tá a fhios agam go maith céard a shíl tú. Agus maidir leis an oíche cheana, níor tharla tada. Mar nach raibh tú in ann aige. Ar mhaith leat go bhfógróinn níos airde é, nó go gcuirfinn ar an idirlíon é? 'Níl Mártan Mac Cormaic in ann.'" D'éirigh Sinéad agus dhoirt sí leath a pionta thar chloigeann Mhártain sular fhág sí an teach ósta, an doras á dhúnadh de phlimp aici.

XIV

"Faraor nár lig mé do Shail mé a chur ar ais sa leaba," a dúirt Bríd Mhic Chormaic léi féin nuair a chinn uirthi í féin a shocrú sách compordach ina cathaoir rotha le titim ina codladh. Bhí sí fós oibrithe le Mártan mar gheall ar an gcaoi ar imigh sé uaithi le Cian. Bhí sí cantalach nuair a tháinig Sail lena réiteach le dul a chodladh. Dúirt Bríd léi nach raibh sí réidh fós ach teacht ar ais arís i gceann cúpla uair an chloig.

"Táim anseo anois," arsa Sail. "Tá píosa den lá curtha amú agam cheana féin, an t-aon tráthnóna atá agam le m'fhear céile agus mo chuid gasúr. Bhí mé anseo ar maidin, agus ní gá dom teacht faoi dhó. Níltear do m'íoc . . . "

"Sin a bhfuil uait, airgead," a d'fhreagair Bríd. "Is cuma leat sa diabhal faoi bhean bhocht bhacach." Cheartaigh sí í féin. "Níos measa ná bheith bacach: crippleáilte. Más airgead atá uait, íocfaidh mise thú nuair a thiocfas tú ar ais."

"Ní airgead atá uaim," arsa Sail, "ach suaimhneas, cúpla uair an chloig le scíth a ligean ag an deireadh seachtaine."

"Céard a rinne sí ansin?" arsa Bríd, an scéal á athinsint di féin os ard i lár na hoíche. "Nár tharraing sí amach ceann de na *mobiles* sin óna póca. A leithéid de bhean freastail agus teileafón póca aici. Nár thriail sí labhairt le Mártan, ach ní raibh sé ann. D'fhág sí teachtaireacht, a dúirt sí, agus d'imigh léi, mé fágtha anseo greamaithe de mo chathaoir taobh leis an gclúid."

Má fuair Mártan an scéal a d'fhág Sail, ní dhearna sé rud ar bith faoi. Olc a bhí air léi, is dóigh, de bharr gur inis sí cúpla rud dó lena chur ar bhealach a leasa nuair a bhí sé sa teach tráthnóna. Bheadh sé sa teach ósta anois, pus air de bharr na rudaí a dúirt sí leis, ise préachta le taobh tine a bhí múchta agus í sáinnithe sa deamhan cathaoir rotha a bhí ceaptha saoirse a thabhairt di.

Má éiríonn liom dul amach aisti, ní ghabhfaidh mé ar ais inti go deo arís, a gheall sí di féin. Smaoinigh sí ansin glaoch ar Mhártan. Bhí an uimhir ar an gcófra in aice na leapa, agus d'éirigh léi an chathaoir rotha a thabhairt chomh fada leis sin. Rinne sí praiseach dá hiarracht na huimhreacha a aimsiú ar an bhfón, agus fuair sí uimhir mhícheart faoi dhó.

Bhí an chéad duine acu lách tuisceanach; an duine eile ina dhiabhal ceart, tar éis di é a dhúiseacht. "Mallacht Dé ort," ar sí leis nuair a thug sé seanchailleach chantalach uirthi – bhí daoine chomh mímhúinte míbhéasach sin sa lá atá inniu ann.

Smaoinigh sí ansin gur éirigh léi glaoch a dhéanamh an lá sin a d'fhág an sagart an choinneal lasta ar an mbord. Bhrúigh sí an cnaipe ar an deis a bhí timpeall a muiníl. Bhuail an fón agus chuir an té a d'fhreagair glaoch ar Mhártan. Chuir seisean scairt ar ais uirthi láithreach, é lán d'imní agus de thrua go dtí go bhfuair sé amach céard a tharla le Sail.

"*For fuck's sake*," ar sé, "cá bhfaighidh mé duine lena háit a thógáil?"

"Ná bíodh béal brocach mar sin ort agus tú ag caint le do mháthair."

"Beidh sé dodhéanta leithéid Sail a fháil."

"Beidh sí ar ais ar maidin," a dúirt Bríd. "Níl aon dabht orm faoi sin, mar teastaíonn an t-airgead uaithi. Ach céard a dhéanfas mé go dtí sin?"

"Tiocfaidh mise chomh fada leat." Bhí cuma thuirseach ar ghuth Mhártain.

"Maith an buachaill. Níor lig tú do Mhama síos riamh."

"Beidh mé ann faoi cheann leathuaire nó mar sin," a dúirt seisean. Nuair a d'éirigh sé agus chaith uisce fuar ar a éadan, smaoinigh sé go mbeadh sé thar a chumas, beagnach, a bheith ag plé le seanbhean throm leis féin, á réiteach le dul a chodladh agus á cur isteach sa leaba. Ghlaoigh sé ar Justine lena comhairle a fháil.

Baineadh geit aisti, mar dhúisigh an clingeadh ó bhrionglóid í, brionglóid ina raibh James ag cur a dhá lámh ina timpeall. Bhíodar i lár halla damhsa ina raibh comórtas rince ar siúl, lucht féachana thart ar na ballaí. Bhí sé díreach tar éis iarraidh uirthi é a phósadh, nuair a bhuail an fón le taobh na leapa. D'éirigh sí ina suí, lán d'imní nuair a chuala sí guth Mhártain.

"Céard é féin? Céard atá mícheart? Ar tharla rud éicint do Chian?"

"Tá Cian ansin in éineacht leatsa," a d'fhreagair sé, "tá súil agam."

"Tá brón orm. Tá an ceart agat. Bhí mé ag brionglóideach."

Ghabh sé a leithscéal faoi ghlaoch uirthi chomh deireanach san oíche. "Ag lorg cúnamh banaltra atá mé," a mhínigh sé, agus d'inis sé faoin nglaoch a bhí sé tar éis a fháil óna mháthair.

"Tiocfaidh mé ann in éindí leat le cúnamh a thabhairt duit," a dúirt sí ar an bpointe.

"Ach céard faoi Chian?" a d'iarr Mártan.

"Déanfaidh mé mar a dhéanaim uair ar bith a bhíonn glaoch i lár na hoíche. Tabharfaidh mé liom é. Tuigeann sé. Tharla sé cúpla uair cheana, agus nuair is í a Mhamó atá i gceist . . . "

"Níl gá leis sin," arsa Mártan. "Inis dom céard ba cheart dom a dhéanamh."

Rinne Justine gáire. "Ní dóigh liom gur tú is fearr ag plé le seanbhean, agus le do mháthair go háirithe. Bí anseo i gceann deich nóiméad."

Bhí iontas an domhain ar Bhríd nuair a tháinig Justine isteach leathuair ina dhiaidh sin, Mártan ina diaidh le Cian ina ghabháil, pluid casta ina thimpeall. "Dia a chuir ann tú," ar sí le Justine, "mar bheinn básaithe roimh mhaidin."

"Ní fheicim cosúlacht ar bith báis ort," ar sise, "ach ní bheifeá róchompordach, cinnte."

"Maidir leis an streachaille sin, Sail . . . " a thosaigh Bríd.

Cheartaigh Justine í agus í á réiteach lena níochán le tuáille láimhe. "Bhí Sail ag dul as a bealach ag teacht anseo faoi dhó ar an Domhnach. Tá súil agam go mbeidh sí sásta teacht ar ais, nó beimid i dtrioblóid."

"Mura dtagann féin, ní bheidh aon duine ag caoineadh ina diaidh," arsa Bríd.

"Mura dtagann sí ar ais, is isteach i dteach altranais a chuirfear daoine," a dúirt Justine, "mar ní bheidh aon duine le haire a thabhairt dóibh."

"Ní chuirfeadh mo mhac isteach i *home* ar bith mise."

Bhí Mártan ag cuidiú le Justine lena hiompar isteach ina leaba. "Ní fheicim aon rogha eile ann má chaitheann tú go gránna le daoine atá ag iarraidh cuidiú leat."

"B'fhéidir gur sciorr cúpla focal uaim."

"Bhuel, coinnigh greim beagán níos fearr ar do theanga," a dúirt a mac, "agus ní bheidh tú ag cur daoine i do choinne."

Bhí pus ar Bhríd go ceann tamaill agus í á socrú sa leaba acu. Nuair a bhí sí réitithe, d'iarr Justine ar theastaigh tae nó bainne te nó aon deoch mar sin uaithi.

"Tá blogam *brandy* ag bun an chófra sin thall," a d'fhreagair sí. "Tuige nach mbíonn deoch an duine againn?"

Bhreathnaigh Mártan ar Justine, agus thosaigh sé ag gáire. "Is dóigh nach n-ólfá féin braon beag ar bith?" ar sé go magúil lena mháthair.

"M'anam go n-ólfainn. Bhí mé strompaithe sa deamhan cathaoir sin go dtí gur tháinig sibh."

Bhí Cian ag srannadh ar an tolg, a dhá lámh caite siar os cionn a chloiginn. "Ar dhúirt sé mórán faoin deireadh seachtaine?" a d'iarr Mártan ar Justine.

"Is cosúil gur bhain sé taitneamh as an teach ósta go háirithe," a d'fhreagair sí, "ach caithfidh sé go ndearna sibh níos mó ná sin. Bhí sé tuirseach nuair a tháinig sé abhaile, agus thit sé ina chodladh chomh luath is a bhí *cuddle* beag againn. Beimid ag caint faoi i gceart amárach. Bhreathnaigh sé go raibh sé sona sásta ann féin ar chaoi ar bith."

"Bhfuil sibh ag fanacht le chéile arís anois?" a d'iarr Bríd nuair a bhí braon bainte as a deoch aici.

"Tháinig Justine i gcabhair orm nuair a bhí cúnamh ag teastáil," arsa Mártan. "Ní naimhde amach is amach muid."

"Bíonn toradh ar an nguí," arsa Bríd go deimhnitheach.

"Ach b'fhéidir nach é an toradh a bhíonn ó dhuine é," a dúirt Justine.

"Bíonn toradh ar an nguí." Bhí cosúlacht ar Bhríd gur ag caint léi féin a bhí sí.

"Cén chaoi a raibh an cúrsa?" a d'iarr Mártan ar Justine.

D'éirigh sí agus chas sí air an citeal, le nach mbeadh uirthi breathnú go díreach air. Níor thaitin léi bréag a insint riamh. "Tá a fhios agat féin. Cúrsaí. Leadránach go maith, ach bíonn ar dhuine coinneáil suas leis na forbairtí nua."

"An raibh craic ar bith ann seachas na léachtaí?"

"Bhí *jazz* den scoth sna tithe ósta. Bhain mé taitneamh as sin, cinnte." Thapaigh sí a deis ansin le deireadh seachtaine eile le James a phleanáil. "Ní fada go mbeidh cúrsa eile dá leithéid ann. Meas tú an mbeidh tú in ann aire a thabhairt do Chian?"

"Gan dabht, is dóigh. Cén deireadh seachtaine?" a d'iarr sé.

"Níl a fhios againn fós." Bhí náire uirthi a bheith chomh bréagach sin, mar b'ise a bhíodh ag cur bréag ina leith seisean nuair a bhíodar pósta, agus údar aici go minic. Anois bhí sí féin chomh dona céanna leis.

"An raibh fir san áit a raibh tú?" a d'iarr Bríd.

"Bhí idir altraí fir is mná ann. Sin é an fáth nach dtugtar banaltraí orainn níos mó, mar nach mná amháin atá i gceist. Ach is mó de na mná ná na fir fós ann, ar ndóigh. Níl ach duine as deichniúr altraí fir ann go dtí seo."

"Níl cuma ar bith ar na cearca mura bhfuil coilleach ar an tsráid," arsa Bríd. "Tá tú ag breathnú go maith tar éis do laethanta saoire ar chaoi ar bith."

Bhraith Justine ar a rá nach saoire a bhí ann, ach cén mhaith tosú ag argóint le seanbhean? Mhothaigh sí aisteach a bheith ag ól go compordach lena fear céile agus a mháthair, a mac ina codladh go sámh eatarthu, tar éis a raibh aici de phléisiúr agus paisean le James ceithre huaire an chloig is fiche roimhe sin. Cén fáth a bhfuilim chomh mór sa mbaile sa gcomhluadar seo? a d'iarr sí uirthi féin. Bhraith sí gur bhain James le saol eile agus le bean eile ar fad.

Sa gciúnas céanna bhí Mártan ag smaoineamh ar na rudaí a dúirt Sinéad san ósta. Ghortaigh sí é ar bhealach, ach más fíor a dúirt sí, níor tharla aon rud eatarthu i ngan fhios dó. An rud ba mheasa faoi, bheadh sé damnaithe dá bharr dá n-osclódh Cian a bhéal lena mháthair faoin gcailín a chaith leath den deireadh seachtaine leo agus a chaith lá agus oíche ina leaba.

Bhraith sé ag an nóiméad sin gurbh é ba mhó a thaitneodh leis ina shaol ná a bheith in éindí le Justine agus Cian mar chlann arís. Bhíodar istigh i gcochall compordach anois leis an domhan gránna taobh amuigh coinnithe uathu ar feadh tamaillín. Phléascfadh an cochall sin ar maidin lá arna mhárach, agus bheadh orthu déileáil leis an saol réalaíoch arís. Ach shíl sé go raibh na mothúcháin sin go hálainn, chomh fada agus a sheasfaidís.

D'fhágadar an teach nuair a thit Bríd ina codladh. D'iompair Mártan Cian amach as teach a sheanmháthar agus isteach i dteach a mháthar. Nuair a bhí sé socraithe ina leaba, sheas a athair agus máthair ag breathnú isteach i súile a chéile trasna na leapa ar feadh soicind.

"An mbeidh tae nó caife agat?" a d'iarr Justine.

"Ní bheidh, go raibh maith agat. Tá tú coinnithe i do dhúiseacht sách fada." Ghlac Mártan buíochas a chroí as an méid a bhí déanta aici dá mháthair.

D'fhágadar seomra Chian agus sheasadar tamall ag caint faoi Bhríd, Justine go láidir den tuairim gur theastaigh cúnamh lánaimseartha uaithi as sin ar aghaidh; Mártan ag ceistiú cé a bheadh sásta cur suas léi.

"Is í do mháthair í," arsa Justine. "Más airgead atá i gceist, d'fhéadfainn glacadh le níos lú le haghaidh Chian."

"Leanfaimid leis an méid a shocraíomar," ar seisean go deimhnitheach. "Bheinn breá sásta duine a thabharfadh aire di nó teach altranais a íoc, ach tá sí chomh neamhspleách agus chomh stobarnáilte sin inti féin."

"Tá agus níl. Ceapann sí go bhfuil, ach nár chruthaigh an lá inniu go bhfuil sé níos deacra aici in aghaidh an lae déileáil le daoine, leis na daoine fiú amháin a bhfuil cion acu uirthi agus atá lena leas. Tá a seanaithne agamsa ar an ngalar seo. Chun donachta a bheas sí ag dul," a dúirt Justine.

"Má chuirim isteach i dteach altranais í, ní mhaithfidh sí dom sa saol seo ná sa gcéad saol eile é."

Gháir Justine. "A deir an té nach gcreideann sa saol eile."

Bhain sé searradh as a ghuaillí. "Tá a creideamhsan chomh láidir go gcuirfeadh sí iachall ort a leithéid a bheith ann."

"Faraor," arsa Justine go ciúin, "ach is gearr nach mbeidh a fhios aici cén áit a bhfuil sí, más sa mbaile nó i dteach altranais atá sí. Aithním na comharthaí."

"Fanfaidh mé go dtí an lá sin," arsa Mártan. "Níor mhaith leatsa go gcuirfeadh Cian isteach i dteach mar sin tusa ag deireadh do shaoil?"

"Níor mhaith liom a bheith i m'ualach air i mo sheanaois," a d'fhreagair sí. "Sa gcloigeann atá cuid mhaith den drogall faoi na tithe sin. Teach na mbocht den seandéanamh atá in intinn go leor i gcónaí. Ach tá an lá sin imithe. Tá a fhios agam go bhfuil idir mhaith is olc ann, ach níl náire ar bith ag baint le dul isteach i gceann acu sa lá atá inniu ann."

"Is rud é nach bhfuil mise ag iarraidh a dhéanamh," ar seisean, "tar éis di mé a thógáil léi féin."

"Tá a fhios agam sin agus tuigim do chás, ach is beag an rogha a bhíonn ann nuair a éiríonn duine sách dona. Ní bheidh tusa in ann aire a thabhairt di. Nár chruthaigh an oíche anocht é sin? Tá sí contúirteach ansin léi féin. Seo an dara cruachás le seachtain anuas. Caithfear aghaidh a thabhairt ar an bhfadhb."

"Níor mhaith liom smaoineamh ar mo mháthair mar fhadhb,"

a d'fhreagair Mártan, "cé go raibh mé réidh lena tachtadh níos túisce tráthnóna."

"Breathnóidh mé isteach uirthi amárach agus mé ag dul thart," arsa Justine. "Caithfidh mé féachaint ar éirigh léi Sail a dhíbirt ar fad, nó an mbeidh sí sásta teacht ar ais."

Ghlac Mártan buíochas léi arís, agus tháinig fonn air póg bheag bhuíochais a thabhairt di ar an leiceann, ach chúlaigh Justine a dóthain le taispeáint nach raibh sé sin uaithi. "Oíche mhaith, a Mhártain," ar sí.

Sheas sí taobh istigh den doras ar feadh nóiméid nuair a d'imigh sé. Is beag nach raibh cuireadh tugtha aici dó fanacht ar an tolg ar feadh an chuid eile den oíche. D'fhéadfadh sé Cian a réiteach ar maidin ionas go mbeadh sí in ann fanacht deireanach ina leaba. Ach cén chaoi a mbreathnódh sé sin do James? Nó an gcuirfeadh sé as don cholscaradh? Nach raibh daoine ceaptha a bheith scartha ceithre bliana? An ndéanfadh oíche amháin faoi dhíon an tí chéanna aon difríocht?

Chas Justine anonn is anall ina leaba ar feadh tamaill mhaith, imeachtaí na hoíche agus deireadh na seachtaine ag dul trína hintinn. An raibh sí i ngrá le James i ndáiríre? Nach raibh sé i bhfad róluath a bheith ag cuimhneamh ar a leithéid? Thaitin léi ag an am céanna go raibh sí sách cairdiúil le Mártan le cúnamh a thabhairt dó ar ócáid mar í, más ar bhonn proifisiúnta féin é. Chuideodh sé le Cian sa bhfadtéarma go raibh a athair agus a mháthair in ann a bheith réasúnta cairdiúil.

Ag cuimhneamh ar Chian, rinne sí iontas an mbeadh cuimhne ar bith aige ar maidin go raibh sé ag taisteal i rith na hoíche, gur chaith sé níos mó ná uair an chloig i dteach a Mhamó. An gceapfadh sé gur ag brionglóideach a bhí sé? Beidh comhrá ceart againn tar éis na scoile amárach, a smaoinigh sí, agus a codladh ag titim uirthi.

XV

Bhí Mártan Mac Cormaic thar a bheith sásta lena lá oibre ar an Luan. Ní dheachaigh sé a chodladh ar chor ar bith nuair a shroich sé an t-árasán ag a leathuair tar éis a trí ar maidin, tar éis dó féin agus Justine aire a thabhairt dá mháthair. Chas sé air an ríomhaire. Fuair sé an áit a raibh sé an uair dheireanach agus thosaigh ag scríobh.

Shíl sé go ndearna an cúpla uair an chloig codlata a bhí faighte aige sular ghlaoigh a mháthair maith dó, mar nár airigh sé tuirse ar bith air féin. Chríochnaigh sé an mhír a bhí ag déanamh tinnis dó roinnt laethanta roimhe sin. Bhí sé ar nós dul trí bhalla puitigh, áit a raibh clocha an lá cheana. Bhí an bloc briste. Corruair a thagadh laethanta mar sin, agus lean sé air gan stopadh ach le caife a réiteach dó féin anois is arís.

Bhí eipeasóid amháin críochnaithe aige ar a seacht ar maidin, ceann eile ag leathuair tar éis an mheán lae. Chuaigh sé go dtí an siopa ansin le ceapaire réamhdhéanta a fháil, chomh maith le cartán bainne. Shiúil sé le taobh na habhann, é ag ithe agus ag ól ar an mbealach. Bheadh am anois aige a intinn a dhíriú go huile agus go hiomlán ar an tasc a bhí leagtha amach ag Micheline dó féin, do Réamonn agus do Shinéad.

Bhí roinnt smaoinimh déanta aige, roinnt nótaí breactha síos ina leabhairín, ach bhí an obair eile, a bhí le críochnú aige don spriocdháta seachtainiúil, á choinneáil ón ábhar fadtéarmach go dtí anois. Choinnigh sé air ag siúl ar feadh beagnach uair an chloig, é ar a mhíle dícheall ag iarraidh a intinn a ghlanadh: an obair a bhí déanta ó mhaidin; na deacrachtaí lena mháthair; Sinéad; Justine; Cian – chuile dhuine agus chuile rud fágtha ar leataobh le díriú ar a phlean don bhliain a bhí amach roimhe.

Bhí sé ag tnúth le casadh leis an té a d'inseodh scéal an tseanduine chaintigh dó ag a cúig an tráthnóna sin, ach ní raibh an iomarca béime á cur aige air sin ach an oiread. Má bhí cosúlacht ar bith idir an fear sin agus an bheirt a bhí ag ól leis an oíche roimhe sin, Larry agus Timothy, b'fhéidir nach mbeadh ina chuid cainte ach seafóid óil.

Bhí sé foghlamtha ag Mártan le fada gur minic gurbh é an chéad rud ar smaoinigh scríbhneoir air an smaoineamh a d'fhágfadh sé amach ar deireadh. B'fhéidir gur mar sin a bheadh scéal mo dhuine. Ach cén dochar? B'fhurasta i gcónaí an rud a bhí scríofa a scrios ná rud nua a chumadh. Nuair a bhí an t-ábhar ar phár, bhí duine in ann breithiúnas a dhéanamh ar céard is fiú a choinneáil agus céard a bhí le ligean isteach i liombó an ríomhaire.

Bhí sé soiléir ina intinn go leanfaí leis na príomhcharachtair Jason, Maria agus Katie, agus roinnt daoine eile a thug greann agus drámaíocht don sobal. Bhí sé ar intinn aige scaoileadh le cuid de na haisteoirí a raibh mionról acu, ach chaithfeadh sé é sin a phlé le Micheline. Ní raibh a fhios aige cé a bhí ar chonradh laethúil nó cé a bhí ceangailte ar chonradh níos faide. Ní bheadh an comhlacht sásta scaoileadh le dream a mbeadh orthu iad a íoc agus iad díomhaoin.

Ag an bpointe seo bhí sé réasúnta cinnte go mbunódh sé carachtar ar an seanfhear síorchainteach agus ceann eile ar a mháthair féin mar a bhíodh sí, sular éirigh sí róchantalach agus ródheacair le láimhseáil. Smaoinigh sé go mbreathnódh sé arís ar scannáin ghrinn ar nós *The Odd Couple* agus *Grumpy Old Men* le go mbeadh eolas níos fearr aige ar sheandaoine agus ar dhaoine nach raibh ag réiteach le chéile go rómhaith faoi dhíon an tí chéanna.

Ní hé go raibh sé i gceist aige aithris a dhéanamh orthu sin go díreach, ach spreagfaí smaointe ina intinn a d'fhéadfadh sé a úsáid. Nuair is fear agus bean a bheadh i gceist seachas beirt fhear, is ar éigean a thabharfaí faoi deara dá gcuirfeadh sé Gaeilge ar chorrlíne a ghoidfeadh sé as na scannáin chlúiteacha sin.

Gheobhadh sé tuilleadh eolais amach faoin seanfhear níos deireanaí, agus shocródh sé a intinn ar an gceist ansin. Ní hé gur theastaigh uaidh carachtar a bhunú go díreach air, ach bheadh creatlach aige ar a gcrochfadh sé feoil na samhlaíochta. Chúlaigh lucht an chomhlachta i gcónaí ó rud a bhí róghar don fhírinne agus a d'fhéadfadh dlí a tharraingt.

Nuair a smaoinigh sé ar an mbeirt a bhí i gcoimhlint leis, shíl sé gurbh fhearr Sinéad ná Réamonn mar scríbhneoir. Bhí Réamonn thar cionn nuair a tugadh plean dó, agus chuir sé féin fuil agus feoil ar na cnámha le greann agus le comhrá gearr gonta. Níor cheap Mártan go mbeadh sé chomh maith ag plé le bunscéal fadtéarmach, ach cá bhfios céard a tharlódh nuair a bheadh an dúshlán roimhe?

Maidir le Sinéad, cheap sé go raibh gach buntáiste aici. Bhí sí i dtiúin leis an aos óg agus le cúrsaí ban. Buntáiste eile a bhí aici ná gur bean a bhí i gceannas agus a bheadh i mbun breithiúnais orthu triúr. Ní hé nár cheap sé nach dtabharfadh Micheline cothrom na Féinne dóibh, ach ar deireadh thiar is trí shúile mná a bheadh sí ag breathnú ar na hiarratais.

Caithfidh mé a bheith chomh fada sin chun cinn ar an mbeirt eile, a smaoinigh Mártan, nach mbeidh coimhlint ann i ndáiríre, ach glacadh leis an bplean a sheasann amach ón gcuid eile. Chas sé timpeall agus thosaigh sé ag siúl ar ais i dtreo an bhaile. Táim cinnte, ar sé leis féin, nach amuigh ag siúlóid atá an bheirt eile ach iad ar aghaidh a ríomhaire.

Chuir sé iachall air féin am a thógáil le breathnú ar an abhainn, ar na crainn, ar an dúlra ina thimpeall. Ní dhearna sé a leithéid sách minic. Ar saoire le Cian sa samhradh, is ar an dúlra is mó a tharraing sé aird, ar chrainn nach raibh fáil orthu sa mbaile, ar éin ildaite, ar thorthaí neamhghnácha. Rómhinic a shiúil sé thar radharcanna chomh tarraingteach céanna sa mbaile gan aon rud a thabhairt faoi deara.

Céard a déarfadh sé le Sinéad nuair a d'fheicfeadh sé arís í? B'fhéidir nach labhródh sí leis a bheag ná a mhór. Céard a bhí air ar chor ar bith í a ionsaí mar a rinne sé? D'fhreagair sé a cheist féin:

éad. Bhain a fhreagra sórt geite as. Nuair a bhí sí leis, níor theastaigh sí uaidh. Nuair nach raibh, níor theastaigh uaidh go mbeadh sí le fear eile. Nó le fear ar bith seachas Réamonn, b'fhéidir, a dúirt sé leis féin.

B'fhéidir go raibh an ceart aici, go raibh a *libido* caillte aige. Cé eile a d'fhéadfadh oíche a chaitheamh in aon leaba lena leithéid de stumpa gan lámh, ná rud ar bith eile, a leagan uirthi? Bhí leithscéal aige an oíche sin go raibh sé tinn agus ar meisce, ach nach raibh deis aige an mhaidin dár gcionn nár thapaigh sé? Mar go raibh Cian sa seomra taobh leo. Leithscéal lag.

B'aisteach an smaoineamh a bhí aige i rith na hoíche, a cheap sé, dul ar ais le Justine arís. Nuair a bhíodar le chéile, chaitheadar an t-am ag troid agus ag achrann, agus fós féin bhíodar mar sin go minic ar an bhfón. Ach ba í an t-aon bhean í a raibh sé in ann labhairt léi i gceart. Smaoineamh fánach gan bhrí, a cheap sé. Bhí sí sásta go maith mar a bhí sí, de réir cosúlachta. Nár iompaigh sí uaidh nuair a rinne sé iarracht í a phógadh?

Ar Shinéad agus a leithéid a chaithfeadh sé díriú níos mó. Rinne sé gáire nuair a smaoinigh sé ar an gciall gháirsiúil a d'fhéadfaí a bhaint as 'díriú' agus bhraith sé nach raibh gach rud caillte nuair a bhí spéis ag bean óg fós ann. Táim tar éis cac sa tobar sin, ar sé ina intinn, ach tá neart toibreacha eile ann.

Thograigh sé dinnéar ceart a réiteach agus a ithe sula ngabhfadh sé amach ag ól agus ag éisteacht le mo dhuine ag cur síos ar an seanfhear cainteach. Teiripe a bhí ann dó, a bhraith sé, roinnt cócaireachta a dhéanamh tar éis a bheith ag obair go crua ar an ríomhaire. Chuaigh sé chuig an siopa le bagún, fataí agus cabáiste a cheannacht, chomh maith le roinnt earraí eile: im; málaí tae; builín aráin; bainne.

Bhí dinnéar den seandéanamh aige mar a réitíodh a mháthair fadó: bagún; cabáiste agus fataí bruite; im leáite thar chabáiste agus fataí; muigín breá bainne le cuidiú leis é a shlogadh. Shocraigh sé ina intinn a leithéid de bhéile a réiteach do Chian an chéad lá eile a bheadh sé leis. Shíl sé go raibh Justine róthugtha do ghlasraí, agus gan a dhóthain feola á fháil ag a mhac. Ach céard a thug mé dó nuair a bhí sé liom? a d'iarr sé air féin go híorónta. Sceallóga.

Chuir Larry, a casadh air an oíche roimhe sin, Patrick Choilm Taim in aithne dó nuair a chuaigh Mártan chuig an ósta thart ar a cúig a chlog tráthnóna. Má bhí an fear ar an mbinse íochtarach cainteach, a mhalairt de dhuine a bhí i bPatrick. Is ar éigean a thug sé freagra ar bith ar Mhártan ar feadh i bhfad ach 'sea' agus 'ní hea'.

"Fan go mbeidh cúig nó sé cinn ar bord aige," a dúirt Timothy le Mártan i gcogar. "Beidh sé deacair é a stopadh ansin."

Glacadh leis gan cheist go raibh Mártan ag ceannacht don triúr eile, ós i mbun taighde a bhí sé ina measc. Shíl sé gur airgead amú a bhí ann go ceann i bhfad mar go raibh Patrick ag caitheamh siar piontaí ar nós bainne, é ag breathnú air féin sa scáthán ar chúl an bheáir, fíorbheagán airde aige ar na fir a bhí chaon taobh de.

Leis an am a chaitheamh, d'iompaigh Mártan ar a stól ard agus chaith sé tamall ag breathnú ar an bhfear cainteach, Uiscen. Bhí sé rófhada uaidh lena chloisteáil i gceart mar go raibh roinnt mhaith daoine san ósta tar éis a gcuid oibre. D'iompaigh Mártan i dtreo an chuntair arís agus rinne iarracht eile freagra a bhaint as Patrick. "Caithfidh sé go raibh aithne mhaith agatsa ar mo dhuine, Uiscen mar a thugann siad air, nuair a bhí sé óg?"

"Ní raibh sé sin óg riamh," a d'fhreagair Patrick. "Is amhlaidh a rugadh sean é. Bhí aistíl ag baint leis sin ón lá a rugadh é, agus ar gach a bhain leis chomh maith."

"Coinnigh ort, a Phatrick," arsa Timothy go magúil. "Tá tú sách *wind*eáilte anois." Thug Mártan faoi deara go raibh lámha Phatrick ar crith, agus bhí trua aige dó. Bhí sé soiléir gur bhraith sé go raibh sé faoi bhrú scéal a insint.

Rinne Mártan tagairt don fhear cainteach. "B'fhéidir nach bhfuair mo dhuine thíos seans ceart riamh."

Is beag an trua a bhí ag Patrick dó siúd. "Fuair sé an seans céanna a fuair chuile dhuine againn nuair a bhí an saol beo bocht. Ach bhí sé sin difriúil ón lá a baisteadh é."

Chaoch Larry súil le Mártan. Ba léir go raibh a fhios aige lena scéal a bhaint as Patrick. "Ag caint ar bhaisteadh, nach aisteach an t-ainm a tugadh air? Uiscen."

"Ní hin é an t-ainm a baisteadh air ar chor ar bith," a dúirt Patrick, "ach an t-ainm a thug muintir na háite seo air riamh ó shin."

"Leasainm?" arsa Mártan.

"Sórt leasainm: 'Uisce-ina-fhíon' a thugtaí i dtosach air. Ach cheap daoine go raibh an t-ainm sin rófhada le rá chuile uair. Leagan giortach den ainm sin atá in 'Uiscen'."

Rinne Timothy iarracht cur síos ar an saol agus ar na daoine a bhí ann ag an am. "Bhí daoine thar a bheith simplí an uair úd. Maidir le creideamh is le pisreoga agus an chraic sin uile, tá a fhios agat."

"Cén bhaint atá aige sin leis an scéal?" a d'fhiafraigh Mártan.

"Is amhlaidh a cheap daoine," a d'fhreagair Timothy, "go ndearna mo dhuine fíon as uisce a bhaiste."

"Ag magadh atá tú?" Bhreathnaigh Mártan go géar air.

"Tharla rud éicint, cinnte," arsa Patrick. "Níl dabht ar bith faoi sin."

D'iompaigh Larry ina thimpeall le hUiscen a fheiceáil. "Breathnaigh air. An bhfeiceann tú é sin agus uisce ag iompú ina fhíon aige? A mhalairt, b'fhéidir."

"Tharla rudaí aisteacha ar lá a bhaiste nár tugadh míniú ceart riamh orthu," a dheimhnigh Patrick.

"Cá bhfios duit?" a d'iarr Larry.

"Nach raibh mé ann?" an freagra a fuair sé.

"Tá Uiscen níos sine ná thú," a dúirt Timothy, é ag déanamh abhcóide an diabhail de féin, cé go raibh an scéal ar eolas aige cheana. "Cén chaoi a bhféadfá a bheith ar a bhaisteadh?"

"Bhí mé ann," arsa Patrick, "mar go raibh chuile dhuine sa bparóiste ann."

"Chuile dhuine sa bparóiste ag baisteadh?" arsa Larry. "Ní bhíonn deichniúr ag a bhformhór."

"Bhíodar ann," a d'fhreagair Patrick, "mar go rabhadar iarrtha ag athair agus máthair an linbh: Jeaic Dubh agus a bhean Mary Mhór."

"An daoine mór le rá a bhí iontu?" a d'iarr Mártan, "nó cén fáth ar thugadar chuile dhuine chuig an mbaisteadh?"

"An dream is lú le rá a d'fhéadfá a fháil," arsa Patrick, "cé gurbh iad an bheirt is mó dá bhfaca mé riamh – ó thaobh meáchain de, atáim a rá. Sin é an fáth gur cás speisialta a bhí ann, mar gur ceapadh gur míorúilt a bhí sa bpáiste."

"Cén chaoi, míorúilt?" a d'fhiafraigh Larry. Ba léir go raibh an scéal ar eolas cheana aigesean chomh maith le Timothy, ach bhí ceisteanna á gcur acu ar nós gurbh í an chéad uair acu é a chloisteáil.

"Bhí chaon duine acu chomh mór, chomh ramhar sin, bhuel, ní raibh a fhios ag daoine cén chaoi ar éirigh leo . . . "

"Ar éirigh leo céard?" Chaith Larry a spalla féin isteach.

"Níor thuig daoine cén chaoi ar éirigh leo an gníomh a dhéanamh, má thuigeann tú leat mé."

Lig Larry béic. "Ach d'éirigh leo! *Up she flew!*"

Sháigh Timothy a ladar féin isteach sa scéal. "B'fhéidir gur chuireadar fios ar an *AI*, an tarbh *mobile*, mar a déarfá."

"Bhfuil sibh ag iarraidh an scéal a chloisteáil nó nach bhfuil?" a d'fhiafraigh Patrick.

"Lig leis." Bhí Mártan ar bís leis an scéal a chloisteáil. Scéal maith a bhí ann dá mb'fhíor nó bréagach é, an fhírinne mar a bhí sí á hinsint ag an bpointe sin níos fearr ná ficsean ar bith.

Lean Patrick air. "An rud is mó a chuir iontas ar na daoine ná go raibh sé le baisteadh a bheag nó a mhór, mar nár thaobhaigh a athair ná a mháthair, Jeaic agus Mary, teampall ná séipéal le fada an lá roimhe sin."

"An rud is annamh is iontach," arsa Timothy.

"Táimse ag rá gur iontas na n-iontas a bhí ann an uair úd," a dúirt Patrick.

"Lean ort, a Phatrick," arsa Larry. "Chuala mé leaganacha

difriúla den scéal seo cheana, ach dúradh i gcónaí gur agatsa a bhí an leagan is fearr."

Lean sé air. "Baineadh croitheadh as chuile dhuine sa bpobal nuair a d'iarr an sagart ar Jeaic Dubh cén t-ainm a bhí sé ag iarraidh a thabhairt ar a pháiste." Bhain Patrick a chaipín speiceach de in ómós dá Shlánaitheoir sular thug sé freagra do Jeaic. "'Jesus,' a dúirt sé."

Bhain an cor seo sa scéal geit as Mártan. "Jesus?" a dúirt sé i ndiaidh Phatrick.

"Sin é a dúirt sé," arsa Patrick, "agus is amhlaidh a cheap an sagart go raibh an leaidín beag tar éis a *nappy* a shalú nó rud éicint."

"Chuir sé an cheist arís?" a d'iarr Timothy.

Bhain Patrick blogam as a phionta sula ndeachaigh sé ar aghaidh. D'ordaigh Mártan pionta an duine dóibh arís.

"'Tabharfar Jesus mar ainm air,' arsa Jeaic.

'Jesus,' a dúirt an sagart. 'Ní féidir Íosa a thabhairt air.'

'Tuige?' a d'fhiafraigh Jeaic."

"Agus an ceart ar fad aige," a dúirt Larry.

Thosaigh Patrick ag déanamh aithrise ar an sagart. "'Bhuel, ar an gcéad dul síos . . . ' a dúirt an sagart – ag iarraidh cuimhneamh ar fhreagra ar nós polaiteorí ar an teilifís nuair a deir siad a leithéid, a bhí sé.

Nár *bhutt*áil Mary isteach ar an gcomhrá. 'Ní hé Íosa atáimid ag iarraidh a thabhairt air, ach Jesus,' a dúirt sí."

"Agus céard a dúirt an sagart?" Bhí Mártan i ngreim ag an scéal.

"'Nach bhfuil Íosa níos Gaelaí ná Jesus?' ar sé, cosúlacht air nár theastaigh uaidh ceachtar den dá ainm a bhualadh ar an bpágánach bocht," arsa Patrick. "Ansin chuimhnigh sé ar sheift eile. 'Céard faoi Íosa óg a thabhairt air?' ar seisean. Bhfuil a fhios agaibh céard a dúirt Mary?"

"Níl a fhios" a d'fhreagair Larry, "agus nára fada go n-inseoidh tú dúinn é."

"Lig sí racht gáire," a dúirt Patrick, "agus d'iompaigh sí chuig

Jeaic Dubh. 'Ceapfaidh siad gur i ndiaidh do *mhoustache* a ainmníodh é, Íosa óg – féasóg!' Ní raibh micreafón ar bith sa séipéal an uair úd, ach chuaigh freagra Mhary ó dhuine go duine go dtí go raibh chuile dhuine sa séipéal titithe ag gáire."

"Ar dhiúltaigh an sagart Jesus a thabhairt air?" a d'fhiafraigh Mártan.

"Tóg d'am go gcloisfidh tú an scéal i gceart," a dúirt Timothy.

Rinne Patrick aithris ar an sagart arís. "'Níl sé sa traidisiún s'againne,' a dúirt sé, 'ainm an tSlánaitheora a thabhairt ar pháiste.' Ach, m'anam, nach raibh a fhreagra féin faoi réir ag Jeaic Dubh an Ghleanna."

"Cén freagra?" a d'fhiafraigh Larry.

"'Tá sé sa traidisiún sa Spáinn,' arsa athair an pháiste, 'agus chomh fada le m'eolas, sa bPortaingéil chomh maith.'" Bhuail Patrick a dhorn ar an gcuntar le cur le freagra Jeaic.

"B'fhíor dó freisin," arsa Larry. "Nach raibh Spáinneach darbh ainm Jesus ar an Spidéal tamall de bhlianta ó shin?"

"Ní raibh an sagart le géilleadh," arsa Patrick. "'Hésús, a deir siad sna tíortha sin,' ar sé, 'agus ní Jesus.'"

"Bhí chaon duine acu chomh ceanndána céanna," a dúirt Timothy.

Chuir Patrick gimp air féin, ar nós go raibh páirt Jeaic Dubh aige i ndráma. "'Fág seo,' arsa Jeaic Dubh lena bhean, 'Gabhfaimid isteach sa mbaile mór. Ní bheidh drogall ar bith ar an ministir ainm ceart Críostaí a bhualadh ar an ngasúr. Baistfidh sé sin é go breá scafánta.'"

"Cuirfidh mé geall gur athraigh an sagart a phort ansin," a dúirt Larry.

"D'athraigh," a d'fhreagair Patrick, "ach má d'athraigh féin, is é Jeaic Dubh agus a mhuintir a bhí thíos leis. Sa *long run*, mar a déarfá."

"Cén chaoi?" a d'fhiafraigh Mártan.

D'ísligh Patrick a ghuth. "'Ar do chloigeann féin a bheas sé,' a dúirt an sagart le Jeaic sular bhaist sé mo dhuine."

"Ach bhaist sé ina dhiaidh sin é?" arsa Larry.

Bhain Patrick an oiread faid agus ab fhéidir as a scéal. D'ól sé deoch eile sula ndeachaigh sé ar aghaidh. "Thóg sé a chuid ama leis. Le haird na ndaoine a bhaint de thuismitheoirí an linbh, thapaigh sé a dheis lena mbaineann leis an mbaisteadh sa gcreideamh a mhíniú; ó Eoin Baiste fadó anuas go dtí an lá atá inniu ann."

"Sách leadránach," arsa Larry.

"Sin é a cheap Jeaic Dubh freisin," a dúirt Patrick. "'Doirt braon uisce anuas go beo air, a Athair,' a dúirt sé, 'agus ní chuirfimid trioblóid ort arís go ceann bliana ar a laghad.'"

"Bhaist sé ansin é?" Bhí cuma ar Timothy go raibh sé ag éirí tuirseach den scéal.

"Deamhan deifir a bhí air," arsa Patrick. "'Fan go fóill,' a dúirt an sagart. 'Tóg go réidh é. Tá searmanas beag eile ann i dtosach. Tá Sátan le díbirt.'"

D'ardaigh Patrick a ghlór ansin le freagra Jeaic a thabhairt "'Tabhair bata is bóthar dó. Ná cuireadh muide moill air.' Ní hé amháin gur dhiúltaigh sé don diabhal. Chuir sé go tóin ifrinn é le heascaine."

"Baist an páiste, in ainm Dé," a dúirt Timothy, "le scéal fada a dhéanamh gearr."

"Chuaigh gach rud ar aghaidh go maith go dtí go raibh an sagart ag doirteadh an uisce ar chloigeann an pháiste." Dhoirt Patrick braon as a phionta isteach i ngloine Larry ar mhaithe le drámatacht.

"Coinnigh ort," arsa Larry. "Maith an fear."

Labhair Patrick go han-mhall, "'Jesus, baistím thú . . . ' Ní raibh deis ag an sagart ainmneacha na Tríonóide a lua, mar gur tháinig dath dearg ar an uisce agus é ag titim síos sa mbáisín tar éis don sagart Jesus a thabhairt mar ainm ar an bpáiste."

"B'fhéidir gur salachar a bhí sa gcrúiscín," a smaoinigh Larry os ard, "nó meirg?"

"An rud céanna a cheap Jeaic Dubh," arsa Patrick. "'Céard sa diabhal é sin?' a deir sé. 'Meirg nó céard?'"

"*Pollution*," a d'fhógair Larry.

"Ní dóigh liom go raibh an focal sin ann ag an am," a bhí mar thuairim ag Timothy. "Agus má bhí, bhí míniú difriúil ag na sagairt air seachas an chiall atá aige sa lá atá inniu ann."

"Chuala mise gurbh í an Ghaeilge a bhí acu ar *wank* í." Ní raibh a fhios ag Mártan an ag magadh nó i ndáiríre a bhí Larry nuair a dúirt sé an méid sin.

Chuir Patrick canúint Jeaic air féin arís. "'Céard eile a mbeifeá ag súil leis ón eaglais lofa seo?' a d'iarr Jeaic ar an sagart. 'Níl tú in ann braon uisce glan féin a dhoirteadh anuas ar mo ghasúr.'"

D'ísligh sé a ghuth sular lean sé ar aghaidh. "Chuir ar tharla an oiread iontais ar an sagart, de réir cosúlachta, is a chuir sé ar chuile dhuine eile. Thum sé barr a mhéire sa mbáisín agus theagmhaigh lena theanga é. 'Fíon,' a dúirt sé, 'togha an fhíona. Tá Jesus beag tar éis fíon a dhéanamh den uisce.'"

"*All hell broke loose*, déarfainn," arsa Larry.

"*Or all heaven*?" a dúirt Timothy.

"Bhí *pandemonium* sa séipéal," arsa Patrick. "Níl aon fhocal eile air ach *pandemonium*."

"Bhfuil gaol aige sin le *pneumonia*?" arsa Larry go magúil, ach níor thug Patrick aird air.

Lean sé lena scéal. "'Go bhfóire Dia orainn,' arsa Mary, á coisreacan féin. 'Céard atá déanta againn ar chor ar bith?'"

"Bhlais Jeaic braon den stuif dearg sa mbáisín. 'Is fíor duit é, a Athair,' ar sé. 'Fíon atá ann, togha an fhíona. Míorúilt Chána tarlaithe arís sa mbaile s'againne.' Leis sin, chuir sé an soitheach lena bhéal agus dhoirt a raibh ann siar ina bhéal in aon slog amháin. Ansin thit sé ina staic i lár an urláir."

"Maraíodh é?" arsa Mártan. Cé gur scéalaí proifisiúnta é féin, bhí sé ar bís le críoch an scéil seo a fháil amach, gan trácht ar gach casadh a bhí ann ó thús go deireadh.

"Is amhlaidh a cheap daoine gur leag Dia lámh air," a dúirt Patrick. "'Nár dhúirt mé leis nach raibh sé *lucky* an t-ainm sin a thabhairt air,' arsa Mary. D'áitigh sí ar an sagart, 'Déan rud éicint go beo le m'fhear céile a thabhairt slán.'"

"D'éirigh sé tar éis trí lá?" a dúirt Larry

Rinne Patrick aithris ar an sagart. "'Tá sé beo,' a deir an sagart. 'Tá idir chúr agus chaint ag teach óna bhéal.' Dúirt seanbhean go raibh Jeaic Dubh iompaithe ina *charismatic*."

Bhí tuairim mhaith ag Mártan nach mbeadh caint ar a leithéid ag an am, ach ba mhór an trua scéal maith a bhriseadh ar mhaithe leis an bhfírinne. Choinnigh Patrick air. "'Chuala mé daoine ag caint i dteangacha cheana,' a dúirt an sagart, 'ach níor thuig mé focal óna mbéal. Ach chuala mé na focla móra atá ag Jeaic cheana, ach ní sa séipéal é.'"

"Ag eascainí a bhí an diabhal, is dóigh," arsa Timothy.

"Dúirt an sagart le Mary an leanbh a leagan ar bhrollach Jeaic. 'Má tá Jesus beag in ann fíon a dhéanamh as uisce, chuile sheans go gcuirfidh sé a athair ina sheasamh.' Ní túisce sin déanta nó go raibh sé ar a sheanléim arís, dá mba léim íseal féin í, de bharr chomh mór is a bhí an fear."

"Agus ar dhúirt Lazarus s'againne aon cheo é féin?" a d'fhiafraigh Larry.

Dúirt Patrick, "'Bhfuil seans ar bith, a athair' a deir Jeaic leis an sagart, 'go bhféadfá ainm éicint eile a bhualadh ar an leaid beag, ainm ciallmhar ar nós Jim nó Peait?'"

Sháigh Larry a ladar féin isteach. "Nó Tom, Dick nó Harry."

"Gan trácht ar Larry," arsa Timothy. "Cén freagra a thug an sagart?"

D'fhógair Patrick focail an tsagairt go sollúnta. "'An rud atá ráite, tá sé ráite,' a dúirt sé. 'An rud atá scríofa, tá sé scríofa. An rud atá déanta, tá sé déanta. An té atá baistithe, tá sé baistithe.'"

"Más mar sin é," a d'iarr Mártan ar Phatrick, "tuige nár fágadh Jesus mar ainm air?"

"Mar go raibh scanradh ar na daoine, ar ndóigh. Chonaiceadar an méid a tharla agus níor theastaigh uathu fearg Dé a tharraingt anuas sa mullach orthu féin. Sin é an fáth ar tugadh 'Uisce-ina-fhíon' nó 'Uiscen' air go dtí an lá atá inniu ann."

"Nach air féin a thit fearg Dé?" a d'iarr Timothy, "má tá a leithéid ann."

Spraoi agus spórt a bhí in intinn Larry. D'iompaigh sé ina thimpeall agus ghlaoigh ar Uiscen, "Hi, Jesus, a mhac, cén chaoi a bhfuil an chraic?"

Le súile a raibh sa mbeár air agus chuile dhuine ag éisteacht, chuaigh seisean ar ais ar an seanrann a bhíodh aige d'ócáidí mar iad. "Is cuma liom sa diabhal. Is cuma liom sa foc. Is cuma liom faoi chuile dhuine agus deoraí . . . "

XVI

Níor theastaigh ó Chian Mac Cormaic ach an tráthnóna Luain sin a chaitheamh suite ar an tolg ar aghaidh na teilifíse, lámha a mháthar timpeall air. Mhínigh Justine dó an fáth a raibh sé chomh tuirseach sin: bhí cuid den oíche caite aige i dteach a Mhamó i ngan fhios dó féin.

"Ar thug tusa isteach is amach mé ar do dhroim?" a d'fhiafraigh sé. "An raibh mé an-trom?"

"Thug do Dheaide isteach is amach thú, ar nós páiste ina ghabháil." Thaispeáin sí dó lena theidí an chaoi a ndearna sé é.

"Níor thug sé. Ní páiste mise." Tar éis tamaill d'iarr sé, "An raibh Mamó tinn? An bhfaighidh sí bás?"

"Ní raibh sí in ann dul as a cathoir rotha isteach sa leaba, agus ghlaoigh sí ar do Dheaide. D'iarr seisean ormsa cúnamh a thabhairt dó."

"An bpósfaidh tú Deaide arís?"

"Táimid pósta i gcónaí. Nílimid inár gcónaí sa teach céanna. Sin an méid. Is cairde muid i gcónaí, agus tá cion agus grá ag an mbeirt againn duitse, agus beidh go deo." D'fháisc Justine i mbarróg mhór ghrámhar é.

"Tá cara eile ag Deaide freisin."

"Tá go leor cairde ag do Dheaide." Faraor, a dúirt sí léi féin. Ansin a smaoinigh sí ar a raibh ráite ag Cian. "Cén cara atá i gceist agatsa?" a d'iarr sí. "Bhfuil tú ag rá go bhfuil cara nua aige?"

"Sinéad. Tá sí an-mhaith ag imirt púil, ach níl sí chomh maith is atá mise," a d'fhreagair a mac.

"Bhí sí ag ól libh sa teach ósta, a dúirt tú liom ar an bhfón, agus thug sí féin agus duine éicint eile do Dheaide abhaile?"

"Bhí sé ag gáire agus ag ligean air féin go raibh sé ag titim."
D'fhág Cian an tolg sách fada le haithris a dhéanamh ar a athair.

"Agus cé eile a thug abhaile é, seachas an Sinéad seo?"

"Mise," a d'fhreagair Cian go bródúil.

"Ar léigh do Dheaide scéal ag dul a chodladh duit?"

"Níor léigh an oíche sin, ach léigh an oíche eile. D'inis Sinéad scéal dom an chéad oíche."

"I do leaba?"

Thosaigh Cian ag aithris ar Shinéad agus an scéal á insint aici, "Fadó, fadó, i dtír i bhfad i gcéin, chónaigh dragún mór millteach, a mbíodh deatach ag teacht as a shrón agus tine ar nós teanga as a bhéal . . . "

"An Sinéad seo, cén sórt cailín í?"

Bhí aird Chian ar an scéal. "Mharaigh fear mór láidir an dragún ar deireadh agus shábháil sé an domhan."

"An cara mór le do Dheaide an Sinéad seo?"

"Níl siad ag dul ag pósadh, mar d'iarr mise."

"Ar fhan sí san árasán an oíche sin?"

"Bhí sí ann arís ar maidin."

"Ar chodail sí ar an tolg?"

"Chodail sí i leaba Dheaide."

"Agus d'fhan seisean ar an tolg?" a d'iarr Justine.

"D'fhan sé ina leaba féin."

Bhí a dóthain cloiste ag Justine. Bhí a fhios aici nach bhféadfadh sí locht a fháil ar Mhártan cailín a bheith ina leaba aige nuair a bhí sí féin le James i rith an ama. Ach é a dhéanamh nuair a bhí a mhac ag fanacht leis. Nach raibh cúig nó sé oíche eile sa tseachtain ann? Dá mbeadh a fhios agam é seo aréir, a dúirt sí léi féin, ní bheinn leath chomh deas leis. Féadfaidh sé féin aire a thabhairt dá mháthair as seo amach. Ní bheidh fáil ormsa le haltranas a dhéanamh ar an tseanbhitseach taobh amuigh de mo chuid dualgas.

Níor thuig Cian cén fáth ar tháinig athrú chomh tobann sin ar ghiúmar a mháthar. Nóiméad amháin bhí sé ina barróg; an chéad nóiméad eile bhí sí ag fógairt air a chuid obair baile a dhéanamh.

Chuaigh sí isteach sa gcistin, agus ní raibh le cloisteáil uaithi go ceann tamaill ach torann potaí nuair a thosaigh sí ag réiteach an dinnéir.

Bhí fonn ar Justine íde na muc agus na madraí a thabhairt do Mhártan ar an bhfón, ach ní fhéadfadh sí mar go gcloisfeadh Cian céard a bhí á rá aici. Ach nuair atá sé ina chodladh, cloisfidh a athair lán mo bhéil uaimse, ar sí léi féin.

Bhí na fataí réitithe aici agus í tosaithe ar na cairéid nuair a bhuail an fón. Bhí sí chomh cinnte gurbh é Mártan a bhí ann gur thug sí 'hello' chomh searbh is a bhí ar a cumas.

"Céard é sin a chuaigh isteach i mo chluas ar nós piléir?" a d'iarr James. "Is beag nár bhain tú an cloigeann díom."

B'éigean do Justine gáire a dhéanamh. "Tá brón orm," a dúirt sí. "Shíl mé gurbh é Mártan a bhí ann."

"Níor mhaith liom a bheith ina bhróga siúd nuair a bhéarfas tú air. Céard a rinne sé ort?"

"Eadrainn féin atá sé. Ná cuireadh sé aon imní ort."

"Is dóigh go bhfuil tú tuirseach. Bhí tú ag rá liom am lóin go raibh tú i do dhúiseacht leath na hoíche lena mháthair."

"Tiocfaidh mé as," ar sí go héadrom.

"Ag glacadh buíochais leat faoin lón atá mé."

"Níor ith tú tada," arsa Justine, "ach ruainne de cheapaire."

"Ní raibh am agam bhí an oiread eile le déanamh."

"Bhain mise taitneamh as an lón freisin. D'ith mé tuilleadh nuair a tháinig Cian ón scoil."

"Rinne mé dearmad go bhfuil sé ansin," a dúirt James.

"An raibh tú traochta ag dul ar ais?"

"Má bhí féin . . . Chaill mé líne nó dhó, ach bhí a fhios acu go raibh mé thíos ag an jazz – cuireadh milleán air sin."

"An mbeidh tú saor don lón ag an am céanna amárach?"

"'Bhfuil an rud céanna ar an menu?"

"B'fhéidir é, le bradán deataithe an uair seo."

"Feicfidh mé ansin thú. Dála an scéil, is dóigh nach mbeidh tú in ann dul amach le haghaidh deoch?"

"Ní chuirfinn in aghaidh duine teacht anseo le buidéal fíona nuair atá an saol imithe a chodladh, má thuigeann tú céard atá i gceist agam."

"Cén t-am é sin?"

"Thart ar a leathuair tar éis a hocht, déarfainn. Tá daoine tuirseach anocht. Ach is féidir glaoch a chur roimh ré."

"Tá go maith." Chuala sí torann póige ar an bhfón.

Tháinig Cian isteach sa gcistin nuair a bhí sí críochnaithe ar an bhfón agus d'fhiafraigh, "An mbeimid ag dul go teach Mhamó arís anocht?"

"Ní dóigh liom go mbeidh, mar bhí mé ag caint le bean eile ar maidin a thabharfas aire di. Cén fáth a bhfuil tú ag cur na ceiste sin?"

"Nuair a bhí tú ar an bhfón, chuala mé go raibh tú ag caint ar dhaoine ag dul a chodladh," a dúirt Cian. "Cheap mé gur ag caint faoi Mhamó a bhí tú."

"Tá go leor seandaoine faoi mo chúramsa seachas do Mhamó," a d'fhreagair sí. "Tá súil agam go gcodlóidh siad ar fad go sámh anocht, mar go bhfuil mise agus tusa róthuirseach le bheith ag taisteal thart ar fud na tíre arís."

"Is cuma liomsa," ar seisean, "mar beidh mé i mo chodladh."

"Ar mhaith leat cúnamh a thabhairt dom leis na cairéid?" arsa Justine. "Gearr ar an mbord iad, le nach ngearrfaidh tú do chuid méaracha." Bhaineadar taitneamh i gcónaí as a bheith ag obair as lámha a chéile. Bhí a scian in úsáid beagnach mar a bheadh tua ag Cian, cuid de na píosaí a ghearr sé i bhfad níos mó ná an chuid eile, ach ba chuma le Justine, an fhad is go raibh sé sona sásta ann féin.

"An raibh sibh ag caint le duine ar bith eile sa teach ósta?" a d'iarr sí ar ball. "Seachas Sinéad?"

"Bhí cara eile le Deaide ann, Rayburn."

"Réamonn." Thug Justine an leagan ceart dá ainm, gan é a cheartú go foirmeálta. "Tá aithne agam air."

"Bhí fear eile ag caint an t-am ar fad, ach ní rabhamar ag caint leis."

"Tá aithne agam air sin freisin, ach is fearr coinneáil amach uaidhsean."

"Cén fáth?"

"An cuimhneach leat na rudaí a dúirt mise agus na rudaí a dúradar ag an scoil faoi gan a bheith ag caint le strainséirí, ná milseáin a thógáil uathu?"

"An drochdhuine é?"

"Nílim á rá sin ach níl a fhios agam, agus ná bac le strainséir ar bith, is cuma cé chomh deas is atá siad ná cé chomh maith is atá a gcuid éadaigh ná a ngluaisteán."

"An strainséir í Sinéad?"

"Is strainséir domsa í, ach is cosúil gur cara le do Dheaide í. Tá sé difriúil má tá duine in éineacht liomsa nó do Dheaide. Ach ná bac leo sin ach an oiread mura bhfuilimid ann. Is é an trua é go bhfuil an saol mar sin," a dúirt Justine, "ach chuala tú ag an scoil go bhfuil daoine dána ann a dhéanfadh drochrudaí leat."

"Dúirt an fear a bhí ag caint an t-am ar fad focal dána."

"Ná tabhair aon aird ar na rudaí dána a dhéanann nó a deir daoine eile, an fhad is a dhéanann tusa an rud ceart."

"Mar tá Dia ag breathnú orm an t-am ar fad." Rinne Cian sórt spéaclaí lena mhéaracha ar nós gurbh é Dia é agus súil á coinneáil aige ar gach duine. B'éigean do Justine gáire faoi.

"Tá do theagasc Críostaí ar eolas go maith agat, ar chaoi ar bith," a dúirt sí. "Ní fada uainn anois an lá mór, do chéad Chomaoineach."

"Tá súil agam nach ndéanfaidh Mamó dearmad." Bhíodar suite ar aghaidh a chéile faoin am seo ar dhá stól arda ag bord caol ar ar itheadar go hiondúil sa gcistin. B'fhearr mar a bhí Justine in ann súil a choinneáil ar an gcócaireacht ar an gcaoi sin.

"Cén fáth a bhfuil tú á rá sin?"

"Chuala mé tusa ag rá le Deaide go bhfuil sí ag éirí dearmadach. Tá súil agam nach ndéanfaidh sí dearmad ar an airgead."

"Ní ar mhaithe le hairgead atá tú ag déanamh do chéad Chomaoineach."

"Beidh chuile dhuine á fháil, agus tá dhá Mhamó ag go leor de na gasúir eile. Níl agamsa ach ceann amháin, agus mura gcuimhníonn sí orm, ní bheidh mórán airgid agam."

"Níor cheart go mbeadh aon airgead i gceist, ach ná bíodh imní ort. Tabharfaidh mise agus do Dheaide bronntanas duit."

"Táim ag iarraidh airgid mar táimid le cuid de a thabhairt do na boicht."

"Sin scéal eile. Níl sé ar fad le caitheamh ar shóláistí."

"Rachaimid chun na haltóra leis na bronntanais i lár an Aifrinn," a dúirt Cian.

"Is smaoineamh maith é sin. Maith an buachaill." Chaith Justine tamall ansin ag plé leis an gcócaireacht, an bord á réiteach ag Cian, go dtí go rabhadar réidh le dul ag ithe. Bhí sórt aiféala uirthi faoin am seo gur thug sí cuireadh do James teacht níos deireanaí. Bhí rud éicint folláin agus nádúrtha ag baint lena saol laethúil le Cian, i gcomparáid leis an gcaidreamh rúnda a bhí ar bun aici le cúpla lá lena leannán.

"Céard a cheapfá dá mba rud é go raibh cara agamsa?" a d'fhiafraigh sí de Chian.

"Cara mór?"

"Duine fásta, ar nós mé féin. Fear, abair."

"Cara ar nós mar atá Sinéad ag Deaid?"

"Rud éicint mar sin."

"Bhfuil tú lena phósadh?"

"Nílim ag caint ach mar 'dá mba rud é'?"

"An mbeadh sé go deas?"

"Ní bheadh sé mar chara agamsa mura mbeadh."

"An mbeadh sé ina strainséir?" a d'iarr Cian.

"Ní bheadh nuair a chuirfeá aithne air.

"An mbeadh sé in ann púl a imirt?"

"Déarfainn é."

"D'fhéadfadh sé a bheith ina chara ag Sinéad, agus tusa i do chara ag Deaide."

"Tá tú lán de sheifteanna," a dúirt Justine, ag gáire, fios aici ag an am céanna go raibh Cian i ndáiríre. "Tá rud éicint speisialta agam do bhuachaill a itheann a dhinnéar ar fad."

"Uachtar reoite," arsa Cian, gliondar ina ghuth.

"Cén chaoi a raibh a fhios agat?"

"Chonaic mé sa reoiteoir é."

"Caithfidh tú geallúint dom go rachaidh tú a chodladh go luath," a dúirt Justine.

"Cén fáth?"

"Mar go bhfuil tú tuirseach tar éis an deiridh seachtaine agus a bheith ag taisteal thart leath na hoíche sa gcarr." Ghéill sé níos furasta ná mar a bhí súil aici leis, é ina chodladh ag a hocht, a dóthain ama aici cith a thógáil agus í féin a réiteach sula dtiocfadh James.

Má bhí drogall uirthi ar ball, bhí sí ag tnúth leis anois. Ba gheall le hocras na mothúcháin a bhí ina colainn. Is fíor don dream a deir gur druga atá ann, a dúirt sí léi féin. Bhraith sí go raibh sí rófhada dá uireasa.

Nuair nach raibh aon rud cloiste aici uaidh ag leathuair tar éis a naoi, chuir sí glaoch air. Ní raibh ann ach an tseirbhís freagartha. Bhain sí triail as a fhón póca ansin, agus d'fhreagair sé tar éis tamaill.

"Cá bhfuil tú?" a d'iarr sí.

"Cén t-am é? Ó, tá brón orm. Thit mé i mo chodladh am éicint tar éis na hoibre. Táim tugtha. Ar mhiste leat . . . ?"

"Fanacht go dtí am lóin amárach? Cén rogha eile atá agam?"

"Tá brón orm."

"Tá sé ceart go leor. Tá mise mé féin tuirseach. Oíche mhaith."

D'fhan sí go mbrúfadh seisean an cnaipe ar an bhfón i dtosach. Ar feadh soicind shíl sí gur chuala sí bean ag caint, ach ansin bhí sé imithe. Ghlaoigh Justine ar ais gan aon rud a rá nuair a d'fhreagair sé. Guth fir a bhí sa gcúlra an uair seo. Chuimhnigh sí ar theilifís nó raidió a bheith ar siúl, agus bhraith sí náireach agus an teileafón á chrochadh aici, James fós ag rá, "*Hello? Hello? Bhfuil aoinneach ansin?*"

XVII

Bhí Mártan Mac Cormaic ar a bhealach amach trí dhoras an ósta nuair a casadh Réamonn air, eisean ar a bhealach isteach le deoch nó dhó a bheith aige roimh am dúnta. "Fan le haghaidh ceann amháin," ar sé le Mártan.

Ní mórán foinn a bhí airsean tar éis an chaoi ar chríochnaigh an oíche roimhe sin. "Táim tinn, tuirseach," a dúirt sé, "agus ní dóigh liom go bhfuil mórán le rá againn lena chéile."

"Céard a rinne mise ort? B'fhíor an rud a dúirt mé aréir. Ní raibh mé le Sinéad. Ní bhreathnaíonn sí orm mar sin. Faraor."

"Bíodh sí agat más maith leat. Níl suim agamsa inti, agus ní raibh an oíche cheana ach an oiread," a dúirt Mártan. "Níor iarr mise abhaile í."

"Lean sí abhaile thú ar nós gadhair?" a dúirt Réamonn, ag gáire. Bhog Mártan. "Pionta amháin, mar sin."

"Níl mise ag iarraidh mórán a ól anocht ach an oiread," arsa Réamonn. "Mar atá a fhios agat féin, ní féidir scríobh tar éis scip óil."

"Caithfidh sé go raibh rudaí ag dul go maith duit, nuair nár chorraigh tú amach go dtí seo."

"Is é an t-aon bhealach le cinntiú nach n-ólfaidh mé an iomarca, teacht amach ag an nóiméad deireanach. Bhfuil tú féin i bhfad anseo?" a d'fhiafraigh sé de Mhártan.

"Ón cúig," ach níor inis sé dó cén fáth ar tháinig sé isteach chomh luath sin. Chum sé leithscéal eile. "Bhí cluiche maith ar an scáileán mór. Níl Sky agam sa mbaile."

"Ná agamsa ach an oiread nó ní dhéanfainn aon obair."

"Thosaigh mise ag a trí ar maidin nó mar sin." D'inis Mártan faoi bheith amuigh lena mháthair i lár na hoíche. "Bíonn sé níos éasca a bheith ag obair an t-am sin go minic ná i rith an lae."

"Caithfidh sé go bhfuil tú tosaithe ar an leagan amach nua, mar sin?" a d'iarr Réamonn.

"Deamhan am a bhí agam smaoineamh fós air. Bhí cúpla eipeasóid eile curtha ar an méar fhada agam, ach d'éirigh liom roinnt mhaith a dhéanamh. Céard fút féin?"

"Idir thusa agus Sinéad a bheas sé. Níl tuairim dá laghad agam cén áit ar cheart an scéal a thabhairt."

"Níl aon deifir leis faoi láthair," arsa Mártan, é ar nós cuma liom. Thug sé faoi deara níos túisce go ndeachaigh Uiscen abhaile thart ar a sé a chlog, agus shocraigh sé ina intinn go dtabharfadh sé cuairt gach tráthnóna ar an ósta idir a ceathair agus a sé go dtí go raibh an carachtar a raibh sé ar intinn aige bunú ar mo dhuine soiléir ina intinn. "Céard a cheap tú faoi na cluichí inné?"

D'athraigh Mártan an t-ábhar cainte agus leanadar orthu ar feadh tamaill ag caint faoi pheil Ghaelach agus iomáint. Chuadar as sin chuig rugbaí agus sacar, samplaí as an gcluiche a bhí ar an scáileán níos luaithe á dtabhairt ag Mártan, an comhrá á stiúradh chomh fada agus ab fhéidir leis ón sobalscríobh.

"Tairiscint síochána." Leag Sinéad pionta an duine os a gcomhair, í tagtha isteach ar a gcúl i ngan fhios dóibh. "Maith dom é," ar sí go díreach le Mártan.

"Tar éis duit mo chuid *credentials* a fhógairt ar fud na háite?" Ach bhí sé ag gáire agus é á rá. "Nach bhfuil tú féin chun ceann a ól? Nó an bhfuil tú le duine éicint eile?"

"Níl. Ní bhíonn an *slut* féin in ann fear difriúil a fháil chuile oíche," ar sí. "Bhí sórt faitís orm ag teacht anonn. Ní raibh a fhios agam cén chaoi a nglacfaí liom."

"Ní tú is measa." Chroch Mártan a ghloine, agus bhuail an triúr acu a bpionta in aghaidh a chéile. "Sláinte."

"Is dóigh go bhfuil scéal na bliana seo chugainn leathscríofa agat cheana féin," arsa Réamonn le Sinéad.

"Bhí smaoineamh fánach nó dhó agam, ach níor chuir mé aon phlean i dtoll a chéile go fóill."

"Is dóigh go bhfaighidh Jason bata agus bóthar gan mórán achair," a dúirt Réamonn.

"Tuige?" a d'iarr Mártan.

"Ag magadh atá mé i ndáiríre," arsa Réamonn.

"Ní thuigim cén fáth a mbeadh." Chroith Mártan a chloigeann. "Nach bhfuil conradh aige?"

"Shíl mé go raibh a fhios agat." Bhí cuma ar Réamonn go raibh sé ag éirí míchompordach.

"Go raibh a fhios agam céard?" Bhreathnaigh Mártan ar Shinéad. Bhreathnaigh sise ar Réamonn. Ansin dúirt sise go lom díreach, "Go bhfuil Jason, mar atá air sa scéal . . . go bhfuil James McGill ag dul amach le do bhean."

"Céard faoi a bhfuil sibh ag caint?" a d'iarr Mártan.

"Shíleamar go raibh a fhios agat go raibh Justine i gCorcaigh le réalta an tseó s'againne ag an deireadh seachtaine," a d'fhreagair Sinéad.

"Bhí sí i gCorcaigh, ach bhí sí ar chúrsa banaltrachta," arsa Mártan.

"Cibé rud a deir tú féin." D'ól Sinéad blogam as a pionta.

"Ní hí mo bhean í ach in ainm," arsa Mártan, cosúlacht air ag an céanna go raibh mothú imithe as. Bhí sé ag cuimhneamh ar an oíche a raibh púl á imirt aige le mo dhuine thart ar sheachtain roimhe sin, é ag caint ar *bhird* éicint a raibh sé ag imeacht léi don deireadh seachtaine.

D'éirigh Mártan agus chuaigh sé chuig an leithreas le nach bhfeicfeadh an bheirt in éindí leis go raibh cuthach feirge air. As na fir ar fad ar domhan, chaithfeadh sí *lecher* mar sin a roghnú, a dúirt sé leis féin. Bhuel, ní bheidh baint ná páirt aige sin le mo mhac, fiú má chaithim í a tharraingt trí na cúirteanna lena fháil faoi mo chúram.

Bhreathnaigh sé air féin sa scáthán. Cén fáth a raibh éad agus fearg mar seo air nuair a bhí a fhios aige go raibh Justine críochnaithe go huile is go hiomlán leis? Ach bhí sí chomh lách, chomh tuisceanach sin an oíche roimhe sin. Tuige nach mbeadh, agus í tar éis an deireadh seachtaine a chaitheamh ag *screw*áil mo dhuine, eisean sáinnithe sa mbaile ag tabhairt aire dá mac. Ciúin ciontach a bhí sí, mar go raibh an oiread le ceilt aici. Múinfidh mise ceacht di, ar sé leis féin sa scáthán. *Screw*álfaidh mise Sinéad ar feadh na hoíche anocht. Chaill mé mo sheans an oíche cheana. Bhí mé discréideach mar gheall ar Chian. Ach tá an t-árasán agam féin anocht. Nár cheannaigh sí deoch dom? Ag iarraidh a bheith mór liom arís? Bhuel, beidh mise mór léi. Ní bheidh sé le rá aici nach bhfuil luaidhe i mo pheannsa arís.

Shocraigh sé an chuid eile den oíche a chaitheamh ag iarraidh í a mhealladh. Chaithfidís fáil réidh le Réamonn i dtosach, ach ní bheadh sé sin ródheacair. Nár dhúirt sé go mbeadh sé ag dul abhaile go luath, nach raibh fonn óil air mar gheall ar a chuid oibre? Beidh spórt agatsa anocht, ar sé lena íomhá sa scáthán nuair a bhí a lámha á ní aige, agus tá sé ag tosú anois.

Nigh Mártan a aghaidh agus réitigh sé a chuid gruaige. Bhí na horduithe deireanacha á bhfógairt ag Jasmine nuair a tháinig sé amach ón leithreas. D'ordaigh sé trí phionta eile, d'íoc astu agus thug síos chuig Réamonn agus Sinéad iad. "Deoch an dorais," a dúirt sé, "agus bíodh an bua ag an té is fearr." Theagmhaíodar na gloiní san aer agus d'ól.

"Tá súil agam go mbeimid inár gcairde i gcónaí, is cuma cé aige nó aici a bheas an bua," a dúirt Réamonn. "Tagann leithéidí Mhicheline agus imíonn siad arís, ach déarfainn go mbeidh an triúr againn ag scríobh linn i gcónaí, cibé cén toradh a bheas ar an gcomórtas bradach seo. Bhíomar ann ón tús. Chonaiceamar go leor ag teacht agus ag imeacht, ach táimid ann i gcónaí. Agus beidh, mar ní féidir leo déanamh dár n-uireasa."

"Níl a fhios agam faoi sin," arsa Sinéad. "Tá meon Meiriceánach ag an mbitseach sin. Bata agus bóthar atá i ndán don té nach gcuireann smaointe nua ar an mbord."

Bhí an braon ag éirí i gcloigeann Réamoinn. "Tá bata ag teastáil uaithi ar chaoi ar bith. Cibé faoi bhóthar."

"Tuige nach dtugann tú di, mar sin, é?" arsa Sinéad, ag gáire, "ós rud é go mbíonn fonn ort é a thabhairt uait chomh minic is a bhíonn tú a rá."

"Nílim chomh dona sin as. Tá sí chomh mór sin, agus ní raibh mé go maith i mbun dreapadóireachta riamh."

"Céard a déarfadh sí dá gcuirfeadh duine an líne sin isteach sa dráma?" a d'iarr Sinéad. "Ní bheadh sé *PC*, ach b'fhiú é a dhéanamh lena héadan a fheiceáil."

"Sin é atá i gceist agamsa a dhéanamh," arsa Réamonn, "nuair atáim cinnte go bhfuilim le ligean chun siúil an chéad bhliain eile. Scríobhfaidh mé eipeasóid a dhéanfas ceap magaidh de na heagarthóirí, na stiúrthóirí agus lucht an chomhlachta. Dhéanfaidís scannánú air freisin, mar ní aithneoidís iad féin. Níl a fhios acu cé chomh hardnósach agus chomh . . . chomh chuile rud is atá siad."

Níor rith focail fhciliúnacha leis le cur síos a dhéanamh ar cheannairí agus ar bhainisteoirí an chomhlachta mar ba mhaith leis.

Lig Mártan leis an mbeirt eile leanacht lena gcomhrá. Bhí a intinn agus a chuid mothúchán ina gcíor thuathail ó chuala sé faoi Justine agus James McGill. Nuair a bhí Réamonn ag caint ar cheap magaidh a dhéanamh den dream os a gcionn, thosaigh seisean ag smaoineamh ar bhealach le carachtar James, Jason, a chur dá threo agus a dhíbirt as an sobaldráma.

Bheadh sé deacair a chur ina luí ar an lucht stiúrach gur cheart fáil réidh leis, mar bhí an draíocht sin aige a tharraing lucht féachana agus a choinnigh ag teacht ar ais iad cúpla uair sa tseachtain. Ach dá molfadh sé aisteoir níos fearr agus níos tarraingtí ina áit? D'fhéadfadh Maria sa dráma titim i ngrá leis an gcarachtar nua. Bhuailfeadh Jason an té sin go dona, agus chuirfí i bpríosún é. An-smaoineamh, a cheap sé.

Smaoinigh Mártan go mbeadh sé sin níos fearr ná Jason a chur chun báis i dtimpiste nó a leithéid. Ar an mbealach seo bheadh deis acu é a ghlacadh ar ais arís dá dtógróidís, agus ní bheadh sé chomh soiléir céanna go raibh fonn airsean James a sceanadh. Ba mhaith an plean don dráma i gcoitinne é ag an nóiméad sin freisin, a cheap sé, mar go gcuirfeadh sé le líon an lucht féachana, ag am a raibh a gcáil ag titim go tubaisteach chuile áit ach amháin i bpreasráitis an chomhlachta.

"Tá tusa imithe leis na sióga." Thug Mártan faoi deara go raibh Sinéad ag féachaint isteach ina shúile, meangadh gáire ar a haghaidh. Bhí sí go hálainn ag breathnú. Is beag nach raibh dearmad déanta aige ar an bplean a bhí aige nuair a bhí sé sa leithreas, í a thabhairt abhaile leis agus oíche den scoth a bheith acu. Caithfidh sé gur milse an díoltas ná rud ar bith eile, a chuimhnigh sé. Thug sé freagra ar Shinéad, "Cén seans a bheadh ag sióg mé a mhealladh nuair atá tusa ag breathnú orm leis na súile móra donna sin?"

"Ar thug sibh faoi deara" ar sise, "go labhraíonn fir, a scríobhann drámaí den tsórt a scríobhaimidne, i sobalchaint nuair a bhíonn cúpla deoch ólta acu?"

"Luíonn sé sin le réasún," a dúirt Réamonn, "nuair a bhíonn cúpla míle focal á scríobh againn in aghaidh an lae."

"Bhfuil tú ag rá?" arsa Mártan le Sinéad, ar nós nach raibh Réamonn ina gcuideachta ar chor ar bith, "gur truflais atá i ngach rud a scríobhtar i sobaldráma? Bíonn cuid mhaith den fhírinne ann, an fhad is a bhaineann sé liomsa."

"Tá a fhios agam céard a bhíonn fir a rá nuair atá siad ag iarraidh bean a thabhairt abhaile, agus ní bhíonn mórán den fhírinne ag baint leis."

"Ní chreideann tú mé nuair a deirim go bhfuil do shúile go hálainn," a dúirt Mártan go croíúil, "cé go n-aontódh duine ar bith ar domhan liom go bhfuil sé sin fíor."

D'éirigh Réamonn. "Éist, a chomrádaí, tá sé in am agamsa bóthar a bhualadh."

"Níl tú ag imeacht fós," arsa Sinéad. "Nach bhféadfaimis cúpla buidéal a fháil agus dul ar ais chuig árasán éicint?"

"Tá sé in am baile agamsa. Ní raibh sé ar intinn agam ach cúpla ceann a ól, ach lean na piontaí orthu ag teacht."

"Scaoil leis má tá sé ag iarraidh imeacht," a dúirt Mártan. "Oíche mhaith."

"Oíche mhaith agaibh féin." Chuir Réamonn suas a ordóg leo sular imigh sé.

"Is é an trua é," arsa Sinéad. "Bhí mé ag baint an-taitneamh as an oíche."

"Agus céard atá cearr le mo chuideachtasa?"

"Tada, ach braithim go mbíonn Réamonn uaigneach amanta."

"Bímse uaigneach freisin."

"Ach tá Cian agatsa. Agus do mháthair. Agus Justine."

"Níl Justine agam. Táim i mo chónaí in árasán liom féin, murar thug tú faoi deara é. Mar a tharlaíonn, níl ann ach mé féin anocht. Bhí mé sórt neirbhíseach an oíche cheana mar go raibh Cian san áit, ach níl aoinneach ann anocht."

"An cuireadh atá sa gcaint seo?" a d'iarr Sinéad, "nó an bhfuilim ag léamh idir na línte i gceart?"

"Rinne mé praiseach de chuile rud an oíche cheana mar go raibh mé óltach," a dúirt Mártan.

"Tá tú óltach anocht freisin," ar sí go héadrom.

"Nílim chomh hóltach sin, arsa Mártan. "Cuirfidh mé mar seo é: táim in ann siúl as mo stuaim féin, agus níos mó ná siúl . . . "

"Pléifimid an scéal nuair nach mbeidh ceachtar againn óltach."

"Níl tú ag teacht liom, mar sin?"

"Is maith liom thú, a Mhártain, ach ní hé seo an t-am ceart."

"Níl aon am ceart, is cosúil."

"Tá go leor ar siúl i do chloigeann nach bhfuil baint ná páirt agamsa leis," arsa Sinéad.

"Cá bhfios duitse céard atá ar siúl i mo chloigeann?"

"Thug mé faoi deara an croitheadh a baineadh asat nuair a chuala tú faoi do bhean agus James McGill."

"Ní hí mo bhean í. Cé chomh minic is a chaithim é sin a rá?" a d'iarr Mártan go feargach.

"Ná tóg ormsa é. Ar do thaobhsa atá mise."

"Níl aoinneach ar mo thaobh."

"An é Mártan nó Cian atá ag caint anois? Is cosúil é sin le rud a déarfadh gasúr."

"Má tá tú ar mo thaobh, bí liom anocht."

"Ní bheidh mé leat, mar is ag baint díoltais amach ar do bhean a bheifeá. Bheadh sé chomh maith mála fataí a bheith agat ná mise."

"Níl ionat ach *pricktease*," arsa Mártan.

Sheas Sinéad. Thóg sí a mála. Bhreathnaigh sí air ar feadh soicind agus bhí sé ag súil le lán a béil nó lán a gloine a fháil. Ach chrom sí síos. Thug sí póg ar an leiceann dó. "Beimid ag caint nuair atá do chuid mothúchán agus smaointe oibrithe amach i gceart agat."

XVIII

Shíl Justine Mhic Chormaic go raibh máthair a céile, Bríd, íseal inti féin nuair a thug sí cuairt uirthi tar éis do Shail ón gcúram baile a rá léi ar an bhfón gur dhiúltaigh an tseanbhean a leaba a fhágáil le dul isteach ina cathaoir rotha ar maidin lá arna mhárach. Bhí a droim iompaithe ag Bríd nuair a chuaigh Justine isteach sa teach, agus ní dhearna sí aon iarracht casadh timpeall le labhairt léi.

"Céard atá ort, a Bhríd?"

"Céard a cheapfá? An bás, ar ndóigh."

"Níl tú ag dul ag imeacht chomh sciobtha sin," a dúirt Justine go héadrom.

"Táim ag brath ar imeacht, agus tá súil agam nach bhfanfaidh Dia i bhfad le fios a chur orm."

"B'fhéidir nach bhfuil tú ag teastáil uaidh chomh luath sin."

"Táim tuirseach den saol seo."

"Ar mhaith leat go gcuirfinn fios ar an dochtúir?"

"Cén mhaith a dhéanfadh sé?"

"Nó ar an sagart, má tá tú chomh dona sin?"

"Is beag nár mharaigh sé sin cheana mé. Ná bac leis."

"Ba mhaith liom do chuisle agus do bhrú fola a sheiceáil." Lig Bríd léi agus ní bhfuair Justine aon cheo mícheart do bhean dá haois. "Tá tú chomh folláin le breac," a dúirt sí.

"Breac nach bhfuil ar fónamh."

"Cuireann táibléid saghas ísle brí ar dhaoine amanta. Labhróidh mé leis an dochtúir féachaint an ndéanfaidh sé athrú orthu."

"Bheadh sé chomh maith dom a bheith ag ithe milseáin ná cuid de na *pills* sin," a dúirt Bríd.

"Bhí Cian ag caint ort aréir." Shíl Justine go n-ardódh sé sin a croí. "Bhí súil aige go mbeifeá in ann dul chuig a chéad Chomaoineach i do chathaoir nua rotha – rothar Mhamó, mar a thugann sé air."

"Tá faitíos orm gur ar mo shochraid a bheas sé ag dul."

"Ná bí ag caint mar sin."

"Bheadh sé go deas dá mbeadh sé in ann Comaoineach a ghlacadh ag Aifreann mo shochraide."

"Nach fáth maith é sin le fanacht ar an saol seo tamall eile?"

"Tháinig Máirtín do m'iarraidh aréir." Thug Justine faoi deara deora i súile Bhríd, rud nach bhfaca sí riamh go dtí sin.

"Máirtín? D'fhear céile? Ag brionglóideach a bhí tú."

"Bhí a chulaith nua air, culaith a phósta, an chulaith a bhí air agus é os cionn cláir. Bhí a lámh amuigh aige le breith ar mo lámhsa, ach níor rug mé air. Ní raibh mé ag iarraidh dul leis."

"B'fhéidir nach raibh tú réidh fós." Ní raibh a fhios ag Justine céard ba cheart di a rá.

"D'eitigh mé m'fhear céile. B'fhéidir nach mbeidh áit ar bith dom anois sna flaithis."

"Ná bíodh seafóid ort," a dúirt Justine. "Nach ndeachaigh tú trí do dhóthain ar an saol seo? Fear céile a chailleadh agus gasúr a thógáil leat féin. Tá neamh tuillte agatsa, má bhí ag aon duine riamh."

"Níl, mar ní raibh mé go maith. Rinne mé drochrudaí, agus drochrudaí go leor," a dúirt Bríd go híseal.

"Táim cinnte nach ndearna tú aon dúnmharú, ar chaoi ar bith." Rinne Justine iarracht an chaint a éadromú.

"M'anam, ach go ndearna. Agus níor inis mé sa bhfaoistin riamh é."

D'airigh Justine fuarallas ar a droim. D'inis seanbhean eile di an bhliain roimhe sin gur mharaigh sí a páiste ag teacht ar an saol nuair a bhí sí óg gan phósadh. Dúirt sí, "Cuirfidh mé fios ar an sagart má tá tú ag iarraidh peacaí a insint."

Ach lean Bríd uirthi. "Is iomaí cearc a dhúnmharaigh mé. Agus coileach, agus lachain, gé agus turcaí faoi Nollaig."

Tháinig fonn gáire ar Justine, agus chas sí timpeall leis an gciteal a chur ar fiuchadh agus cáca a ghearradh ionas nach bhfeicfeadh Bríd an straois a bhí uirthi. Réitigh sí tae don bheirt acu, agus d'aithin sí níos mó de réir mar a bhíodar ag caint go raibh Bríd imithe beagán ó ghnáthréalaíocht an tsaoil.

Cé go raibh Justine fós ar buile le Mártan, ní raibh fonn uirthi labhairt leis faoi Shinéad a bheith ina leaba ná faoi rud ar bith eile go dtí go dtiocfadh sé ag iarraidh Chian ag an deireadh seachtaine. Ach shíl sí anois gur cheart go mbeadh a fhios aige cén chaoi a raibh a mháthair.

"A Mhártain?" ar sí, nuair a d'fhreagair sé an fón, mar ní raibh an fhuaim róshoiléir ar a *mhobile*, agus ní raibh sí cinnte gurbh é a ghuth a chuala sí.

"Ní hea," ar sé, "ach James."

Baineadh geit as Justine. "James?" ar sí. Cén chaoi a raibh a fhios ag Mártan faoi James?

"Ná bí ag imirt cluichí liomsa," a dúirt Mártan. "Bhí a fhios ag an saol mór agus a mháthair faoi sula bhfuair mise tada amach."

"Ní bhaineann sé leat."

"Baineann sé liom má tá baint ag an *Lothario* sin le mo mhac."

"Níl am agam le bheith ag caint air seo anois . . . "

Ghearr Mártan isteach ar a freagra. "Má tá tusa chun leanacht ar aghaidh leis sin, tabharfaidh mise aire do Chian as seo amach. Rachaidh mé chun dlí lena fháil faoi mo chúramsa amháin."

Phléasc Justine. "Níl tú in ann aire a thabhairt duit féin, gan caint ar mo mhac! Bhí do striapach bhradach istigh i do sheomra agat ag an deireadh seachtaine nuair a bhí tú in ainm is a bheith ag breathnú ina dhiaidh!"

"Cé tusa le striapach a thabhairt ar aoinneach?" a bhéic Mártan.

"Bainfear díot ar fad é mura mbíonn tú cúramach."

"Ní mise a bhí in ainm is a bheith ar chúrsa banaltrachta agus mé ag bualadh craicinn le gabhar mímhorálta Theastódh *test* uait tar éis duit a bheith in éineacht leis sin."

"Ní raibh mise le fear ar bith an fhad a bhíomar pósta. Mar a bhí tusa le do chuid *bimbos*. Ach táim saor anois, buíochas le Dia, agus is féidir liom mo rogha rud a dhéanamh."

"Ní bheidh an colscaradh chomh simplí is a cheapann tú," arsa Mártan, "anois go bhfuil tú i mbun adhaltranais le do leannán. Beidh ceisteanna le freagairt agat sula bhfaighidh tú tada uaimse."

"Nílim ag iarraidh ach a bhfuil ag dul dom, agus atá tuillte go maith agam as cur suas leatsa chomh fada sin."

"Is fada liom go dtiocfaidh an cháipéis a thabharfas le fios go bhfuilim réidh leatsa go deo na ndeor. Is cuma liom cé mhéid a chosnaíonn sé ach a bheith amuigh glan as an bpósadh mar dhea seo, nach raibh ina phósadh ceart riamh."

"Céard a chiallaíonn sé sin?" a d'iarr Justine.

"Mura bhfuil a fhios agat."

"Bíodh an diabhal agat," ar sise go feargach. "Cén fáth a bhfuil mise anseo i m'óinseach ag tabhairt aire do do mháthair, nuair nach bhfuil uaitse ach mé a ghortú agus a mhaslú?"

"Céard é sin faoi mo mháthair?"

"Faigh amach thú féin, murar cuma leat faoi do mháthair chomh maith le chuile dhuine eile." Bhrúigh Justine an cnaipe ar an bhfón le deireadh a chur lena gcomhrá. Bhí sí chomh feargach sin nár smaoinigh sí go dtí sin go raibh Bríd ag éisteacht leis an gcaint ar fad.

"Is cosúil sibh le beirt atá pósta i gcónaí."

Bhí a fhios ag Justine go raibh an tseanbhean ar ais mar a bhí sí riamh, cibé scamall a bhí tagtha trasna a hintinne imithe arís. "Tá brón orm," ar sí, í leathnáirithe.

"Theastaigh íde béil go géar uaidh, tá mé cinnte, nó ní dhéarfá tada," arsa Bríd. "Thug mé féin faoi deara go minic nach dtugann sé aird ar aon rud eile. Má labhraíonn tú go lách leis, déanann sé dearmad ar céard atá á rá agat."

"Tá dhá insint ar gach scéal," a d'fhreagair Justine, "ach cuireann sé as mo mheabhair mé uaireanta. Níl a fhios agam cén fáth a gcaillim mo chloigeann leis, mar níl ann ach cur amú ama."

"Is leis an dream is gaire dúinn is mó a throidimid," a dúirt Bríd. "Ní chuireann na daoine eile isteach nó amach orainn."

Cé go raibh sí oibrithe leis, bhraith Justine go raibh gá aici Mártan a chosaint. "Réitímid lena chéile an chuid is mó den am mar gheall ar Chian."

"Nach hin atá tábhachtach?"

"Tá sé ag tnúth go mór lena chéad Chomaoineach. Caithfidh sé gur uaitse a thóg sé an phaidreoireacht."

"Faraor nár thóg mo mhac uaim iad."

"Tá a bhealach féin ag chuile dhuine."

D'fhan Justine go raibh sí cinnte go raibh Bríd ina ceart, agus dheifrigh sí abhaile ansin le lón a réiteach do James. Sailéad agus bradán deataithe le harán donn a bhí curtha ar fáil aici, ach d'fhan an béile ar an mbord go dtí go rabhadar réidh sa leaba. Is ar éigean a bhí am fágtha ag James le greim a ithe, ach chuir sé glaoch ar an stiúideo, ag rá go raibh moill curtha ag lucht leighis air agus go mbeadh sé uair an chloig deireanach ag filleadh. "Lean ar aghaidh leis an radharc gearr taobh amuigh den ollmhargadh," a dúirt sé, "mar nach bhfuilim sa gceann sin."

"Moill curtha ag lucht leighis ort," a gháir Justine. "A leithéid de bhréag. Ní chreidfidh siad thú."

"Banaltra a chuir moill orm," ar seisean, "nó altra ba chirte dom a rá, agus ní bheidh a fhios acu an le fear nó le bean a bhí mé. Agus mura bhfuilim leigheasta agat." Chuir sé a lámha ina timpeall agus phógadar.

"Ith do lón anois," arsa Justine, "nó beidh leigheas ag teastáil uait i ndáiríre."

"Ghlacfainn leis an leigheas sin lá ar bith, ach tá súil agam nach bhfaigheann do chustaiméirí eile an rud céanna."

"Ní custaiméirí a bhíonn agam, ach othair. Déarfainn gur fada óna gcuid smaointe an rud a bhí ar siúl againne."

"Tá an bradán go hálainn ar fad." Bhí taitneamh á bhaint ag James as a bhéile, agus níor labhair ceachtar acu ar feadh tamaill agus iad ag ithe. Justine a bhris an tost.

"An raibh do chluasa dearg ar maidin?" a d'iarr sí.

"Tá súil agam nach raibh, nó bhreathnóidís go dona ar an scáileán," a d'fhreagair sé. "An raibh duine éicint ag caint orm?"

"Mártan. Fuair sé amach go rabhamar in éindí i gCorcaigh." Bhain James searradh as a ghuaillí. "Cén dochar? Nach bhfuil sibh scartha? Nach bhfuil chaon duine againn fásta? Agus saor. Nach bhfuil cead againn ár rogha rud a dhéanamh?"

"Nach hin a dúirt mé leis? Agus níos mó. Dúirt Cian liom go raibh duine de na scríbhneoirí, Sinéad, ag fanacht leis ag an deireadh seachtaine."

"Níl a fhios agam cén chaoi ar éirigh leis í sin a mhealladh."

"Tuige?" arsa Justine.

"Mar go bhfuil sí óg dathúil."

"Níl Mártan chomh sean ná chomh gránna sin."

"Is beag a cheap mé go raibh tú lena thaobh a thógáil," a dúirt James.

"Nílim. Speireamar a chéile. Cén bhrí ach go raibh a mháthair ag éisteacht liom i gcaitheamh an ama." Mhínigh Justine gur mar gheall ar a mháthair a bheith tinn a ghlaoigh sí ar Mhártan.

"Thógfadh sise a thaobhsan, ar chaoi ar bith, is dóigh."

"Níor thóg, mar ceapann sí gur peata atá ann agus gur uirthi féin atá an milleán mar gheall air sin. Ach, déanta na fírinne, níl sí ar fónamh, agus ní dóigh liom go mbeidh sí i bhfad eile ar an saol seo."

"Ar tháinig mise anseo le beathaisnéis mháthair do chéile a chloisteáil?" a d'iarr James.

"Éistimse leatsa ag bitseáil faoi do chomhaisteoirí amanta," a d'fhreagair Justine.

"Ní hé an rud céanna é, ar chor ar bith. Nílim ag iarraidh a chloisteáil faoi do chuid othar."

"Tá réalaíocht ag baint le mo chuid othar," ar sise, "rud nach bhfuil sa sobalsaol a bhfuil tusa páirteach ann."

"Is mór idir aisteoirí óga spéisiúla agus seandaoine nach bhfuil in ann dul chuig an leithreas gan chúnamh."

Bhí Justine ag éirí corraithe. "Is mór, ar ndóigh. Is daoine réalaíocha iad na seandaoine a dtugaim aire dóibh, daoine a bhfuil stair agus saol fada ag baint leo, murab ionann is na spéirmhná agus na sióga a bhíonn ar an scáileán agaibhse."

"B'fhearr liomsa gan aon phlé a bheith agam lena leithéid de chaint," ar seisean. "Sin an méid. Cuireann sé isteach ar mo lón."

"Bhfuil tú ag rá gur tábhachtaí an obair atá ar siúl agatsa ná mar atá ar siúl agamsa?" a d'iarr Justine.

"Níos taitneamhaí, mura bhfuil sé níos tábhachtaí."

"Maireann tusa i saol a gcaitheann daoine a bheith ag breathnú ort. Níl tú beo gan lucht féachana. Níl moladh agus aird an tsaoil ag teastáil uaimse. Mairim sa saol réalaíoch seachas sa sobalsaol."

"Mairimse sa saol réalaíoch chomh maith céanna," a dúirt James. "Bíonn orm éirí ar maidin, béile a ithe, billí a íoc."

"Ach ní bhíonn tú ag déileáil le gnáthdhaoine."

"Is gnáthdhuine chuile dhuine atá ag obair ar an *set*."

"Ach an obair atá ar siúl agaibh . . . "

"Baineann sí le draíocht," a dúirt James, "agus le cur i gcéill, ach bíonn sé sin ag teastáil ó dhaoine freisin. Ní ar arán amháin – nó ar dhrugaí nó ar tháibléid – a mhaireann na daoine."

"Ach tá daoine in ann déanamh dá bhfuireasa."

"Is boichte daoine dá bhfuireasa."

"Cén fáth a gceapann sibh gur fearr sibh ná daoine eile?"

"Cén fáth a gceapann banaltraí gur fearr iad féin, go bhfuil gairm faoi leith acu? Ach níor choinnigh sé sin iad ó dhul ar na sráideanna agus na hospidéil a fhágáil gan freastal nuair a bhí ardú pá uathu."

"Bhí sé tuillte go maith againn, agus bhí daoine ann i gcónaí le freastal ar chásanna éigeandála."

Go tobann thosaigh James ag gáire. "Cén fáth a bhfuilimid ag argóint faoi seo, tar éis lóin a bhí chomh deas sin? Faoi dhó."

"Ní féidir liom ligean leat siúl orm le do dhearcadh ardnósach," a d'fhreagair Justine, idir mhagadh agus dáiríre. "Tá jab amháin ar a laghad chomh tábhachtach leis an gcéad cheann eile."

Bhreathnaigh James ar a uaireadóir. "Ag caint ar jab, tá sé thar am agamsa a bheith ag filleadh, nó beidh ceisteanna á gcur faoin sórt leighis a fuair mé."

XIX

Ní raibh Mártan Mac Cormaic fós ina shuí nuair a chuir Micheline Néill fios air chun a hoifige. Bhí sé ina luí ar a leaba ag smaoineamh ar an argóint a bhí aige le Justine níos túisce, chomh maith leis an droim láimhe a fuair sé ó Shinéad Nic an Ríogh an oíche roimhe sin.

Ní raibh fonn air éirí go ceann tamaill. Bhí a chloigeann tinn i ndiaidh óil, a theanga mar a bheadh brat coincréite curtha uirthi. Smaoinigh sé go raibh gnáthobair na seachtaine tugtha chun dáta aige an lá roimhe sin agus nach raibh deifir rómhór air tosú ar an bplean nua, go háirithe lena chloigeann mar a bhí. Bhí sé te teolaí, ar a chompord sa leaba agus ar tí titim ina chodladh nuair a ghlaoigh rúnaí Mhicheline.

"Bhfuil tú i do shuí?" a d'iarr sí.

"Mise? Dá mbeadh a fhios agat an méid atá déanta agam ó mhaidin."

"Cheap mé ó do ghuth go raibh mé tar éis thú a dhúiseacht."

"Tá slócht orm, sórt slaghdáin."

"Tá tú ag teastáil anseo san oifig i gceann leathuair an chloig."

"Cén fáth?" Bhí sórt faitís air nach raibh rud éicint a bhí scríofa aige ceart.

"Tá sí féin ag iarraidh do chuid smaointe ginearálta a fháil ar scéal na bliana seo chugainn."

"Gach trí mhí a dúirt sí liomsa a bheadh sí ag iarraidh cloisteáil uainn."

"Is maith léi croitheadh a bhaint as an dream atá ag obair aici. Mar atá a fhios agam féin go maith."

"Níl aon rud agam ar pháipéar go fóill," a dúirt Mártan, "ach smaointe fánacha anseo is ansiúd."

"Focal béil atá uaithi le go mbeidh a fhios aici cén treo a bhfuil sibh ag dul."

Léim Mártan amach as a leaba. Thóg sé cith agus d'ól cupán caife go sciobtha. Shroich sé a hoifig go díreach ag an am a bhí socraithe ag an rúnaí, a chuid gruaige fós fliuch agus a chloigeann tinn.

"Ní raibh am agam mo chuid tuairimí a chur i dtoll a chéile i gceart," a mhínigh sé do Mhicheline, "mar nach raibh súil agam go gcuirfeá fios orm chomh tobann sin."

"Tuigim sin," ar sí, "ach seo bealach chun a fháil amach cén treo a bhfuil duine ag dul. Is minic gur fearr i gcás mar seo gan dóthain ama a thabhairt do dhuine seal a chaitheamh i mbun smaointe. Sórt *brainstorming* atá i gceist, má thuigeann tú céard atá ar bun agam."

Rinne Mártan cur síos ar na carachtair nua a bhí ina intinn aige, ceann acu bunaithe ar Uiscen, an seanfhear cainteach sa teach ósta, duine eile bunaithe ar a mháthair féin. Níor luaigh sé cérbh iad na daoine seo sa ngnáthshaol laethúil, ach thug sé cuntas ar na tréithe a bhain leo, ar an gcantal a bheadh mar ábhar argóna agus drámatúil eatarthu, ar a gcion agus a ngrá ina ainneoin sin.

"Feicim go bhféadfadh go n-éireodh le rud ar nós *The Odd Couple*," arsa Micheline, "ach is lucht féachana óg atá ag teastáil. Tá an seandream inár ngleic againn cheana agus drochsheans go gcaillfear iad."

"Mura bhfuil siad caillte cheana," a d'fhreagair Mártan. "Cloisim go leor ag casaoid go bhfuil *Béal an Chuain* ró-nua-aimseartha, nach bhfuil greann agus dea-chaint thraidisiúnta na Gaeltachta le cloisteáil níos mó agus nach Béarla ná Gaeilge atá á gcur i mbéal na gcarachtar óg."

"Is sibhse na scríbhneoirí," ar sise.

"Téimidne le héiteas an chomhlachta," a dúirt Mártan. "Agus maidir leis an aos óg, beidh siadsan fós ann. Agus nach bhfuil Mamó agus Daideo ag gach duine óg, nó ag a bhformhór? Nach mbaineann siad taitneamh as na rudaí aisteacha ina súile a dhéanann siadsan agus as a mbíonn á rá acu?"

"Tá an ceart agat, is dóigh," a d'admhaigh Micheline.

Mhothaigh Mártan sórt dánaíochta ann féin. "Teastaíonn cor éicint le croitheadh ceart a bhaint as an lucht féachana, i mo thuairim, mar is léir go bhfuil na figiúirí TAM ag titim."

Níor shéan sí sin. "Cén sórt ruda a bheadh i gceist?"

"Braitheann sé seo, ar ndóigh, ar a chonradh, ach bhí mé ag smaoineamh ar an gcarachtar Jason a chur i bpríosún as Maria a bhualadh nó a éigniú, agus duine tarraingteach a fháil ina áit, go ceann tamaill, ar chaoi ar bith."

"Is é James McGill an t-aisteoir is mó le rá atá againn."

"Agus is costasaí, déarfainn. D'fhéadfaí airgead a spáráil don chomhlacht agus an lucht féachana a mhéadú go mór dá mbeadh seisean i dtrioblóid. Cuireadh ceisteanna i bParlaimint Shasana roinnt blianta ó shin nuair a cuireadh carachtar as *Coronation Street* i bpríosún. D'fhéadfaimis aird na tíre a tharraingt ar *Béal an Chuain* ar an gcaoi sin."

"Mmm . . . Spéisiúil. Chaithfinn smaoineamh air agus é a phlé leis an mBord," a d'fhreagair Micheline. "Tá cainteanna againn le James i láthair na huaire faoina chonradh, agus tá *hardball* á imirt aige. Dá mba rud é nach rabhamar ag brath chomh mór air is atáimid . . . "

"Níl ann ach smaoineamh," arsa Mártan.

"Tá tú tar éis a chruthú dom go bhfuil tú ag smaoineamh go domhain ar céard atá i ndán do na carachtair atá ann agus faoi róil bhreise a chruthú. Is maith liom sin. Coinnigh ort."

"Chuideodh sé go mór liom dá mbeinn ar an eolas faoi chúrsaí praiticiúla ar nós conarthaí: a bhfad agus mar sin de. Níl dabht ar bith ach go bhfuil an foirmle atá ann i láthair na huaire stálaithe," a dúirt Mártan.

"Tuige nár chuir tú do chuid tuairimí in iúl roimhe seo?" a d'iarr Micheline.

"Shíl mé nach é mo ghnó é, go raibh orm fanacht taobh istigh de na teorainneacha a bhí leagtha síos. Is scéal eile ar fad é má tá deis agam tuairimí agus leagan amach úr a mholadh."

Bhí cuma ar Mhicheline gur thaitin a chuid tuairimí léi. Chroith sí lámh leis agus d'iarr air a chuid smaointe a roinnt léi, "fiú na smointe a bhreathnaíonn aisteach nó seafóideach i láthair na huaire. Is as a leithéidí sin a eascraíonn teilifís mhaith, ó dhaoine atá sásta dul sa seans le tuairimí nua."

Bhí bród ar Mhártan ag imeacht óna hoifig, go dtí go bhfaca sé Sinéad agus Réamonn ag fanacht taobh amuigh. Smaoinigh sé go mbeadh samhlaíocht agus meabhair chinn an triúir acu á ransú ag Micheline, na smaointe agus tuairimí is fearr á n-úsáid aici, ach beirt den triúr caite ar an gcarn aoiligh ag deireadh an tséasúir. Shuigh sé síos in aice le Réamonn nuair a d'imigh Sinéad isteach san oifig agus thug faoi deara go raibh sé neirbhíseach.

"Níl tuairim dá laghad agam," a dúirt sé le Mártan, "céard a déarfas mé, mar nár thosaigh mé ag smaoineamh ar chor ar bith air go fóill."

"Ná tabhair an iomarca airde uirthi," arsa Mártan. "Níl uaithi ach croitheadh beag a bhaint asainn le cinntiú go dtosóimid ar an bpleanáil go luath."

"Caithfidh sé go bhfuil obair déanta agatsa cheana féin," a dúirt Réamonn, agus ba léir gur chuir sé sin díomá air.

"Thug mé cúpla smaoineamh fánach di ó bharr mo chinn," a d'fhreagair Mártan go héadrom. "Sin a bhfuil uaithi faoi láthair."

"Níl an méid sin féin agamsa."

"Má bhíonn cor amháin féin agat le cur sa scéal don chéad bhliain eile, beidh a fhios aici go bhfuil tú ag obair air. Mhol mise bata agus bóthar a thabhairt do Jason agus fear eile a chur ina áit."

"Mar gheall go bhfuil Justine á *shift*áil aige?"

"Mar go mbainfeadh sé croitheadh as an lucht féachana. Dá ndéarfá féin rud éicint cosúil leis sin, thabharfadh sí aird air. Tá a fhios aici go gcaithfear geit a bhaint as lucht féachana an tseó, nó beidh deireadh leis."

"Is fíor sin, cinnte."

"Bhuel, cuimhnigh ar bhealach lena dhéanamh agus beidh leat."

"Nach é an trua é gur i gcoimhlint lena chéile atáimid," arsa Réamonn, "in áit a bheith ag tacú lena chéile? Tuigim nach féidir leatsa do chuid pleananna a roinnt liom."

"Nár dhúirt mé go bhfuilim ag iarraidh fáil réidh le Jason."

"Ach ní féidir liomsa an rud céanna a rá, nó beidh a fhios aici cé as a tháinig sé," a dúirt Réamonn.

"Má chloiseann sí an rud céanna ó bheirt againn, tarraingeofar anuas ceist nó dhó ina hintinn."

D'imigh Mártan chuig an teach ósta le leigheas na póite a fháil sula dtosódh sé ag smaoineamh i gceart ar an tasc a bhí amach roimhe. Chuimhnigh sé gur cheart dó cuairt a thabhairt ar a mháthair ar ball. Bhí rud éicint ráite ag Justine níos túisce nuair a bhí sí ag tabhairt amach dó a thug le fios nach raibh sí ar fónamh. Ach bhí an deoch ag teastáil i dtosach.

D'íoc Mártan deoch don seanfhear cainteach agus dúirt le Jasmine é a thabhairt síos chuige ar ball. Shuigh sé féin síos gar go maith dó agus d'éist go cúramach. Bhí mo dhuine ag rá na rudaí céanna a bhí á rá aige cheana nuair a cheap sé go raibh daoine ag éisteacht. "Is cuma liom sa diabhal. Is cuma liom sa foc. Is cuma liom faoi chuile dhuine . . . "

Thug Mártan faoi deara gur athraigh Uiscen a phort nuair a thug Jasmine an deoch dó agus d'inis cé uaidh a tháinig sé. Tharraing sé a anáil go mall cúpla uair sula ndeachaigh sé i dtreo eile ar fad. "Is maith le daoine daoine eile a chur i mboscaí. Cuireann siad i mboscaí iad nuair a fhaigheann siad bás, ach cuireann siad i mboscaí freisin iad lena mbeo . . . "

D'ól Uiscen deoch sular lean sé air. "Chuireadar mise isteach i mbosca nuair a baisteadh mé, bosca cúng inar féidir smacht a choinneáil orm. Thógadar ballaí i mo thimpeall, ballaí cainte, ballaí eagla, ballaí faitís, balla uafáis. D'fheicfeá go minic iad, ag caint orm ar nós nach bhfuilim ann ar chor ar bith."

Bhreathnaigh Mártan ar na fir a bhí ag an gcuntar, Larry agus Timothy ina gcuid éadaigh oibre agus buataisí salacha, ag teacht ó mhargadh na mbeithíoch, b'fhéidir, ach cosúlacht orthu go rabhadar ag socrú síos ansin don chuid eile den lá. Cé mise le locht a fháil orthu? a smaoinigh sé. Táimse mé féin anseo rómhinic. Tá an iomarca á ól agamsa le tamall.

Thug sé faoi deara ansin go raibh Uiscen ag caint faoin mbeirt ag an gcuntar, ag tabhairt le fios dósan céard é a bharúil féin ina dtaobh. "Ceapann Timothy go bhfuil sé go maith ó thaobh na mban de. Bíonn cur síos aige go minic sa samhradh ar chomh maith is a éiríonn leis le turasóirí mná. Tá a fhios ag chuile dhuine, ar ndóigh, gur baitsiléir ceart cruthaithe atá ann nár thug bean chun leapa riamh. Fear gan aidhm gan chuspóir. Ach an oiread liom féin. Ach go bhfuil a fhios agamsa é. Beidh sé díreach ar nós a sheanmhéit Patrick ar ball. Sórt ciorcail atá sa saol, fáinne gan tús gan deireadh, glúin i ndiaidh glúine ag titim isteach sna nósanna seafóideacha céanna."

D'fhan Mártan ina shuí mar a bhí sé, ag breathnú go díreach amach roimhe, ar fhaitíos go mbrisfeadh sé draíocht na huaire. Lean Uiscen air. "Maidir le Larry, is duine neamhurchóideach go maith é, fear a raibh éirim agus cumas ann tráth. Ach is fearr a thaitin cuideachta leis ná staidéar. Scaoil sé thairis deis i ndiaidh deise chun é féin a chur chun cinn, agus chríochnaigh sé anseo ag an gcuntar, ag baint gleo agus gáire as strainséirí an tsamhraidh, ag gáire fúmsa, an té a rinne fíon as uisce a bhaiste, más fíor na scéalta."

D'ól sé go mall as a phionta. "Bhí mé ann, ar ndóigh, ach níl cuimhne agam air, gasúr beag bídeach i mbaclainn mo mháthar. Chuala mé an scéal chomh minic go gceapaim amanta go gcuimhním ar an eachtra féin. Athraíonn gach scéal san insint, agus ag brath ar cé atá á insint. Cá bhfios domsa nár cumadh an scéal sin an chéad lá riamh? Nó gur cuireadh leis nó go ndearnadh scéal mór as eachtra beag bídeach. Ach ormsa a leagadh an t-ualach."

Chuaigh Mártan chuig an gcuntar nuair a tháinig Réamonn isteach san ósta, mar níor theastaigh uaidh go gcuirfeadh seisean a dó agus a dó le chéile agus a fháil amach go raibh sé i gceist aige carachtar a bhunú ar Uiscen.

D'ordaigh sé deoch an duine dóibh agus d'fhiafraigh de Réamonn cén chaoi ar éirigh lena agallamh.

"I bhfad níos fearr ná mar a cheap mé, cé go raibh mé ag cumadh bréag agus mé ag caint léi."

"Céard atá i gcumadóireacht ach bréagadóireacht?" a d'iarr Mártan.

"Is fíor duit."

"Céard faoi Shinéad?"

"Deamhan a fhios agam. Is cosúil nach dteastaíonn uaithi labhairt le ceachtar againn i láthair na huaire."

"B'fhéidir go bhfuil an jab faighte aici cheana don bhliain seo chugainn."

"Tuige a mbeadh Micheline ag caint leis an gcuid eile againn fós, mar sin?" a d'iarr Réamonn.

"Lenár meabhair chinn a phiocadh. Leis an oiread is féidir a bhaint asainn sula gcaithfear i dtraipisí muid."

"Déarfainn go bhfuilimid ar fad sa rás, go fóill ar aon chaoi."

"Bhfuil údar agat lena leithéid a rá?" a d'fhiafraigh Mártan.

"Níl a fhios agam, ach dúirt sí go raibh trí leagan amach an-difriúil cloiste aici ó mhaidin. Agus bhí cosúlacht uirthi gur thaitin sé sin go mór léi."

XX

Lig Justine Mhic Chormaic do James McGill fanacht léi an oíche sin ar choinníoll go mbeadh sé imithe sula n-éireodh Cian ar maidin. Chuir sí James in aithne dá mac nuair a tháinig sé go dtí an teach, buidéal fíona ina lámh, thart ar a naoi a chlog. Ghlac sé a pardún as teacht sula raibh an buachaill ina chodladh, ach ní dhearna Justine scéal mór de. Thug sí faoi deara ar an bpointe a tháinig sé chuig an doras go raibh rud éicint ag cur as dó.

Ghabh James a leithscéal arís. "Shíl mé go mbeadh Cian ina chodladh."

"Níl, faraor. Tá sé fós ag peataireacht mar go raibh mé as baile don deireadh seachtaine. Theastaigh uaidh am a chaitheamh liom, ach tá sé ag dul a chodladh anois díreach."

Thug Cian leabhar anonn chuig James agus d'iarr air scéal a léamh dó.

"Ná bac leis," a dúirt Justine. "Tá muineál aige a bheith ag iarraidh ruda ort an chéad uair a leagann sé súil ort."

"Léigh Sinéad scéal dom in árasán mo Dheaide," arsa Cian.

"Tá sé ceart go leor," a d'fhreagair James. "Mura bhfuil aisteoir in ann scéal a léamh, tá sé in am éirí as."

"Ní éistfidh sé le mo chuidse scéalta níos mó," a dúirt Justine, "mar go mbeidh caighdeán ró-ard agat."

"Ní hé an scéalaí ach an scéal atá tábhachtach," arsa James go drámatúil, agus ní hamháin gur léigh sé an scéal go maith ach chuir sé leis go mór, ag cumadh rudaí nach raibh ann ar chor ar bith agus é ag dul ar aghaidh.

Bhí Cian ina shuí in aice leis, é sna trithí ag gáire faoi chuid de na leaganacha a chuir James ar an scéal agus an gheáitsíocht a bhain leo. "Ach níl sé sin sa leabhar," arsa Cian go minic.

"Cá bhfios duit?" a d'iarr James.

"Mar tá a fhios agam céard atá ann."

"Cén fáth a bhfuil tú ag iarraidh é a chloisteáil arís, mar sin?" Bhain Cian searradh as a ghuaillí. "Is maith liom é."

"Is minic go mbíonn an scéal céanna cloiste aige míle uair sula dtéann sé ar aghaidh go dtí an chéad cheann eile," a dúirt a mháthair.

"Tá tú ar nós aisteora stáitse, mar sin," arsa James, "an scéal ceannann céanna, oíche i ndiaidh oíche, go ceann i bhfad."

Ní raibh a fhios ag Cian céard é aisteoir, agus d'fhiafraigh sé dá mháthair i gcogar ard an rud aisteach é aisteoir.

"Ceann aisteach atá anseo, bí cinnte," arsa James nuair a bhí Justine ag iarraidh é a mhíniú. Ní raibh sí sásta lena hiarracht, agus d'iarr sí ar James é a mhíniú níos fearr. Thaispeáin seisean do Chian an chaoi le scáth coinín, mar dhea, a chaitheamh ar an mballa. "Tá a fhios agat nach coinín i ndáiríre atá ansin," a dúirt sé, "agus is mar a chéile le haisteoir, d'fhéadfá a rá, más ar stáitse nó ar teilifís nó sna scannáin atá sé. Sórt scátha atá ann a thugann le fios gur duine nó rud eile atá ann. An dtuigeann tú é sin?"

"Ní thuigim," a d'fhreagair Cian.

"Bhuel, míneoidh James duit arís é," arsa Justine, "mar go bhfuil sé thar am agatsa a bheith i do leaba. Gabh i leith uait."

"An mbeidh sé ag teacht anseo arís?" a d'iarr Cian.

"Déarfainn go mbeidh. Tá súil agam go mbeidh." D'iarr Justine ar James an buidéal fíona a oscailt an fhad a bheadh Cian ag dul a chodladh. Thug sí póg dó nuair a d'fhill sí ó sheomra a mic agus d'fhiafraigh céard a bhí ag cur as dó.

"Rud ar bith," ar sé.

"Is léir domsa go bhfuil."

"Tá fios agat," ar sé, "chomh maith leis na tréithe tarraingteacha ar fad eile?"

"Níl le déanamh ach breathnú i do shúile."

"Nílim le m'ualach a bhrú anuas sa mullach ort."

"Nach lena aghaidh sin atá cairde ann?" a dúirt Justine.

"Bhí agallamh agam le stiúrthóir an chomhlachta inniu."

"Agus níor éirigh go maith leat? Cén fáth a gcuirfí faoi agallamh tú nuair atá an jab agat cheana féin?"

"Ceist chonartha atá ann, agus is cosúil nach bhfuil siad sásta bogadh."

"Ní féidir leo déanamh de d'uireasa. Nach tú réalta an tseó?"

"Faraor gan é a bheith chomh simplí sin."

"Níl tú ag rá go bhfuil do phost i mbaol? Bheadh réabhlóid ann. Chuirfí picéad ar na stiúideonna."

Níl aon rud ráite amach díreach acu," a dúirt James, "ach is léir go gceapann siad gur féidir leo déanamh de m'uireasa."

"Bhfuil siad gann in airgead nó céard?" a d'iarr Justine. "Cén fáth a mbeidís ag caint mar sin ag an bpointe seo?"

"B'fhéidir go gceapann siad go bhfuilim ag iarraidh an iomarca. Ní phléann siad na cúrsaí sin liomsa go hiondúil ar chor ar bith ach le m'*agent*. Sin é an fáth go gceapaim go bhfuil níos mó i gceist ná margaíocht faoi mo chonradh."

"An mbeifeá sásta glacadh le níos lú?" a d'fhiafraigh Justine.

"Nílim ag fáil mórán ar chor ar bith i gcomparáid le cairde liom atá ag obair ar shobaldrámaí i mBéarla. B'fhéidir go bhfuil sé in am agam dul síos an bóthar sin, nó dul ar ais ar stáitse."

"Níor mhaith liom go n-imeofá as seo."

"Ag caint air sin, an bhféadfadh sé go mbeadh baint ag d'fhear céile leis an scéal seo ar fad?"

D'fhreagair Justine, "Mar a dúirt mé cheana, níl fear céile agam ach in ainm, go dtí go bhfaighimid colscaradh."

"Ní fhreagraíonn sé sin mo cheist. Bhfuil a fhios aige go bhfuil an bheirt againn . . . le chéile?"

"Tá a fhios."

"D'inis tú dó?"

"Fuair sé amach ar bhealach éicint é. Luaigh sé é ar maidin agus é ag bagairt Cian a bhaint díom dá bharr."

"Nach hin é," arsa James. "Díoltas atá ann."

"Mártan? Ach níl ann ach scríbhneoir. Níl aon bhaint aige siúd leis an treo a dtéann an dráma."

"Is faoi Mhártan agus faoi bheirt eile scríbhneoirí atá sé plean na bliana seo chugainn a chur ar fáil d'eagarthóir na sraithe," a dúirt James. "Thapaigh sé a dheis nuair a fuair sé a sheans."

"Caint feirge atá ansin," arsa Justine. "Níl aon fhianaise agat go bhfuil baint ná páirt aige leis."

"Is tú an duine deireanach a cheap mé a bheadh á chosaint."

"Is mé is túisce a thabharfadh íde na muc agus na madraí dó dá mbeadh sé fíor, ach ní fheicim cén chaoi a mbeadh an oiread sin cumhachta aige."

"Tá sé ag scríobh dóibh ón tús."

"Tá, agus tuilleadh nach é."

Bhreathnaigh James isteach i súile Justine. "Cén fáth a mbeadh sé ag bagairt Cian a bhaint díot mar gheall ormsa?"

"Cén fáth a mbeinnse ag bagairt an ruda chéanna mar gheall ar Shinéad a bheith leis nuair a bhíomar imithe? Fearg, is dóigh. Díoltas faoinar tharla eadrainn leis na blianta. Ní sheasann a leithéid i bhfad, go hiondúil. Deireann sé rudaí mar sin, ach chuirfeadh sé iontas orm dá ndéanfadh sé aon rud faoi. Ní hin an sórt duine é, chomh fada le m'eolas."

"Is mise an chéad duine a ndeachaigh tú in aon áit leis ó d'imigh sé?"

"Is tú. Ní raibh mé réidh go dtí anois."

"Is dóigh gurb in atá ag goilliúint air. B'fhéidir go dteastaíonn uaidh thú a fháil ar ais."

"Nár dhúirt mé leat gurb in is faide óna intinn."

"B'fhéidir nach bhfuil a fhios aige é. Ach tá sé ina fhochoinsias. Bhí plota mar sin againn sa dráma anuraidh. Bhí sé spéisiúil."

"Beidh tú ag rá liom anois gurbh é Mártan a scríobh," arsa Justine, ag gáire.

"Gach seans gurbh é." Bhí James i ndáiríre faoi.

"Níl tú ag eirí *paranoid*, an bhfuil?"

"Tá údar agam. Tá mo phost, mo cháil, mo theacht isteach i mbaol."

"Á, a dhuine bhoicht." Rinne Justine iarracht barróg a thabhairt dó, ach d'iompaigh James uaithi.

"Ní páiste mé, ar féidir gach rud a chur ina cheart trí do lámha a chur timpeall orm."

"Murar páiste thú, tá tú thar a bheith páistiúil anocht."

"Ní tusa atá ag cailleadh do phoist."

"Níl tusa ach ag tuairimíocht go bhfuil do phost i mbaol."

D'ardaigh guth James. "Níl a fhios agamsa céard atá mé á dhéanamh anseo. Mura bhfuil tuiscint nó trócaire agat."

"Mura bhfuil tú ag iarraidh a bheith anseo . . . "

Tháinig Cian amach as a sheomra, cosúlacht air go raibh sé go díreach tar éis dúiseacht. "Cheap mé go raibh mo Dheaide anseo," a dúirt sé, "mar gheall ar an mbéiceach."

"Ag aisteoireacht a bhíomar," a dúirt James, sula raibh am ag Justine aon rud a rá. "Bhí mé ag taispeáint do do Mhama céard a dhéanaimid ar an *set* i m*Béal an Chuain*. Tá brón orm go raibh mé ag caint ró-ard."

"Bhí Mama ag caint os ard freisin." Shuigh sé eatarthu ar an tolg.

"Rinne Mama dearmad go raibh tú i do chodladh," a dúirt Justine, ag breith ar smig a mic go spraíúil. "Bhuel, cheap mé go raibh tú i dtromchodladh is nach ndúiseodh tada thú. Tá brón orm. Ar mhaith leat deoch uisce sula dtéann tú ar ais a chodladh?"

Bhreathnaigh Cian ar James. "Ba mhaith liom scéal eile a chloisteáil, le mé a chur a chodladh."

"Inseoidh mé scéal chomh leadránach sin go gcaithfidh tú titim i do chodladh sula mbeidh sé thart," a dúirt James.

"An dtiocfaidh tusa chuig mo chéad Chomaoineach?" a d'iarr Cian air, gan choinne. Bhreathnaigh James anonn ar Justine agus chroith sí a cloigeann.

"Ba mhaith liom," a d'fhreagair James, "ach b'fhéidir nach mbeidh mé saor an lá sin."

"Ba mhaith liomsa dá mbeifeá ann agus go n-inseofá scéalta

greannmhara do mo Dheaide agus mo Mhama agus do mo Mhamó agus do chuile dhuine."

"Ní fheileann sé dó," a dúirt Justine, "ach b'fhéidir go dtiocfaidh sé chuig cóisir bheag eile sa teach ina dhiaidh sin."

Bhí Cian mar a bheadh sé ag comhaireamh ar a mhéaracha. "Ba mhaith liom go mbeifeá ann," ar sé le James, "agus mo Mhama agus Deaide agus Mamó agus Sinéad – agus cairde uilig mo Mhama agus Deaide."

"Is maith linn go leor rudaí," a dúirt Justine, "ach, faraor, ní féidir linn gach is mian linn a bheith againn."

"Nárbh fhearr leat a bheith le do chairde ón scoil?" a d'iarr James, "in áit a bheith le seandaoine mar muide?"

"Ba mhaith, ach beidh cóisir ag gach duine acu sin ina mbaile féin, nó beidh cuid acu ag dul amach le haghaidh dinnéir."

"Bhfuil a fhios agat céard a dhéanfaimid?" arsa James. "Tabharfaidh mise tusa agus do Mhama amach chuig dinnéar lá eile seachas lá do Chomaoineach, agus beidh tú in ann é a cheiliúradh faoi dhó."

"Go *McDonald's*?" arsa Cian. "Nó *Supermac's*?"

"Tóg do rogha féin acu," a dúirt James.

"*Supermac's*," agus iarrfaidh mé ar mo Dheaide agus ar Shinéad mé a thabhairt chuig *McDonalds*." Bhí a cloigeann ag croitheadh ó thaobh go taobh ag Justine, James ag gáire faoi fhreagra Chian.

D'éirigh le Justine a mac a chur a chodladh leathuair ina dhiaidh sin, agus nuair a tháinig sí ar ais óna sheomra, bhí Cian á mholadh go hard na spéire ag James mar "ghasúr álainn aoibhinn."

"D'athraigh sé do ghiúmar ar chaoi ar bith," a dúirt sise, a raibh fágtha sa mbuidéal fíona á roinnt eatarthu.

"Maith dom é," ar sé. "Bhí an ceart agat. *Paranoid* a bhí mé, ach bhain an leid sin a fuair mé gur féidir déanamh de m'uireasa geit asam. Ní hé gur cheap mé go raibh mé chomh tábhachtach sin, ach bhí mé ag súil le post buan a bheith agam go ceann tamaill."

"An rud ba mheasa," arsa Justine, "ná gur cheap Cian go rabhamar ag troid ar nós mé féin agus a Dheaide."

"Níl beirt ar bith nach mbíonn ag troid."

"B'fhéidir nach bhfuil ar mo chumas déileáil i gceart le caidreamh le fear ar bith," ar sise.

"Seafóid," a dúirt James. "Caitheann chuile dhuine an fód a sheasamh nuair a bhraitheann siad go bhfuil gá leis. An mbeifeá ag iarraidh fear a d'aontódh le gach rud a déarfá?"

"Tuige nach mbeinn?" a d'fhreagair Justine, ag gáire.

"Bhuel, faigh dealbh duit féin, mar sin."

"Tá ceann agam, suite fuar ag an taobh eile den tolg."

"Bhí faitíos orm dul in aice leat."

"Faitíos romhamsa?"

"*Tough cookie.*"

"An é sin do bharúil díom? Shíl mé go raibh mé thar a bheith bog," a dúirt Justine.

"Is féidir leat a bheith ach tabhairt faoi i gceart."

"Ó, tá gach rud oibrithe amach agat."

"Féach an *tough cookie* ag titim as a chéile nuair a fhaigheann sí póg." Rug James ar a lámh agus tharraing sé chuige í. Bhreathnaíodar isteach i súile a chéile ar feadh tamaill ar nós nach rabhadar cinnte céard ba cheart dóibh a dhéanamh. Tháinig a gcuid liopaí le chéile ansin.

XXI

Bhí Bríd Mhic Chormaic ina luí ar an urlár nuair a thug a mac Mártan an chuairt uirthi a bhí curtha ar an méar fhada aige an lá roimhe sin. Dheifrigh sé trasna chuici le fáil amach an raibh sí beo nó marbh, ach chruthaigh béic uaithi nach raibh aon rud mícheart lena teanga ar chaoi ar bith. D'éirigh le Mártan í a leathiompar chomh fada leis an leaba agus shocraigh sé na héadaí ina timpeall.

"Céard a tharla duit?"

"Nach bhfeiceann tú céard a tharla? Thit mé nuair a bhí mé ag iarraidh dul ón leaba go dtí an deamhan cathaoir sin."

"Shíl mé go raibh Sail ceaptha cabhrú leat leis sin?"

"Chuir mé an ruaig uirthi."

"Arís! Ach cé a thógfas a háit?" arsa Mártan.

"Beidh sí ar ais tráthnóna."

"Cá bhfios duit, má tá an ruaig curtha agat uirthi?"

"Níor chuir i ndáiríre, ach níor theastaigh uaim í a ligean in aice liom."

"Cén fáth?"

"Fáth ar bith. An gcaithfidh fáth a bheith le gach rud?"

"Níl aon mhaith a bheith ag caint leat."

"Coinnigh do bhéal dúnta, mar sin," a dúirt Bríd go borb.

Sheas Mártan ag breathnú uirthi. "Táim tar éis teacht anseo agus tú a phiocadh suas ón urlár. Sin é mo bhuíochas: 'Dún do bhéal . . .'"

"Dún do bhéal féin." D'iompaigh Bríd uaidh chomh maith is a bhí ar a cumas de bharr a heasláinte. "Cibé cé thú féin."

"Bhfuil tú ag rá nach n-aithníonn tú mé?" a d'fhiafraigh Mártan.

"Níl a fhios agam. Fan amach uaim."

"Is mise Mártan, do mhac." Cé go raibh a fhios aige nach raibh aon duine eile sa teach, bhreathnaigh sé ina thimpeall féachaint an raibh aon duine ag breathnú ar an amadán a raibh air insint dá mháthair cé hé féin.

"Nach bhfuil a fhios agam?"

"D'fhéadfá a bheith níos deise liom, tar éis dom thú a phiocadh suas ón urlár."

"Ar iarr mise aon cheo riamh ort?"

"D'fhéadfá bás a fháil ansin ar an talamh."

"Is deacair drochrud a mharú."

"Níl a fhios agam," arsa Mártan, níos mó leis féin ná lena mháthair. "Caithfimid rud éicint a dhéanamh faoi. Tá a fhios agam nár mhaith leat dul isteach i dteach altranais ach is beag rogha eile atá ann i ndáiríre."

"Nílimse ag dul in aon áit ach i mo chodladh."

"An raibh tú i bhfad ansin ar an urlár?" a d'fhiafraigh Mártan.

"Deamhan a fhios agam. Go dtí gur tháinig duine éicint. Tusa a tháinig isteach, is dóigh."

"Níl tú sách maith a bheith leat féin a thuilleadh. Caithfidh mé labhairt le Justine faoi."

D'iompaigh Bríd ionas go mbeadh sí in ann breathnú air. "Bhfuil sibh ag caint le chéile arís?"

"Bímid ag caint lena chéile i gcónaí."

"Tá trua agam do Mhártan beag."

"Cian atá i gceist agat. Is mise Mártan."

"Cibé rud a deir tú féin," ar sise, ar nós cuma liom. "Shílfeá go gcuirfeá síos tine. Táim préachta leis an bhfuacht."

"Bheadh faitíos orm go dtitfeá isteach inti."

"Nílim in ann titim amach as an leaba, gan trácht ar thitim isteach sa tine," a dúirt Bríd.

"Casfaidh mé an teas air tuilleadh," arsa Mártan. "Tá an tine róchontúirteach."

"Táim maraithe ag an teas sin. Níl nádúr ar bith ag baint leis."

"Shíl mé gur préachta leis an bhfuacht a bhí tú?"

"Chaon cheann acu. Níl teas ná fuacht sa teach seo."

"Tá sifil ort," a dúirt Mártan, leath ag magadh, ach tháinig sórt aiféala ansin air nuair a smaoinigh sé gurbh in a bhí uirthi.

"Sifil . . . sif-il mhóna . . . " Bhí Bríd mar a bheadh sí ag labhairt léi féin, ar nós go raibh sí i ngan fhios go raibh aon duine eile sa seomra.

Chuir Mártan glaoch ar Justine. Ghlac sé leithscéal i dtosach faoin gcaoi a raibh sé léi nuair a bhíodar ag caint ar an teileafón cheana, ach dúirt go raibh sé trína chéile mar gheall ar a mháthair. D'inis sé go bhfuair sé ar an urlár í agus go raibh sí, mar a dúirt sé féin, "*gaga*".

Bhí dearmad déanta aige go raibh a mháthair ag éisteacht lena chomhrá go dtí gur chuala sé í ag rá taobh thiar de, "Nílim *gaga*. Tusa atá *gaga*."

Dúirt Mártan ansin le Justine go gcuirfeadh sé glaoch uirthi taobh amuigh den teach ar a theileafón póca. "Tá sí ag éisteacht le chuile fhocal atá mé a rá anseo."

"Téirigh go dtí an diabhal," a dúirt Bríd ina dhiaidh nuair a bhí Mártan ag dul amach an doras.

"Níl sé sábháilte í a fhágáil anseo oíche amháin eile," a dúirt Mártan le Justine nuair a chuir sé glaoch uirthi arís. "Bhfuil áit ar bith a ghlacfas léi ar an bpointe?"

"Cuirfidh mé tuairisc," a d'fhreagair sí, "ach níl sé chomh furasta sin teacht ar fholúntas i dteach altranais gan tuilleadh fógra."

"Déanfaidh tú do dhícheall," arsa Mártan. "Tá a fhios agam go ndéanfaidh."

"An gciallaíonn sé sin nach bhfuil tú le Cian a bhaint díom?"

"Ar dhúirt mé é sin?"

"Mura bhfuil a fhios agat."

"Caithfidh sé go raibh fearg orm."

"An le teann feirge atá James le scríobh amach as an script agat?"

"Cé a dúirt é sin?" a d'iarr Mártan.

"Tá sé ráite."

"An bhféadfaimid labhairt faoi seo arís? Is í mo mháthair atá ag cur imní orm i láthair na huaire."

"Tá sé fíor, mar sin?"

"Bhí sé luaite."

"I bhfocail eile, luaigh tusa é."

"Níor chuir mé ina choinne. Ach ní mise a shocraíonn rudaí mar sin ach eagarthóirí agus stiúrthóirí agus na daoine sin."

"Thabharfaí aird ar do mholadh, mar sin féin?"

"Níl ann ach rud atá luaite le tuilleadh lucht féachana a mhealladh."

"Agus is cuma faoin diabhal bocht a chailleann a phost?"

"Táimid ar fad faoin mbrú céanna," arsa Mártan. "Níl aon duine de na scríbhneoirí nach bhfuil ag brath ar chomh maith nó chomh dona is a bhí a script dheireanach nó ar an ngiúmar atá ar eagarthóir maidin Dé Luain."

"Ach má tá ort duine eile a sceanadh ar mhaithe le do chraiceann féin a shábháil, déanfaidh tú é?"

"Comhrac na ngadhar atá sa tionscal seo. Ceird chruálach atá inti, mar is eol do chuile dhuine a bhfuil baint acu léi."

"Deis iontach atá ann freisin le díoltas a imirt ar an té nach dtaitníonn leat."

"Murar mhiste leat, tá mo mháthair taobh istigh ansin i gcruachás. Nach féidir linn an cheist seo a phlé arís?"

"Beidh áit faighte agam di as seo go tráthnóna," a gheall Justine, "má chuireann tusa deireadh leis an mbagairt sin ar James."

"Níl sé sin proifisiúnta," a d'fhreagair Mártan. "D'fhéadfása do phost a chailleadh mar gheall ar a leithéid sin."

"Beidh beirt curtha dá dtreo agat, mar sin, le haon bhuille amháin," arsa Justine. "Agus nuair a bheas mise gan phost, beidh ort a dhá oiread a íoc in aghaidh na seachtaine chun tacú le Cian."

"Níl sé ceart ná cóir seanbhean ar nós mo mháthar a fhágáil léi féin," a dúirt Mártan, "is cuma cén argóint eile atá eadrainn."

"Táim á rá leat le cúpla mí go bhfuil sí go dona," a d'fhreagair Justine, "ach níor thug tú aon aird orm."

"Níor thuig mé go bhfuil sí chomh dona is atá sí."

"Ní hé mo ghnósa duine a fháil isteach i dteach altranais. Cuir glaoch ar an dochtúir."

"B'fhéidir nach é do ghnó é, ach is tú atá in ann an beart a chur i gcrích má thograíonn tú é. A Justine, le do thoil. Ar mhaithe le Mamó Chian."

"Tá tairiscint déanta agam. Glac leis nó ná bac leis. Fág James mar atá agus socróidh mise áit do do mháthair."

"B'fhéidir go bhfuil sé ródheireanach anois. Mar go bhfuil sé á phlé ag an eagarthóir scripte agus an stiúrthóir cheana féin."

"Cuirfidh mise in iúl dóibh gur fonn díoltais is cúis leis, mar sin," a dúirt Justine.

"Ná habair tada, as ucht Dé ort," arsa Mártan. "Déanfaidh mé mo mhíle dícheall do chara a shábháil ón scian."

"Déanfaidh mise mo dhícheall as seo go tráthnóna áit i dteach altranais a aimsiú do do mháthair." Bhí tost ann ar feadh soicind sular lean Justine uirthi. "Ach a Mhártain, ní bheidh mé sásta le geallúint amháin mar gheall ar James. Má thugtar bata agus bóthar dó, is ortsa a bheas an milleán, agus bainfidh mé mo dhíoltas féin amach ar bhealach amháin nó ar bhealach eile."

"Caithfidh sé go dtaitníonn sé go mór leat."

"Taitníodh nó ná taitníodh, níor cheap mé riamh go mbeifeá chomh gránna sin go mbeifeá ag iarraidh é a scríobh amach as an dráma."

"Níor mhaith liom baint ná páirt a bheith aige le Cian."

"Tá Cian chomh mór sin le James go bhfuil sé ag iarraidh é a thabhairt chuig a chéad Chomaoineach."

"Má tá, ní bheidh mise ann."

"Tóg go réidh é," arsa Justine leis. "Níor aontaigh mise leis ach an oiread. Dála an scéil, ba mhaith leis go mbeadh Sinéad ann chomh maith."

"Níl tada idir mise agus Sinéad."

"Iontas eile aonoíche?"

"Ní raibh an méid sin féin ann."

"Bhfuil tú ag ceapadh gur óinseach mé."

"Faraor nach bhfuil lá an Chomaoineach sin thart," a dúirt Mártan.

"Caithfimid iarracht faoi leith a dhéanamh ar mhaithe le Cian."

"Tá a fhios agam. Bhfuil tú leis an lá ar fad a chaitheamh ar an bhfón," a d'iarr Mártan go mífhoighdeach, "nó le rud éicint a dhéanamh faoi mo mháthair a fháil isteach in áit shábháilte?"

"Tabhair aire di go fóill, agus déanfaidh mé mo dhícheall."

"Tá obair le déanamh agam," a d'fhreagair sé. "Nach mbeidh sí ceart go leor anois go bhfuil sí ina codladh?"

"B'fhearr liom dá bhfanfá léi, ach is dóigh . . . "

Chuaigh Mártan isteach chuig teach a mháthar agus thug sé faoi deara go raibh sí ina codladh. Réitigh sé cupán tae dó féin chomh ciúin agus a bhí sé in ann agus shuigh ag breathnú uirthi ina luí, a hanáil á tarraingt go mall aici.

Chuimhnigh sé ar a gheallúint do Justine gan James a sceanadh, ach tar éis machnamh a dhéanamh ar feadh tamaill, smaoinigh sé gurbh fhearr dó gan rud ar bith a dhéanamh. Bheadh cosúlacht an amadáin air moladh mar sin a dhéanamh agus é a tharraingt siar arís. Ní bheadh a fhios ag Justine an raibh iarracht déanta nó nach raibh. D'fhéadfadh sé a thabhairt le fios níos deireanaí go ndearna sé iarracht é a shábháil ach gur theip air.

Faoin am sin bheadh a mháthair i dteach altranais agus ní bheadh Justine in ann í a chur abhaile. Bheadh an craiceann agus an luach aige, a cheap sé, a mháthair sábháilte agus James díbeartha. Nuair a bhí an tae ólta aige, thosaigh sé ag bailiú na rudaí a theastódh óna mháthair san áit a mbeadh sí ag dul. Chuir a laghad a bhí aici iontas air, agus tháinig tocht ina scornach nuair a smaoinigh sé gur dhóigh go raibh a hoíche dheireanach caite aici ina teach féin.

XXII

Chuir sé iontas ar Chian Mac Cormaic gur sceallóga ceannaithe sa *chipper* a bhí roimhe nuair a tháinig sé abhaile ón scoil. Chuir a mháthair béim i gcónaí ar bhia sláintiúil. Mhínigh sí nach raibh am aici aon rud eile a réiteach, mar go raibh sí cruógach ag iarraidh áit a shocrú dá Mhamó i 'sórt ospidéil', mar a thug sí ar an teach altranais.

"Ba mhaith liomsa béile mar seo gach lá," a dúirt Cian, ach tháinig cuma ghruama ar a éadan ansin agus d'iarr sé ar a mháthair an raibh a Mhamó ag fáil bháis.

"Níl," a d'fhreagair Justine, "ach níl sí in ann aire a thabhairt di féin i gceart. Thit sí ar an urlár inniu nuair a bhí sí ag iarraidh éirí amach as a leaba."

Chuimhnigh Cian ar amanta a thit sé féin. "Ar ghearr sí a glúin?"

"Níor ghearr, ach d'fhéadfadh sí í féin a ghortú. Tá cnámha seandaoine briosc, an dtuigeann tú?"

"Ar nós brioscaí?"

"Go díreach é. Briseann siad go héasca ach, ar ndóigh, ní féidir iad a ithe," arsa Justine, ag gáire.

"D'fhéadfadh madra iad a ithe. Is maith leo cnámha."

"Ach ní thugtar cnámha daoine dóibh."

"Itheann dragúin daoine."

"Sna cluichí ríomhaireachta?" a d'iarr Justine.

"Agus ar an teilifís freisin."

"An scanraíonn na rudaí sin thú?"

"Ní scanraíonn . . . Bhuel, sórt. Ach tá a fhios agam go bhfuil na daoine maithe in ann iad a bhualadh i gcónaí."

"Ach níl na rudaí sin ann, i ndáiríre. Níl iontu ach cluichí. Níl a leithéid de rud agus dragún ann."

"Tá siad ann, a Mhama. Chonaic mé ar an teilifís iad."

"B'fhéidir go raibh a leithéid ann fadó fadó, ach níl siad ann anois. Tá a fhios agat an rud a dúirt mé leat faoi aisteoirí?"

"Ar nós James? Cén uair a bheas sé ag teacht arís?"

"Tógann siad páirt daoine. Ligeann siad orthu gur daoine eile iad. Ligteann siad orthu go bhfuil dragúin agus rudaí eile a scanródh daoine ann. Ar mhaithe le spraoi agus spórt."

"An mbíonn James ina dhragún?"

"Cuir an cheist sin air tú féin nuair a fheiceann tú é." Chuir sí cuma aisteach uirthi féin ar nós gur dragún í a bhí ag teacht ina dhiaidh. Rinne seisean an rud céanna lena lámha ag a éadan sular rith sé uaithi timpeall an tí, ag scréachaíl agus ag gáire. Ba eisean ba ghaire don fhón nuair a thosaigh sé ag clingeadh. Nuair a chuala sé guth a athar, thosaigh sé ag insint dó gur dragún a bhí ann féin agus go raibh ceann eile ag teacht ina dhiaidh.

"Tóg go réidh é, a Chian, murar miste leat," a dúirt a athair go han-chiúin, "táim ag iarraidh labhairt le do Mhama."

Shín Cian an fón chuig a mháthair, fios aige láithreach nach raibh gach rud i gceart. "Tá Deaide ag iarraidh labhairt leat."

"Bhí mé le glaoch ort," a thosaigh sise, "nuair a bheadh a bhéile ite ag Cian. Tá an áit sin faighte agam di. Sa San Antonio. Bhfuil tú ansin?" a d'iarr Justine nuair nach bhfuair sí freagra.

"Tá sé ródheireanach," a dúirt Mártan go han-chalma. "Bhí sí básaithe nuair a chuaigh mé ar ais le seiceáil uirthi."

"Ó, a Mhártain . . . Ar thit sí arís nó céard?"

"Táibléid. Bhí slám acu ar an mbord lena taobh."

"Ní thógfadh sí . . . ?"

"Thóg."

"Ní raibh a fhios aici céard a bhí ar siúl aici, mar sin?"

"Bhí a fhios aici go maith," a d'fhreagair Mártan go fuarchúiseach. "Bhí a fhios aici go raibh a mac lena tógáil as a teach agus a teallach féin lena cur isteach i dteach na mbocht."

"Dúirt tú féin nach raibh a meabhair cheart aici."

"Bhí sí sách maith leis an méid sin a dhéanamh."

"Tiocfaidh mise chuig an teach," a dúirt Justine.

"Nílim ag iarraidh go bhfeicfeadh Cian mar seo í."

"Caithfidh sé í a fheiceáil, le slán a fhágáil léi. Shhh . . . " Chuir sí méar lena liopaí le Cian a bhí ag tarraingt ar a gúna agus ag iarraidh a fháil amach an raibh a Mhamó ceart go leor.

"Feicfidh sé í nuair atá sí os cionn cláir," a dúirt Mártan.

"Is féidir liom duine a fháil le haire a thabhairt dó," arsa Justine. "Beidh cúnamh ag teastáil uait ansin."

"Tabhair aire do Chian tusa, más é do thoil é. Níor cheart go mbeadh sé leis féin agus a sheanmháthair díreach básaithe."

"Ach airím chomh ciontach sin. Is dóigh gur mise a thug na táibléid di. Cén fáth nár chuir mé in áit shábháilte iad?"

"Tá cosúlacht ar an scéal go raibh sí á mbailiú le fada. Tá an t-uafás acu ann. B'fhéidir nár thóg sí na cinn a bhí sí ceaptha a thógáil, go raibh sé seo ina hintinn aici le fada . . . Níl a fhios agam."

"Ní mór an teach a réiteach . . . "

"Ní bheidh tada sa teach," a dúirt Mártan go tobann. Tabharfar isteach chuig an ospidéal í le haghaidh scrúdú iarbháis. As sin go dtí an *morgue*."

"Tar anseo nuair a bheas gach rud déanta," arsa Justine. "Níor cheart go mbeifeá leat féin anocht."

"B'fhearr nach bhfeicfeadh duine ar bith mé mar atá mé," a d'fhreagair sé go gruama.

"Cuimhnigh go mbeidh Cian brónach freisin agus gur tú is fearr a bheas in ann é sin a roinnt leis."

"Ná habair leis cén chaoi ar tharla sé. Go fóill, ar chuma ar bith."

"Beidh a dhóthain ar a phláta mar atá sé, mar bhí sé an-mhór léi."

"Amach anseo, b'fhéidir, ach tá sé ró-óg go fóill."

Smaoinigh Justine, tar éis do Mhártan deireadh a chur leis an nglaoch, go gcaithfidís an fhírinne a insint do Chian nó chloisfeadh sé i gclós na scoile é. Ach choinneodh sí di féin go fóill é, go dtí go raibh an scéal pléite aici lena athair. Nuair a chuir sí ina shuí ar a glúin é, bhí a fhios aige óna comhrá lena athair go raibh a sheanmháthair ar shlí na fírinne.

"Bhfuil sí sna flaithis anois?" ar seisean, "nó an mbeidh sí ag dul ann amárach?"

"Déarfainn go bhfuil sí ann cheana féin, mar bean mhaith a bhí inti."

"An í mo Mhamó i gcónaí í, fiú nuair a bheas mise sna flaithis?"

"Is í do Mhamó i gcónaí í, ar nós do Mhamó eile: mo Mhamasa nach bhfaca tusa riamh." Chuir sé iontas ar Justine nár chaoin Cian ach gur lean sé air ag cur na gceisteanna faoin saol eile. Bhraith sí gur bheag an mhaith í féin dó, sa méid is nach raibh na freagraí aici. Ach cé aige a bhfuil siad? a d'fhiafraigh sí di féin. Mhol sí dó ceist a chur ar an sagart agus ar an múinteoir a bhí á ullmhú don chéad Chomaoineach.

"Tá a fhios agam anois cén phaidir a déarfas mé ag mo chéad Chomaoineach," a d'fhógair Cian, "A Dhia, tabhair aire do mo Mhamó go dtí go bhfeicfidh mé arís í. A Thiarna, éist linn."

"A Thiarna, bí ceansa agus éist linn." D'fhreagair Justine mar a dhéanadh sí sa séipéal nuair a bhí sí óg. "Maith an buachaill," a dúirt sí, "táim cinnte go dtabharfaidh Dia aird ar do phaidir."

Nuair a tháinig James le buidéal fíona ina lámh aige, níor lig Justine thar an tairseach é, ag míniú céard a tharla agus ag rá go raibh go leor le socrú agus le réiteach aici.

"Má táim in ann aon rud a dhéanamh?" ar sé.

"Go raibh maith agat, ach ní dóigh liom go mbeadh sé ceart."

"Tagann clann le chéile ar ócáid mar seo," a dúirt James agus é ag casadh timpeall le himeacht.

"Céard atá i gceist agat?" a d'fhiafraigh Justine.

"Tada, ach go dtuigim go bhfuil rudaí ar do chúram ar ócáid mar seo."

"Ceapann tú go dtabharfaidh sé seo Mártan agus mé féin le chéile arís?"

"Ní raibh a leithéid de smaoineamh agam, agus dá mbeadh féin, ní bheadh sé . . . ceart, mar a deir tú féin."

"Ba í seanmháthair Chian í, cuimhnigh," a dúirt Justine.

"Ní bhaineann an scéal liom a bheag ná a mhór." Bhí cosúlacht ar James nach raibh a fhios aige cén chaoi a raibh sé tarraingthe isteach san argóint seo ar chor ar bith. "Ní bheinn anseo dá mbeadh a fhios agam." D'fhág sé an buidéal fíona ar leac na fuinneoige bige le taobh an dorais.

"Tabhair leat é," arsa Justine, "nach bhféadfaidh tú é a ól sa mbaile?"

"Is duitse a cheannaigh mé é." Bhí James ag imeacht nuair a chas gluaisteán Mhártain isteach ar an tsráid. D'imigh an t-aisteoir faoi dheifir, ar nós nár theastaigh uaidh comhbhrón a dhéanamh leis. Sheas Mártan ag breathnú ina dhiaidh ar feadh nóiméid tar éis dó a charr a fhágáil.

"Ní raibh a fhios agam go raibh comhluadar agat," ar sé le Justine.

"Ní raibh. Bhí sé ag teacht ar cuairt go dtí gur inis mé dó céard a tharla tráthnóna."

"Ní raibh sé de mhúineadh air lámh a chroitheadh liom."

Níor thagair Justine don rud a bhí ráite aige. D'iompaigh Mártan óna hiarracht barróg a thabhairt dó, ach d'oscail sé a lámha le go rithfeadh Cian isteach ina bharróg féin. Sin í an uair a tháinig na deora ón mbuachaill, agus d'fhan athair agus mac i ngreim ina chéile ar feadh tamaill.

"Réiteoidh mise cupán tae." D'fhág Justine le chéile iad. Rinne Mártan iarracht ceisteanna a mhic a fhreagairt, mórán na ceisteanna céanna a bhí curtha ar a mháthair aige. D'aithris sé a phaidir dá athair agus fuair ardmholadh dá bharr.

"Ar a laghad ní bheidh sé ag guí an lá sin leis an mbeirt againne a thabhairt le chéile arís," a dúirt Mártan le Justine nuair a bhí tae á ól acu, Cian suite ar an tolg, a ordóg ina bhéal aige, ag leathbhreathnú ar an teilifís.

"Caithfidh sé gur baineadh geit an-mhór asat nuair a fuair tú í," a dúirt Justine.

"Thar dhuine ar bith ar an saol . . . " Ba léir go raibh sé deacair air é a rá. "Níor cheap mé go ndéanfadh sí amhlaidh. Ach bhí uirthi a bior a chur ionam agus í ag imeacht. Mar a rinne sí ar feadh a saoil."

Leag Justine lámh ar lámh Mhártain, ach tharraing sí siar arís í nuair a chuimhnigh sí uirthi féin. "Tá croitheadh uafásach bainte asat," a dúirt sí. "Ní hiontas ar bith é thú a bheith trína chéile."

"Nílim trína chéile. Ag insint na fírinne atá mé."

"Ní raibh do mháthair in iomlán a sláinte le tamall. Nár dhúirt mé leat arís is arís eile go raibh a hintinn ag dul ar seachrán ó am go ham?"

"Ormsa atá an milleán nach ndearna mé rud éicint níos túisce . . . Sin é atá tú a rá?" arsa Mártan.

"Séard tá mé a rá nach bhfuil milleán i gceist. Níor thuig sí céard a bhí ar siúl aici."

"M'anam gur thuig. Is léir go raibh sé pleanáilte le fada aici. Chomh luath is a bheadh caint ar í a chur i dteach altranais."

"Nach spáineann sé sin nach raibh sí ag smaoineamh i gceart? Tuige an drogall chomh mór roimh a leithéid d'áit?"

"Mar gheall ar an gcaill agus ar an gcáil a bhí ar theach na mbocht sa stair. Mar gheall gur thóg sí mac agus thug chuile rud dó. Ach chinn air aire a thabhairt di. Teip a bhí ionam ó thús deireadh: i mo shaol; i mo phósadh; maidir le mo mháthair – teip ar chuile bhealach."

Bhreathnaigh Justine anonn go bhfeicfeadh sí an raibh Cian ag éisteacht leis seo. Bhí a shúile ar an teilifís, ach ní raibh sí cinnte an raibh sé ag éisteacht ag an am céanna. "Céard eile is féidir a dhéanamh anocht?" a d'iarr sí. "Ba cheart duit cith a thógáil agus dul isteach sa leaba."

"Níl tú ag ceapadh go bhféadfainn codladh ina dhiaidh seo?"

"Ní bheadh a fhios agat. Nuair a chaoineann tú do dhóthain. Cuireann caoineadh codladh ormsa i gcónaí."

"B'fhéidir é." D'éirigh Mártan ina sheasamh.

"Cá bhfuil tú ag dul?"

"Ní féidir liom fanacht anseo."

"Níl tú ag dul ar ais san árasán uaigneach fuar sin ar oíche mar seo."

"Tá rudaí le déanamh.   Beidh daoine ag iarraidh mé a fheiceáil . . . B'fhéidir."

"Níl tórramh ann.   Níl an corp . . . níl do mháthair sa mbaile. Maidir leis na socruithe eile, fág fúmsa iad.   Féadfaidh Cian codladh in éineacht leat agus rachaidh mise isteach ina leaba seisean."

"Bhfuil tú cinnte?"

"Nílim do do ligean ar ais san áit sin anocht thú, ar chaoi ar bith.   Tá cúpla buidéal sa gcófra má theastaíonn deoch uait le codladh a chur ort."

"An iomarca atá mé a ól le tamall."

"Eisceacht atá san oíche anocht."

"Go raibh maith agat, a Justine.   Nach mbeidh daoine ag súil le rud éicint?   Deoch san ósta mura bhfuil tórramh ann?"

"Déan é sin ar oíche nó ar lá na sochraide.   Teastaíonn an oíche anocht uait le do chuid smaointe féin a reic.   Agus má tá tú ag iarraidh labhairt, abair leat.   Tá cluas chun éisteachta ar fáil anseo."

Rinne Mártan iarracht ar ghreann, ach ní dhearna sé gáire. "Nach raibh an t-ádh orm banaltra a phósadh?"

"Tóg an cith sin, agus aireoidh tú níos fearr nuair atá deannach an lae bainte díot," arsa Justine.   "Roinnfimid an buidéal atá thall ansin nuair atá Cian imithe a chodladh.   Stuif maith atá ann, déarfainn."

Bhreathnaigh Mártan ar an mbuidéal a thug James leis. "Cuirfidh mé geall nach raibh sé ag súil gurbh é a namhaid a bheadh á ól.   Ní bheidh sé chomh sásta sin nuair a chloiseann sé gur fhan mise an oíche anseo."

"Cé a inseos dó é?"

"Cian, ar ndóigh."

"Ní bhaineann sé leis, ach táim cinnte go mbeadh sé tuisceanach i gcás mar seo.   Sin é an saghas duine é."

"Is é an rud is measa," a smaoinigh Mártan os ard, "ná go mbeidh trua ag daoine dom ina dhiaidh seo. "Tá an ghráin agam ar thrua."

"Beidh dearmad déanta air i gceann coicíse, nó níos lú. Ar nós chuile rud eile a tharlaíonn. Iontas naoi lá."

"Ní dhéanfaidh mise dearmad ar an lá seo go deo." Chuaigh Mártan anonn agus shuigh in aice le Cian, a d'fhiafraigh de an raibh sé ag dul abhaile.

"Thug do Mhama cuireadh dom fanacht anocht."

"Cén fáth ar thóg Mamó táibléid?" a d'iarr Cian gan choinne.

Bhreathnaigh Mártan anonn ar Justine. Chroith sise a cloigeann ar bhealach a thug le fios nár dhúirt sise tada leis faoina leithéid.

"Cé na táibléid?" a d'iarr Mártan.

"Chuala mé mo Mhama ag caint ar an bhfón faoi tháibléid. An raibh Mamó an-tinn?"

"Bhí sí," a d'fhreagair a athair. "An-tinn go deo."

"Ní raibh aon mhaith sna táibléid, mar sin," arsa Cian go cinnte. "Nuair a bhí an bhruitíneach ormsa, thug Mama táibléid dom agus ní dhearnadar aon mhaith ach an oiread."

"Ní oibríonn siad i gcónaí," a dúirt Mártan.

Bhí loighic an pháiste aige. "Ach ní bhfuair mé bás, ar nós Mhamó, mar nach raibh mé sean." Chuaigh Justine anonn agus shuigh sí ar an taobh eile de Chian, agus d'fhan an triúr le taobh a chéile ina dtost go ceann tamaill. Cian a bhris an tost sin. "Tá a fhios agam go bhfuil Mamó sna flaithis," a dúirt sé.

"Cén chaoi a bhfuil a fhios agat?" a d'iarr Justine.

"Mar go bhfuilimid anseo mar seo: Mama, Deaide agus mise."

XXIII

Bhí Sinéad Nic an Ríogh ag cnagadh ar dhoras árasán Mhártain Mhic Chormaic nuair a tháinig Réamonn Ó Cadhain ar an láthair.

"Níl sé istigh?"

"Níl sé ag teacht chuig an doras má tá," a d'fhreagair Sinéad. "Tá an áit cuardaithe agam. Níl sé san ósta, agus níl sé i dteach a mháthar, agus is cosúil nach bhfuil sé anseo."

"B'fhéidir go bhfuil sé fós ag an ospidéal?"

"Ní dóigh liom é, mar is fada anois ó fuair sé í, de réir na dtuairiscí. Bheadh faitíos orm go ndéanfadh sé rud éicint."

"Ní dhéanfadh Mártan," a dúirt Réamonn.

"Ní raibh súil go ndéanfadh a mháthair é ach an oiread, déarfainn. Agus ba é an t-aon duine sa gclann é."

"B'fhéidir go bhfuil sé tigh Justine?"

"Drochsheans, mar níl siad ag tarraingt le chéile le fada."

"D'fhéadfaimis fiafraí di an bhfaca sí é."

"Déan tusa é, mar sin, mar ní mise an duine is mó ar domhan a thaitníonn léi."

"Tuige?"

"Scéal fada atá ann."

"Nach bhfeicfimid ag an tsochraid é?" arsa Réamonn. "Gabh i leith agus beidh deoch againn."

"Meas tú an mbeidh sé ceart go leor?"

"Tá sé ag cur an-imní ort."

"Is maith liom é. Is cara liom é."

"Níos mó ná cara, b'fhéidir?"

"Ní hea, faraor." Dhruideadar i dtreo an ósta.

"An í an choimhlint mar gheall ar an dráma atá ag teacht eadraibh?" a d'iarr Réamonn.

"Níl a fhios agam céard é. Nuair atá mise ag iarraidh a bheith mór leisean, nílim uaidh; agus a mhalairt nuair atá seisean do m' iarraidhse."

"Dhiúltaigh tú dó?"

"Níor theastaigh uaim go gceapfadh sé go raibh sé chomh furasta sin mé a mhealladh."

"D'fhéadfainnse é sin a rá leis," arsa Réamonn.

"Mise is tusa: is cairde muid. Táimid in ann labhairt lena chéile gan ligean do stuif eile teacht eadrainn."

"Ní bheadh drogall ar bith ormsa níos mó ná sin a bheith ann. Mar atá a fhios agat go maith."

"Agus bheadh an ghráin againn ar a chéile go deo. Níl an splanc sin eadrainn. Táimid níos fearr as mar atáimid. Sin sin."

"Cá bhfios duit go dtí go mbaineann tú triail as?"

"Bhain," arsa Sinéad. "I mo chloigeann. Tá a fhios agam. Nílim ag iarraidh dul leat ar mhaithe le *shag*."

Gháir Réamonn. "Ní bheadh aon locht air."

"Bheadh locht air. Ní bheadh sé ceart nó cóir. Bheadh sé ar nós a bheith le do dhearthháir nó rud éicint."

Bhreathnaíodar thart san ósta féachaint an raibh Mártan ann. Chuireadar tuairisc le Timothy agus Larry, mar go rabhadar ag ól leis cheana. Ní raibh sé feicthe acu sin ach an oiread.

"Imithe i bhfolach atá sé in áit éicint," arsa Larry. "Bheadh náire an domhain ar dhuine tar éis dá leithéid tarlú."

"Tuige?" a d'iarr Sinéad. "Nach le chuile dhuine againn an saol atá againn? Nach bhfuil cead againn ár rogha rud a dhéanamh leis?"

"Cic sa tóin a theastódh uaithi sin," an tuairim a bhí ag Timothy. "A leithéid de rud a tharraingt ar a muintir."

Chonaic Réamonn greann ina ráiteas. "Bheadh sé deireanach an cic sa tóin a thabhairt anois di agus í fuar marbh."

"Nílim ag rá ach cuir i gcás . . . " Ba léir go raibh roinnt mhaith ólta ag Timothy. "Cuir i gcás go raibh sí beo fós, cic sa tóin a theastódh uaithi."

"Nach minic a dúirt mé go raibh rud éicint aisteach ag baint leis an Mártan sin?" a dúirt Larry. "Bhí sé ag fiafraí scéal Uiscen sin thall an lá cheana. Aithníonn gealt gealt eile."

"Feicfidh tú an scéal sin fós i m*Béal an Chuain*," arsa Timothy. "Scéal Uiscen agus a bhaiste."

Bhreathnaigh Réamonn agus Sinéad ar a chéile. "Meas tú?" ar sise. "Ní fhéadfadh sé . . . " D'imíodar ó Timothy agus Larry agus shuíodar síos le taobh a chéile i ngar don doras tosaigh.

"Tuige nach bhféadfadh? Tá sé sách meabhrach."

"Dúirt Micheline liomsa go raibh duine amháin i bhfad chun cinn ar an mbeirt eile cheana féin." Bhí Sinéad mar a bheadh sí ag smaoineamh os ard.

"Níor dhúirt sé liomsa ach go raibh sé ag iarraidh fáil réidh leis an James sin atá mór lena bhean," arsa Réamonn.

"James McGill? Nach eisean an t-aisteoir is fearr atá againn?"

"An t-aisteoir is mó le rá, murab é an ceann is fearr é."

"Agus bhí Micheline sásta leis sin?" a d'iarr Sinéad.

"De réir cosúlachta. Dúirt sí liomsa go bhfuil sí oscailte d'athrú nó do phlean nua ar bith. Aon rud a thugann fuinneamh don dráma."

"Is cosúil go bhfuil a fhios ag chuile dhuine ach agam féin faoi chuile rud atá ar siúl," arsa Sinéad, mar a bheadh díomá uirthi.

"Níl tusa ag insint céard a dúirt tú féin ach an oiread."

"Mar nár dhúirt mé rud ar bith a bhí fiúntach."

"Tá Mártan cinnte go bhfuil tusa chun tosaigh ar an mbeirt eile againn."

"Tuige?" a d'fhiafraigh Sinéad.

"Mar go bhfuil tú níos óige. Mar gur bean tú. Mar go mbíonn smaointe maithe agat i gcónaí."

Dúirt Sinéad ina dhiaidh, "Mar go bhfuilim óg. Mar gur bean mé . . . *Tokenism*. Ní oibríonn Micheline mar sin."

"Ní hin a bhí i gceist aige ach go bhfuil tú i dtiúin le haos óg an lae inniu agus go bhfuil tú in ann taoscadh as an tobar sin."

"An iomarca airde atá á tabhairt ar an aos óg agus ar an rud atá *modern*, mar a deir siad. Ní mheallann sé sin an dream óg."

"Bhfuil aon rud in ann iad a mhealladh?" a d'iarr Réamonn. "Tá sé ag cinneadh ar an eaglais, ar na polaiteoirí, ar lucht raidió agus teilifíse iad a mhealladh chun éisteachta. Ní thugann siad aird ar aoinneach."

"B'fhéidir go bhfuil gach dream acu sin ag dul as a mbealach rómhór le breith ar an margadh sin."

"Cén chaoi a ndéanfása é?"

"Sin mo ghnósa," arsa Sinéad go héadrom, ach lean sí uirthi. "An rud atá nádúrtha agus sórt osnádúrtha ag an am céanna, déarfainn. Bhí cumhacht ag scéalta den tsórt sin riamh. Laochra agus déithe: ó Chú Chulainn go dtí an Piarsach, ó Hercules go *Superman*."

"Shílfeá gur i *Superwoman* a chuirfeá do spéis?"

"Ní gá gurb é. Tuige a gcaithfimis a bheith *PC*, mar a déarfá, ceart ó thaobh pholaitíocht an lae? Sin áit ina bhfuilimid ag titim síos. Táimid faoi gheasa ag faisean an lae. Táimid ag scríobh ar nós nach bhfuil creideamh nó pisreog ag na daoine, cé go bhfuil siad lán leo."

"Tá siad ag an seandream, ceart go leor," a dúirt Réamonn.

"Is mó atá siad ag an aos óg ná ag an seandream. Féach an spéis atá sna réaltaí agus comharthaí lá breithe. Féach an méid daoine a scanraíonn uimhir a trí déag iad – tá go leor den lucht spóirt nach bhfuil sásta an uimhir sin a chaitheamh ar a ndroim. Agus táimid ag scríobh ar nós go raibh Dia agus an t-osnádúr básaithe agus curtha le fada."

"Is beag a cheap mé go raibh spéis agat sna rudaí sin."

"Is mór idir spéis phearsanta agus a aithint go bhfuil suim ag an bpobal, agus ag an aos óg go háirithe, iontu."

"Cén fáth nach dtéann siad chuig Aifreann agus seirbhísí eaglasta, mar sin?" a d'fhiafraigh Réamonn.

"Mar nach bhfuil siad faiseanta. Mar go bhfuil siad leadránach. Mar go bhfuil an scéal céanna cloiste míle uair acu gan aon iarracht é a dhéanamh beo . . . Níl a fhios agam. Ach míorúilt amháin nó rud éicint aisteach ar nós cnámha Naomh Treasa a thabhairt timpeall na tíre tamall de bhlianta ó shin – tharraing sé sin an t-aos óg amach ó na *Gameboys*."

"Fiosracht," a dúirt Réamonn. "Cén fhad a sheasann sé sin?"

"Níl uait ach soicind le breith ar iasc, nóiméad le breith ar dhuine."

"Cén saghas scéil atá i gceist agat?"

"Tá a fhios agat an scéal a bhaineann le mo dhuine thall, Uiscen, mar a thugann siad air. Deir siad gur tharla míorúilt nuair a baisteadh é. Ní chreidim sin, ach is scéal maith é, scéal ar fiú é a insint."

"Sin é an fáth a bhfuil ár gcara Mártan ag cur spéise ann, meas tú?"

"Níl a fhios agam, ach is air sin a smaoinigh mé nuair a chuala mé go raibh tuairisc á cur aige faoi mo dhuine."

"Tuige nach dtéann tú chun cainte leis?"

"Le Mártan?" a d'iarr Sinéad.

"Le hUiscen, má tá an oiread sin spéise agat ann."

"Tá leagan dá scéal cloiste agam, ach is spéisiúla go mór ná sin an sórt scéil a d'fhéadfá a bhunú air nó a leagan anuas air."

"Fear míorúilteach a dhéanamh de? Sórt *ragamuffin* Íosa Críost. Duine nach bhfuil meas ar bith air ach a bhfuil cumhacht an bháis agus na beatha aige."

"Anois atá tú ag smaoineamh," arsa Sinéad.

"Mé i m'amadán ag insint an scéil duitse."

"Nach bhféadfaimis dul ag obair air le chéile?"

"Céard a déarfadh Micheline faoi sin?"

"Á, foc Micheline," a d'fhreagair Sinéad.

"Murach go bhfuil sí chomh mór . . . " Rinneadar gáire lena chéile. Dúirt Réamonn, "Dá mbeadh an scéal sách maith, b'fhéidir gur chuma léi."

"Is iomaí rud a d'fhéadfá a dhéanamh le scéal mar sin."

"Ach an mbeadh sé inglactha ag an bpobal? Bheifeá ag dul síos bóthar a d'fhéadfadh *Béal an Chuain* ar fad a chur i mbaol."

"Céard go díreach atá i gceist agat?" a d'fhiafraigh Sinéad.

"Má tá míorúiltí agus rudaí osnádúrtha ag tarlú, beidh chuile chineál *deus ex machina* á dtarraingt isteach ann, agus imeoidh sé ón nádúr ar fad."

"Bheadh sé difriúil dá gceapfadh daoine áirithe go raibh cumhachtaí faoi leith nó a leithéid ag mo dhuine ach nach rabhadar aige i ndáiríre."

"D'fhéadfadh corr-rógaire a bheith ag oibriú an chloiginn, agus cheapfadh daoine gurbh é mo dhuine ba chúis leis."

"Lean ort," a dúirt Sinéad. "Má théimidne i bpáirt lena chéile, ní bheidh ár mbualadh le fáil sa tír."

"B'fhiú smaoineamh air má theipeann orainn le Micheline. D'fhéadfaimis sraith de dhrámaí grinn a scríobh ar théama mar sin."

"Bheadh sé aisteach, cinnte, dá mbeadh fíon déanta d'uisce an locha, mar dhea, fíon sa *tap*, fíon sa gciteal, sa bhfolcadán."

"Bheadh a theanga amuigh ag chuile dhuine." Sháigh Réamonn a theanga amach chomh fada agus a bhí sé in ann. "Céard faoi a bhfuil tú ag gáire?" a d'fhiafraigh sé nuair a bhí Sinéad sna trithí.

"Faoi do theanga. Tá cuma ort go bhfuil tú ag iarraidh breith ar chuileog."

"Beidh beatha ann tar éis *Béal an Chuain* mura n-éiríonn linn." Bhuaileadar bosa ar a chéile.

Shuigh Réamonn go ciúin ar feadh tamaillín, a chloigeann ag dul go mall ó thaobh go taobh. Dúirt sé ar ball, "Airím ciontach faoi bheith ag caint mar seo agus a bhfuil Mártan ag dul tríd ag an nóiméad seo."

"Is fíor duit," arsa Sinéad. "Bhuel, rinneamar chuile iarracht ár gcomhbhrón a chur in iúl níos túisce. Níl neart againn air nach raibh sé ann."

"B'fhéidir go bhfuil sé ar ais faoin am seo, gur cheart dúinn dul chomh fada leis an árasán arís."

"Fan go fóill," arsa Sinéad. "Tá rud éicint le déanamh agamsa. Mura ndéanfaidh mé anois é, ní dhéanfaidh mé go deo é." Chuaigh sí anonn chuig Uiscen agus shuigh lena thaobh. "Dia duit."

Thosaigh seisean ag caint níos sciobtha nó mar a bhí, "Is cuma liom sa diabhal. Is cuma liom faoi chuile rud. Is cuma liom . . . Is cuma . . . " Stop sé dá chaint agus bhreathnaigh sé uirthi. "Bhfuil tú ag caint liomsa?"

"Shíl mé go ndéarfainn 'hello' leat."

"Ní labhraíonn aoinneach liomsa."

"Bhuel, tá caint agat, agus tá mise ag caint leat. Cén fáth nach labhraíonn aoinneach leat?"

"Is scéal fada, scéal casta atá ansin."

Thug Sinéad comhartha do Réamonn deochanna a cheannacht dóibh féin agus d'Uiscen.

D'iompaigh roinnt daoine ag an gcuntar thart nuair a stop síorchaint an tseanfhir. "Tá an ceirnín stoptha ar deireadh," a dúirt Timothy.

"Buíochas mór le Dia," arsa Patrick.

"Cén chaoi ar chuir sí stop leis?" a d'fhiafraigh Timothy.

Larry a d'fhreagair. "B'fhéidir gur ídíodh na batteries."

XXIV

Chaith Mártan Mac Cormaic cuid mhaith den oíche ag casadh anonn is anall sa leaba agus ag caint lena mhac Cian ó am go ham nuair ba léir nach raibh codladh ag teacht airsean ach an oiread. Murach Cian, a smaoinigh sé, níorbh fhiú a bheith beo ar chor ar bith. Is dóigh gur cheap mo mháthair an rud céanna i mo thaobhsa, a dúirt sé leis féin, ach níor ghlac sí liom riamh mar atá mé ach mar an íomhá a bhí aici díom. Caithfidh mé a bheith cúramach gan an botún céanna a dhéanamh le Cian.

Thosaigh sé ag an tús agus chuaigh sé trína shaol ón gcéad rud a raibh sé in ann cuimhneamh air chomh fada lena chuid laethanta scoile. Smaoinigh sé ar a bheith ag obair lena mháthair ar an bhfeirm tráthnóna i ndiaidh na scoile agus le linn shaoire an tsamhraidh. Chuimhnigh sé nach raibh saoire cheart ar bith aige riamh, cé is moite de thamall a chaitheamh anois is arís le daoine muinteartha a mháthar. Ba bheag teagmháil a bhí aici le muintir a athar ó bhásaigh sé.

Ba shona an saol é acu an uair sin, é féin agus a mháthair, agus is dóigh gur mar sin a bheadh a shaol ina iomlán, sona sásta, dá bhfanfadh sé ina ghasúr i gcónaí. Ach d'fhás sé, tionchar ag an saol mór agus ag an gceol idirnáisiúnta air, tionchar ollscoile – idir oideachas agus ragairne – go dtí gur beag cosúlacht a bhí aige féin agus a mháthair lena chéile ní ba mhó.

Ní hé nach raibh cion thar na bearta aige uirthi, ach ar bhealach níor ghlac sí lena leithéid riamh uaidh. Bhí sí cruaite ag saol aonaránach na baintrí. Nuair a chuimhnigh sé uirthi, is ar na hargóintí, an caitheamh anuas, an déanamh beag is fiú de, a chuimhnigh sé. Agus rinne sí an rud ba mheasa a d'fhéadfadh sí a dhéanamh dó ag an deireadh. Chroch sí bró muilinn thart ar a mhuineál nach bhfaigheadh sé réidh léi go deo.

Ina ainneoin sin, bhí sé ina bhuachaill óg i ngreim sciorta inti i bpáirc mhór bláthanna, i mbrionglóid, nuair a thit a chodladh air. Bhí a fhios aige nuair a dhúisigh sé gur mar sin a bhí sé ag iarraidh cuimhneamh uirthi: ní mar sheanchailleach chantalach ach mar bhean óg i measc na bpósaetha i ngairdín neimhe éicint ar talamh.

D'éirigh Mártan de léim nuair a bhreathnaigh sé ar a uaireadóir agus thug sé faoi deara go raibh sé tar éis a leathuair tar éis a deich. Thug sé faoi deara go raibh Cian ina chodladh go sámh sular dheifrigh sé amach as an seomra, a chuid éadaigh agus a bhróga ina lámha aige. Bhí Justine suite ag an mbord sa gcistin.

"Tá do bhricfeasta san oigheann," a dúirt sí leis agus é ar a bhealach chuig an seomra folctha.

"Go raibh maith agat, ach ní bheidh am agam. Tá go leor socruithe le déanamh. Chodail mé amach."

"Tá na socruithe déanta. Is féidir leat iad a athrú más maith leat, ach níl le déanamh anois agam ach scéala a chur chuig an raidió." Thaispeáin sí liosta den mhéid a bhí réitithe aici.

"Déanfaidh sin," a dúirt Mártan, "ach an gá é a chur ar an raidió?"

"Ba mhaith le daoine fios a bheith acu. Freastalaíonn beagnach chuile dhuine ar gach sochraid anseo."

"B'fhearr liom gan scéal mór a dhéanamh de."

"Ní bheidh ann ach socruithe na sochraide."

"Tá go maith, mar sin. An ndéanfaidh tusa é?"

"Beidh sé déanta nuair a thiocfas tú chuig do bhricfeasta."

"Níl a fhios agam an mbeidh mé in ann ithe."

"Beidh sé ag teastáil le thú a thabhairt trí na laethanta atá romhat."

"Bhfuil aon rogha agam?" Bhain Mártan searradh as a ghuaillí. "Ba bheag nár dhúirt mé go bhfuil tú cosúil le mo mháthair. Ó thaobh orduithe a thabhairt dom, atá mé a rá."

"Moladh domsa a bheadh ann a rá go raibh mé cosúil le do mháthair," a dúirt Justine. "Bean láidir a bhí inti."

"Róláidir, b'fhéidir."

"Bhí saol crua aici, agus ná déan breith ar chúpla nóiméad dá saol, na nóiméid dheireanacha nuair nach raibh a sláinte i gceart, go háirithe."

"Is fusa é a rá ná a dhéanamh." Chuaigh Mártan isteach sa seomra folctha agus faoin am a tháinig sé ar ais, bhí an scairt chuig an raidió curtha i gcrích ag Justine agus a bhricfeasta ar an mbord roimhe.

"Táim as cleachtadh ar ghnáthchompord an tsaoil," a dúirt sé agus é ag ithe.

"Fan anseo arís anocht, agus go dtí go mbeidh gach rud thart."

"Beidh daoine ag caint."

"Bíonn daoine ag caint i gcónaí, ach bíonn ábhar cainte eile acu an lá dár gcionn."

"Más cuma leat, fanfaidh mé . . . Bhí píosa deas cainte agam le Cian aréir nuair nach raibh ceachtar againn in ann codladh."

"Tabharfaidh sibh cúnamh dá chéile ag dul tríd seo."

"Creideann sé sa saol eile ar nós nach raibh sé ach síos an bóthar. Níl a fhios agam an raibh mise riamh chomh soineanta sin."

"'Ó bhéal na leanaí,' a deir siad," arsa Justine, agus í ag breathnú amach tríd an bhfuinneog.

"Nach aisteach an rud a dúirt sé aréir?"

"Faoi do mháthair a bheith leis an mbeirt againne a thabhairt le chéile?" Rinne Justine gáire beag.

"Is é mian a chroí é, cinnte." Dhoirt Mártan tuilleadh tae don bheirt acu.

"Tá an iomarca tarlaithe eadrainn, is dóigh."

"Tá James anois ann."

"Agus Sinéad."

"Nílim féin agus Sinéad . . . "

"Ach ina gcairde. Tá a fhios agam. Nár dhúirt tú liom míle uair é?" arsa Justine, ar nós nár chreid sí focal de.

"Ar smaoinigh tú riamh air?"

"Ar theacht le chéile arís? Chuimhnigh, sna laethanta tosaigh nuair a bhí mé ag caoineadh mo dhóthain. Ní thugaim cead dom féin cuimhneamh anois air."

"Bímid ag troid beagnach chuile uair a bhímid ag caint ar an bhfón," a dúirt Mártan.

"Bhínn ag iarraidh ort rudaí áirithe a dhéanamh ar mhaithe le do mháthair. Nuair nach bhfuil sí ann . . . B'fhéidir nach mbeadh an oiread d'údar troda ann. Ach bheadh, táim cinnte."

"Tá an bheirt againn mór le Cian. Nach hin atá tábhachtach?"

"Ar smaoinigh tú féin riamh air?" a d'iarr Justine. "A bheith le chéile arís?"

"Smaoinigh mé aréir agus inniu air nuair a bhí tú chomh maith sin dom. Níl a fhios agam céard a dhéanfainn de d'uireasa ar ócáid mar seo."

"Mura mbeadh duine ann ag am mar seo . . . "

"Táim thar a bheith buíoch go bhfuil," arsa Mártan. "Ní dhéanfaidh mé dearmad go deo air."

Idir mhagadh is dáiríre a dúirt Justine, "Cuimhneoidh tú air an chéad uair eile atá tú ag bagairt Cian a bhaint díom."

"Níl a fhios agam an ngabhfainn chomh fada sin," arsa Mártan, meangadh beag gáire thart ar a bhéal. Lean sé air ag ithe a bhricfeasta ar nós go raibh ocras an domhain air.

Justine a bhris an tost beag a tháinig dá bharr sin. "Beidh tú buíoch nár ól tú mórán aréir. Tá an chuid is deacra le teacht fós."

"Ní fhéadfadh rud ar bith a bheith chomh deacair agus í a fheiceáil caite ansin leis na boscaí táibléad lena taobh."

"Tá a fhios agam." Leag Justine a lámh ar lámh Mhártain, agus níor tharraing sé siar í.

"Féach anseo muid," a dúirt sé, "i mbun cúirtéireachta agus mo mháthair ina cónra."

"Más cúirtéireacht atá ar siúl anseo," arsa Justine, "is i ngan fhios domsa atá sé. Nach aisteach an rud é le rá agus gan mé ach ag iarraidh beagán sóláis a thabhairt duit."

"Más fíor do Chian, is cúirtéireacht ba cheart a bheith ar siúl eadrainn."

Gan choinne bhraith Justine míchompordach. "Tá sochraid le dul tríthi fós, faraor." Bhreathnaigh sí ar a huaireadóir. "Meas tú an bhfuil sé róluath é a dhúiseacht?"

"Cén deabhadh atá ort? Níor chodail sé go dtí go raibh sé deireanach aréir. Nach bhfuil an lá fada agus gan aon rud ar siúl go dtí a sé a chlog."

"Meas tú céard a bhí ina hintinn aici?" a d'iarr Justine tar éis tamaill. "Sna nóiméid dheireanacha sin?"

"Ag iarraidh mise a ghortú."

"Ní chreideann tú é sin i ndáiríre?"

"Chreid mé i dtosach é, ach is ar a bheith ag caint ar imeacht óna baile go dtí an teach altranais atáim ag cur milleáin anois, más fíor nó bréagach é."

"B'fhéidir go raibh pian uirthi."

"Bhí sí an-mhór leatsa," arsa Mártan. "In ainneoin gur scaramar óna chéile. Níor chuir sí milleán ar bith ortsa."

"Nach raibh an ceart ar fad aici?"

"Is iomaí píosa argóna a thosaigh sí eadrainn."

"Dá mbeimis in ann stopadh sula dtosaíonn na hargóintí?" a dúirt Justine.

"Dá mbeimis le chéile, atá tú a rá?"

"Níl ann ach cur i gcás?"

"Ní bheifeá go huile is go hiomlán ina choinne, mar sin?"

"Níor dhúirt mé a leithéid de rud."

"An mbeadh sé folláin argóintí a sheachaint?" a d'iarr Mártan.

"B'fhearr liomsa an t-uaigneas ná an t-imreas," a d'fhreagair Justine.

"B'fhéidir gurbh in a tharla do mo mháthair, gur choinnigh sí an iomarca taobh istigh."

"A mhalairt a cheap mise, gur scaoil sí le chuile smaoineamh a rith léi. Gan cuimhneamh ar cé a ghortódh sí. Ach is agatsa a bheadh a fhios. Ba í do mháthair í."

"Is minic a cheap mé, nuair a bhíodh íde béil á tabhairt aici domsa, nó do dhuine ar bith eile, gur rud eile ar fad a theastaigh uaithi a rá." Lean Mártan air nuair nach bhfuair sé freagra ó Justine. "Nuair a bhínn liom féin san oíche i m'aonarán uaigneach, bhínn ag smaoineamh uirthi: céard air a bheadh sí ag cuimhneamh. An raibh sí ag cuimhneamh ar m'athair? Nó ormsa? Nó ortsa agus ar Chian? Nó an raibh a leaganacha maslacha cainte don lá arna mhárach á réiteach aici ina hintinn istigh? An é Oscar Wilde a dúirt go mbíonn na línte is fearr cleachtaithe ag duine roimh ré?"

"Ní raibh sí chomh maslach sin. Sin é an bealach a bhí léi, agus le go leor den aois sin. Tá a fhios agamsa ó bheith ag plé leo."

"Dá gcuirfinn caint leanúnach mar a bhíodh aici i mbéal carachtair de chuid *Béal an Chuain*," arsa Mártan, "ní ghlacfaí leis mar chaint laethúil duine atá beo ar an saol seo."

"Nílimid ceaptha sobaldrámaí a chreidiúint," arsa Justine go héadrom.

"Tá siad ceaptha a bheith ina scáthán ar an saol, mar sin féin. Bheifeá ag súil leis go mbeidís fírinneach ó thaobh chaint na ndaoine."

"Déarfainn gurb iad an dream a scríobhann agus a bhíonn ag aisteoireacht iontu is mó a bhíonn ag caint orthu agus ag déanamh scéal mór díobh. Ní ceisteanna móra fealsúnachta a bhíonn á phlé. Téann siad thar fhormhór na ndaoine mar rudaí a chaitheann tamall den oíche."

"An mbíonn James ag caint mar fhear sobail freisin?"

"Shílfeá gurb é an jab is tábhachtaí ar an saol é, agus an fhad is a bhaineann sé leis, is dóigh gurb é. Ach déanta na fírinne, sílim go bhfuil mo jab féin i bhfad níos tábhachtaí mar go bhfuilim ag déileáil leis an saol réalaíoch, le tinneas agus leigheas, le bás agus beatha."

"Tá an baol ann, ceart go leor, go n-éireoidh an sobalsaol níos tábhachtaí ná saol an duine, don té atá ag plé leis."

"Níor cheap do mháthair mórán de mar shlí mhaireachtála."

"Ach bhí a fhios aici chuile rud a tharla ann, cé nár bhreathnaigh sí riamh air, dá mb'fhíor di féin."

"Más fíor do Chian, beidh sí ag breathnú anuas orainn ar nós gur cuid de shobaldráma na bhflaitheas muid."

"Má shroichimid an taobh eile go deo, beidh a dóthain le rá aici, mar sin," a dúirt Mártan.

"B'fhéidir go dtiocfadh an duine a bhí ceilte taobh thiar de mhasc an chantail a bhíodh uirthi chomh minic amach ar an taobh eile."

"Meas tú an bhfuil aiféala anois uirthi?" arsa Mártan tar éis don bheirt acu a bheith báite tamall ina gcuid smaointe féin. "Má tá a spiorad nó a hanam, nó cibé ainm a thabharfá air, in áit éicint."

"Má tá a leithéid d'áit ann is a deir siad, tá sí ceaptha a bheith ar a suaimhneas ansin," arsa Justine. "Shíl mise riamh gurbh álainn an teoiric a bhí ansin: suaimhneas síoraí. Is dóigh go bhfuil an suaimhneas ar cheann de na mianta is láidre atá sa duine, nuair is é a iarraimid don dream a raibh cion againn orthu is grá againn dóibh agus muid ar an saol seo."

"Ní mórán suaimhnis a d'fhág sí ag cuid againn."

"Ach bíodh a leithéid aici féin anois."

Níor fhreagair Mártan.

XXV

D'éirigh Sinéad Nic an Ríogh ar a huillinn agus bhreathnaigh trasna ar chloigeann Réamoinn Uí Chadhain ar an bpiliúr lena taobh. D'oscail sé súil amháin, agus tháinig meangadh gáire go mall ar a bhéal. "Bhfuil aiféala anois ort?" a d'fhiafraigh sé.

"Tuige a mbeadh aiféala orm?"

"Mar gur dhúirt tú chomh minic sin nach mbeadh aon fhonn ort . . . "

"Bhuel, bhí fonn orm aréir." Thug sí póg dó. "Agus bhí *fun* agam chomh maith."

"Sin an méid a bhí ann duitse? Píosa spraoi."

"Níor dhúirt mé é sin. Ach ní bheadh mórán cuma air murar bhain chaon duine againn taitneamh as."

"Ní raibh ann ach caitheamh aimsire?"

"An gá anailís a dhéanamh ar rud chomh . . . chomh hiontach sin?"

"Nílim ach ag iarraidh a fháil amach an dtarlóidh sé arís?"

"Ná bíodh aon imní ort . . . " Chuimil Sinéad a lámh ar a bhrollach, ach rug Réamonn uirthi sula ndeachaigh sí níos faide.

"An iontas aonoíche a bhí ann nó an bhfuilimid le chéile, mar a déarfá?"

"Cibé rud a cheapann tú féin." Chuir Sinéad cos trasna ar a bholg. Phóg sí arís é. Thograigh Réamonn plé agus anailís a chur ar an méar fhada, agus níor labhair sé arís go dtí go rabhadar sínte i lámha a chéile, an dá chroí ag bualadh go sciobtha, iad ag breathnú isteach i súile a chéile, ar nós go raibh rudaí le feiceáil acu nach bhfacadar riamh cheana.

"Níor fhreagair tú mo cheist?" a dúirt Réamonn.

"Shíl mé gur fhreagair. Nach fearr aicsean ná caint?"

"Tabhair aicsean air."

"Nach hin a theastaigh uait le fada?"

"Ní hea, ach a bheith mór leat ar chuile bhealach. Ní raibh mé sásta nach mbeadh ionainn ach cairde."

"Shíl mise go millfeadh an rud eile an cairdeas sin."

"An gceapann tú fós é?"

"Ba mhaith liom go mairfeadh an nóiméad neamhaí seo go deo na ndeor," a d'fhreagair sí.

"Ní fhreagraíonn sé sin mo cheist."

Phóg Sinéad arís é. "Ná bí ag súil le freagra díreach ar chuile cheist. Léigh idir na línte."

Chuimil Réamonn méar faoina súile. "Ach níl líne ar bith ar d'éadan le léamh eatarthu."

Shín Sinéad í féin agus lig osna. "Is gearr go mbeidh má leanaimid orainn mar seo. Táim maraithe agat."

"Ar mhaith leat go leanaimis ar aghaidh mar seo?"

"Céard a cheapfá féin?"

"Táimse i ngrá leatsa le fada," a dúirt Réamonn. "Níl a fhios agat an t-éad a bhíodh orm nuair a bhí tú chomh mór sin le Mártan agus ag caitheamh anuas ormsa."

"Ní raibh mé ag caitheamh anuas ortsa riamh."

"Dúirt tú gurb ionann agus dearthair mé."

"Bhreathnaigh mé ort mar chara, mar chomrádaí, mar dhuine nach raibh ina bhagairt orm."

"Bagairt?"

"Tá a fhios agat féin. Bhí mé in ann a bheith ar mo chompord leat."

"Agus céard a d'athraigh aréir?"

"Thóg sé tamall orm m'intinn a shocrú, ach bhí a fhios agam roimh an oíche aréir. Táim ag breathnú ort ar bhealach difriúil le tamall."

"Tuige?" a d'iarr Réamonn.

"Tuige a dtarlaíonn rud ar bith? Tharla sé. Bhreathnaigh mé

ort trasna an bhoird uaim oíche a rabhamar ag imirt púil, agus chonaic mé fear."

"Fear in ionad dearthár?"

Gháir Sinéad. "An chaoi a ndeachaigh tú suas ar an mbord nuair a bhí na báilíní i bhfad uait. 'Wow,' a dúirt mé nuair a chonaic mé do thóin san aer."

Rug Réamonn ar philiúr agus is gearr go rabhadar ag troid, mar dhea, ag bualadh a chéile timpeall an tseomra leis na piliúir. Léim Sinéad isteach faoi na héadaigh arís ansin agus d'fhiafraigh, "Bhfuil teas ar bith sa teach seo?"

"Tá," arsa Réamonn. "Mise."

Chuir sé a lámha ina timpeall, ach chuir Sinéad fainic air. "Caithfimid dul chuig an tsochraid sin."

"Níl sí ann go tráthnóna."

"Meas tú cén chaoi a bhfuil sé inniu?"

"Bhí a fhios agam nach mbeadh Mártan i bhfad ó do chuid smaointe."

"Níl gá le héad anois," arsa Sinéad. "Ach tá drochbhuille faighte aige."

"Rinneamar iarracht comhbhrón a dhéanamh, ach ní raibh sé ann."

"Ach féach céard a rinneamar agus eisean croíbhriste."

"Ní thagann deireadh le saol chuile dhuine nuair a fhaigheann seanbhean bás," a dúirt Réamonn.

"Ach caithfidh sé go bhfuil sé ag goilliúint go mór air."

"Céard is féidir linne a dhéanamh faoi?"

"A bheith ann dó." D'éirigh Sinéad amach as an leaba.

"Cá bhfuil tú ag dul anois?"

"Táim ag dul ag cuardach Mhártain, tar éis cith agus bricfeasta."

"Cuir an citeal ag fiuchadh," arsa Réamonn. "Níl uisce te ann ná aon rud don bhricfeasta ach an oiread, tá faitíos orm."

"Cén saghas áite atá agat in aon chor? Gan teas ná uisce ná beatha?"

"Ní raibh a fhios agam go mbeadh comhluadar agam."

"Maireann tú ar nós muice?"

"Téim amach le haghaidh bricfeasta iomlán sa teach ósta. Rachaidh an bheirt againn amach nuair a bheimid réidh."

"Níl a fhios agam an bhfuilim réidh le dul amach mar chúpla fós," a dúirt Sinéad, an citeal á thabhairt chuig an seomra folctha aici.

"Tá náire ort."

Chas Sinéad ag doras an tseomra. "Ní bhreathnódh sé chomh maith sin agus máthair Mhártain díreach básaithe."

"Mártan, Mártan, Mártan . . . " a dúirt Réamonn nuair a bhí sí imithe ó chlos a chluas. "Níl tú in ann é a chur amach as d'intinn." Chuaigh a chuid smaointe ar ais chuig tús na hoíche roimhe sin. Bhí cúpla deoch acu agus dreas cainte le hUiscen, rud a d'fhág an bheirt acu ríméadach sa méid is gur bhraitheadar go raibh balla oighir briste acu, chomh maith le smaointe úra a bheith aimsithe acu don sobaldráma. Thugadar sé-phaca beorach chuig a árasán seisean, agus chaitheadar cúpla uair an chloig ag plé le leaganacha úra don bhliain dár gcionn. Shocraíodar ar deireadh plean comhaontaithe a chur faoi bhráid Mhicheline.

Nuair a bhí lámh á croitheadh acu ar an socrú a bhí déanta, thug Sinéad póg dó, póg chomh taitneamhach is a bhí riamh aige. Sheasadar tamaillín ag breathnú ar a chéile, ar nós go raibh drogall orthu an nóiméad draíochta sin a bhriseadh. Phógadar arís agus ní raibh aon dul siar ina dhiaidh sin. Is ar éigean a bhí sé in ann é a chreidiúint nuair a dhúisigh sé ar maidin agus grá a chroí lena thaobh.

"Bhfuil pus ort fós?" a d'iarr Sinéad nuair a d'fhill sí ón seomra folctha.

"Cén pus?"

"Mar gheall ar Mhártan?"

"Ag magadh a bhí mé, ar ndóigh."

Chrom sí agus thug póg dó. "Is leatsa atá mise anois."

"Tá a fhios agam. Is maith liom go bhfuil an socrú sin déanta againn faoin obair chomh maith."

"Faraor nár scríobhamar síos na smaointe sin a bhí againn aréir," a dúirt Sinéad.

Rinne Réamonn gáire. "Ní bheidís sásta na smaointe a bhí agamsa a scannánú," a dúirt sé. "Ar theilifís s'againne, ar chaoi ar bith."

"Smaointe don dráma a bhí i gceist agamsa, mar atá a fhios agat go maith."

"Meas tú céard a cheapfas Micheline?"

"Is cuma sa diabhal anois céard a cheapfas sí. Má táimidne ag scríobh lena chéile, ní bheidh trioblóid ar bith againn ár gcuid a dhíol – i nGaeilge nó i mBéarla," arsa Sinéad.

"Céard faoin mbricfeasta sin?" a d'iarr Réamonn. "Táim scrúdta leis an ocras."

"Caithfidh mé dul abhaile le mo chuid éadaigh a athrú. Táim bréan sa stuif seo. Feicfidh mé san ósta thú."

"Beidh tú in ann roinnt de do chuid éadaigh a fhágáil anseo níos mó."

Chuir Sinéad fainic air. "Ná téirigh rósciobtha." Smaoinigh sí féin ar an oíche a chuaigh thart nuair a bhí sí ar a bealach ar ais chuig a hárasán féin. Thaitin Réamonn go mór léi, agus chuir a chumas sa leaba iontas uirthi, ach bhí a fhios aici nach é a céadrogha é. Ach ní féidir sin a bheith againn i gcónaí, a dúirt sí ina hintinn. Ach d'fhéadfainn féin agus Réamonn an-saol a bheith againn, a smaoinigh sí, mar pháirtnéirí oibre agus saoil.

Réitigh sí í féin chomh hálainn is a d'fhéadfadh sí sula ndeachaigh sí chuig an teach ósta. Stop sí ag árasán Mhártain ar an mbealach mar bhraith sí sórt ciontach nach bhfaca sí é ó fuair a mháthair bás, ach ní raibh sé ann. Ní raibh Réamonn roimpi san ósta ach an oiread. Cheannaigh sí bricfeasta agus shuigh síos i ngar d'Uiscen.

"Cén chaoi a bhfuil tú inniu?" a d'iarr sí.

"Is cuma liom sa diabhal. Is cuma liom faoi chuile dhuine . . . "

"Nach cuimhneach leat? Bhí tú ag caint liomsa i gceart aréir, duine le duine," a dúirt Sinéad.

Is amhlaidh a chaintigh sé níos sciobtha, "Is cuma liom sa diabhal. Is cuma liom beo nó marbh mé. Is cuma liom . . . "

Choinnigh sí a béal dúnta ina dhiaidh sin, agus chuaigh anonn chuig bord eile in éineacht le Réamonn nuair a tháinig seisean isteach. D'inis sí faoina hiarracht caint a chur ar Uiscen.

"B'fhéidir nach bhfuil a dhóthain ólta aige fós," a dúirt sé, "go bhfuil misneach an óil ag teastáil lena chur ag caint."

"Tá neart cainte aige, ach níl sé sásta labhairt liomsa."

"B'fhéidir go bhfuil a fhios aige céard a bhí ar siúl agat aréir. Nach bhfuil sé ceaptha fios a bheith aige?"

"Deir daoine áirithe go mbíonn sé le feiceáil san éadan, ceart go leor," a dúirt Sinéad

"Má tá, is é an pictiúr is deise dá bhfaca mé riamh é. Tá tú ag breathnú go hálainn."

"Níl tú féin ródhona ach an oiread."

"Tá a fhios agam," arsa Réamonn. "Nach é an feall é nár thug tú faoi deara roimhe seo mé."

"Thugas ach, mar a dúirt mé míle uair, shíl mé go scriosfadh sé an cairdeas a bhí eadrainn."

"Bhfuil sé scriosta, meas tú?"

"Ní dóigh liom é, ach táim le taitneamh a bhaint as go dtí go mbeidh fios a mhalairte agam."

"Bainfimid an-taitneamh as a bheith ag obair as lámha a chéile. Níor airigh mé chomh beo riamh is a bhí mé aréir nuair a bhí an scéal á phlé againn, duine amháin ag caitheamh smaoineamh isteach i ndiaidh an duine eile, ar nós a bheith ag caitheamh cártaí ar an mbord."

"Agus muid i ngan fhios faoi céard a bhí ar an gcéad chárta eile."

Bhíodar tostach ar feadh tamaill. Ansin chuir Sinéad cogar i gcluas Réamoinn, "Tuige nach rithimid ar ais chuig an árasán ar feadh tamaillín?"

"Beidh mé ann romhat," ar seisean, ag deifriú amach tríd an doras.

Bhí Sinéad ar tí é a leanacht nuair a thug Uiscen comhartha láimhe go raibh sé ag iarraidh labhairt léi. "Ní raibh a fhios agam le thú a fhreagairt ar ball," a dúirt sé.

Bhain sise searradh as a guaillí. "Tuigim," a dúirt sí.

"Níl aon mhaith liom ag caint."

"Níl stopadh ar bith ort," arsa Sinéad, le meangadh gáire, "an chuid is mó den am."

"Ag caint le daoine, atá i gceist agam."

"Níl a fhios agam cén chaoi a gcuireann tú suas leis. Gan a bheith ag caint le duine ar bith?"

"Cén chaoi a gcuireann aoinneach suas leis an saol?"

"Ach teastaíonn comhluadar ó chuile dhuine," a dúirt Sinéad. "Ceangal éicint leis na daoine atá thart orainn."

"Nach ar mhaithe le cuideachta a bheith agam a thagaim isteach anseo chuile lá?" arsa Uiscen.

"Comhluadar na ndaoine nach labhraíonn leat?"

"Nach fearr é ná gan comhluadar ar bith?"

"Ach is bocht an rud é comhluadar gan chaint. Nach n-airíonn tú uait comhrá, caint, argóint fiú? Troid, má théann sé go dtí sin?"

"Is fearr liom an saol mar atá."

Chroith Sinéad a cloigeann. "Ní thuigim cén chaoi a bhfuil tú in ann é sin a rá," a dúirt sí.

"Tá compord éicint ag baint leis an saol atá mar a chéile i gcónaí."

"Is fearr leat compord ná athrú?"

Bhain seisean searradh as a ghuaillí.

"Is fearr liomsa a mhalairt," a d'fhreagair Sinéad.

"Dóchas na hóige. Tá tusa óg."

Bhí Réamonn casta ar ais nuair a thug sé faoi deara nach raibh Sinéad ina dhiaidh. "Nach deas an cleas a d'imir tú orm," ar sé. Ansin a thug sé faoi deara go raibh sí ag caint le hUiscen. Chuaigh seisean ar ais ar a sheanrann. "Is cuma liom sa diabhal . . . "

"Gabh i leith." Rug Sinéad ar lámh Réamoinn.

XXVI

"Abair le cibé duine atá ann go bhfuilim sa bhfolcadán," a dúirt Justine Mhic Chormaic lena mac Cian nuair a bhí clog an dorais ag clingeadh. Bhí sí fós ina fallaing sheomra, an chuid is mó den mhaidin caite aici suite ag an mbord sa gcistin ag plé chúrsaí an tsaoil, agus bás a mháthar go háirithe, lena hiarfhear céile Mártan.

"Ná habair go bhfuil mise ann ach an oiread," arsa Mártan i gcogar. "Feicfidh mé chuile dhuine acu anocht is amárach."

James McGill a bhí ag an doras nuair a d'oscail Cian. "Tá mo Mhama agus mo Dheaide sa m*bath*," a dúirt sé.

"Bhfuil anois? Agus cén chaoi a bhfuil tú féin?"

"Táim go maith, go raibh maith agat," arsa Cian, go béasach.

"Tá brón orm faoi do sheanmháthair."

"Tá brón ormsa freisin." Dhún Cian an doras go mall.

Is ar éigean a chreid Justine a cluasa. "Ar chuala mé i gceart thú?" a d'fhiafraigh sí de Chian. "Ar dhúirt tú le duine éicint go bhfuilimid sa m*bath*?"

"Dúirt mé le James é, ach inseoidh mé i mo chéad fhaoistin é gur dhúirt mé go raibh mo Dheaide agus mo Mhama sa m*bath* nuair nach raibh."

"Cén fáth ar dhúirt tú a leithéid?" a d'iarr a mháthair.

"Sin a deir tú i gcónaí nuair nach mbíonn tú ag iarraidh labhairt le Deaide nó le daoine eile ar an bhfón." Bhreathnaigh sé ó athair go máthair, é i ngan fhios cén fáth a rabhadar sna trithí ag gáire.

"Maith an fear," arsa Mártan. "Níor lig tú aoinneach isteach ar chaoi ar bith?"

"Cén fáth a bhfuil tú ag gáire?" a d'iarr Cian air.

"Mar gheall ar an gcaoi ar labhair tú le mo dhuine."

"Ní bheinnse ag gáire," arsa Cian go brónach, deoir le taobh a shúl, "dá bhfaigheadh mo mháthair bás."

Chuir Mártan a lámha ina thimpeall. "Ní stopann an saol nuair a fhaigheann duine bás, a Chian. Ní bheadh Mamó ag iarraidh go mbeimis róbhrónach an t-am ar fad. Tá a fhios aici go dtéann an saol ar aghaidh. Bímid brónach cuid den am, ach ní stopann sé sin muid ó gháire a dhéanamh freisin."

"Cuirfidh mé geall go bhfuil do Mhamó ag gáire anois sna flaithis," a dúirt Justine.

"Céard faoi a bhfuil sí ag gáire?" a d'iarr Cian.

"B'fhéidir go bhfuil sí ag insint rudaí barrúla a dúirt tusa, do na daoine atá timpeall uirthi," ar sise.

Chaitheadar an chuid eile den lá ag fáil faoi réir don tórramh, agus bhíodar suite le taobh a chéile ar aghaidh na cónra nuair a thosaigh an scuaine mhór fhada dhaonna ag déanamh a bealaigh isteach le comhbhrón a dhéanamh. Chroith formhór na ndaoine lámha leo. Thug daoine muinteartha póg nó barróg fhoirmeálta.

Bhí Justine agus Réamonn ag breathnú ar Mhártan i ngreim barróige le Sinéad, barróg a sheas níos faide ná ceann ar bith eile. Bhraith Mártan go raibh sé i gcineál suain an t-am ar fad a bhí daoine ag dul thairis, ach bhí sé buíoch díobh ag an am céanna as an trioblóid sin a chur orthu féin.

Ghlac sé a pháirt sna searmanais an oíche sin agus lá arna mhárach ag Aifreann na marbh, de réir mar a d'iarr an sagart air a dhéanamh. Bhain an sagart céanna gáire amach ina sheanmóir nuair a d'aithris sé dea-chaint Bhríd, agus go háirithe na rudaí a deireadh sí faoina fhéasóg. Chuaigh an ceol agus na deasghnátha i bhfeidhm ar Mhártan ina n-ainneoin féin beagnach, agus thug boladh na túise chun a chuimhne na rudaí a thaitin leis a bhain leis an eaglais nuair a bhí sé óg.

Bhíodar le taobh na huaighe ansin, rósanna á gcaitheamh isteach san uaigh ag Cian, an sagart ag caint ar chré – cré a bhí le cartadh isteach os cionn na máthar, cré na talún a bhí mar chuid dá shaol ar an bhfeirm ó rugadh é. D'iompaigh Mártan agus cheil sé deora goirte ar chúl an naipcín a bhí ina lámh dheis. Ghlan sé a éadan ansin agus thug aghaidh ar scuaine eile a bhí faoi réir lena bhris a chásamh leis.

Bhí gach rud thart agus iad sa teach ósta sula raibh am aige a bhuíochas a ghlacadh le Justine as a raibh déanta aici dá mháthair, agus ó fuair sí bás go háirithe. Bhí an slua ag scaipeadh, Cian ag imirt púil le Sinéad agus le Réamonn, Uiscen ag caint leis féin mar ba ghnáth, nuair a d'iarr Mártan ar Justine iad a theacht ar ais le chéile mar lánúin.

"Bhfuil tú imithe glan as do mheabhair?" a d'iarr sí.

"Tá a fhios agam le cúpla lá céard atá caillte agam," a dúirt sé.

"Tá do chuid mothúchán trína chéile . . . Níl a fhios agat i gceart céard a mhothaíonn tú."

"Tá a fhios agam céard atá uaim, agus sin é a theastaíonn ó Chian freisin."

"Tá mo shaol féin anois agam. Táimse athraithe go mór ó scaramar."

"Nílim ag iarraidh ach go smaoineoidh tú air," arsa Mártan

"Níl a fhios agam . . . "

"Fógróimid ar lá mór Chian é, lá a Chomaoineach. Beidh *party* mór againn . . . "

"Tá tú i bhfad chun tosaigh orm," arsa Justine. "Tá tú chomh tógtha sin ag an scríbhneoireacht agus ag an gcoimhlint seo atá eadraibh anois."

"Fágfaidh mé fúthu é. Éireoidh mé as . . . "

"Ní bheidh tú in ann maireachtáil d'uireasa do dhruga."

"Scríobhfaidh mé scripteanna nó gearrscéalta nó úrscéalta, ach ní ligfidh mé don bhrú, don strus an lámh in uachtar a fháil orm."

"Tá tú i ndáiríre?" Bhreathnaigh Justine air ar nós nár chreid sí go dtí sin é.

Rith Cian síos chomh fada leo. "An mbeidh cead ag Sinéad agus ag Réamonn teacht chuig mo *pharty*."

"Beidh," a d'fhreagair Mártan. "Beidh fáilte roimh chách."

"Ná déan cinneadh faoi rud ar bith inniu," a dúirt Justine.

"Caithfidh sé go bhfuil d'intinn ina cíor thuathail."

"Tá tú mór le James i gcónaí?"

"Tá an iomarca ag tarlú in éindí."

Sula raibh am acu aon rud eile a rá, dúirt Cian, a mhéar sínte i dtreo Uiscen, "Tá sé sin imithe chuig an leithreas. Ina threabhsar."

"Níl sé . . . " Ansin thug Mártan faoi deara go raibh uisce ar an urlár faoin stól san áit a raibh an seanfhear ina shuí. Chuaigh sé anonn. "Bhfuil tú ceart go leor?" a d'iarr sé.

"Is cuma liom sa diabhal . . . "

Is gearr go raibh daoine ag teacht anall ón gcuntar. "Céard atá air?" a d'fhiafraigh Timothy.

"Tá sé tar éis fíon a dhéanamh," arsa Larry go magúil.

"Ba cheart é a thabhairt abhaile," a dúirt Justine.

Ní raibh an focal as a béal go dtí go raibh Timothy ar a a dhá ghlúin, a theanga sáite sa mbraon a doirteadh.

"Bhfuil tú imithe glan as do mheabhair?" a d'iarr a chara Larry air.

"D'fhéadfadh sé a bheith beannaithe," a d'fhreagair Timothy, cuma sórt náirithe air.

Thug bean an tí ósta Uiscen isteach i seomra ar chúl, Justine ag cuidiú léi, agus chuireadar fios ar dhochtúir le breathnú air.

Tháinig Micheline trasna chuig Mártan agus í réidh le himeacht. "Tá ábhar dráma ansin, ceart go leor."

"Tá sé i gceist agam éirí as *Béal an Chuain* go huile is go hiomlán," a d'fhreagair sé.

"Ní féidir leat go fóill mar go mbeidh athscríobh le déanamh ar d'eipeasóid dheireanach."

"Tuige?"

"Tá James McGill bailithe leis ó mhaidin, an scannánú fágtha ina phraiseach aige. Caithfimid é a chur chun báis ar an scáileán, láithreach."

XXVII

Mártan Mac Cormaic is ainm domsa. Scríbhneoir. Sobalscríbhneoir agus amadán – amadán mar go bhfuilim suite ar aghaidh mo phróiseálaí focal ar an lá agus ag an am a bhfuil mo mhac Cian ag glacadh lena chéad Chomaoineach. Is aisteach an rud é: thabharfainn rud ar bith le blianta beaga anuas leis an searmanas sin a sheachaint, ach ag an nóiméad seo thabharfainn rud ar bith le bheith ann. Chuirfinn suas leis an tseafóid ar fad le bheith i láthair sa séipéal lena fheiceáil agus a phaidir beag á rá aige, an abhlann á glacadh aige. Céim mhór ina shaol gairid, ach níl a athair ann.

Níl mé ann, mar nach dteastaíonn óna mháthair go mbeinn ann. Tá sí ar buile liom. Tá sí spréachta; is ormsa a chuireann sí an milleán gur imigh a leannán gan gíog ná míog as léi. Ní mise a chuir chun bealaigh é. D'imigh sé as a stuaim féin. D'aithin sé an scríobh ar an mballa, mar a déarfa, an scríobh nár scríobhadh fós ar an scáiléan, ach a bhí réidh lé scríobh, caithfidh mé a admháil.

Cian bocht atá thíos leis, ar ndóigh: a Mhamó caillte, a Dheaide díbrithe. Dúirt a mháthair go bhféadfainn dul ann, nach bhféadfadh sí doras theach Dé a dhúnadh i m'aghaidh ach nach mbeadh aon fháilte romham. Táim cinnte gur mhaith le Cian go mbeinn ann, ach ní féidir leis dul i gcoinne a mháthar. Caithfidh mé dul chun cúirte, a deir sí, le cead a fháil é a fheiceáil ar bhonn rialta. Cuirfidh sí i gcoinne na laethanta fada saoire thar lear a bhíodh againn, a deir sí.

Tá mo chroí briste. Feicim saol fada uaigneach amach romham, sórt Uiscen eile ag insint a scéil don bhosca ar a aghaidh in ionad é a insint do na ballaí agus na cluasa bodhra. Tá Sinéad le Réamonn; tá mise liom féin. Is cosúil go bhfuil ag éirí liom sa choimhlint atá eadrainn, gur tharraing éalú Jason an lucht féachana is mó a bhí ag an stáisiún go dtí seo. Tugadh bata is bóthar do bhanaisteoir freisin chun tabhairt le fios go raibh a carachtarsan imithe leis. Post eile caillte. Íobairt eile ar mhaithe le *Béal an Chuain*.

Níl sé de chnámh droma ionam déanamh mar a rinne mo mháthair, agus dá mbeadh féin, ní fhéadfainn é a dhéanamh ar Chian. Leanfaidh mé orm. Saothróidh mé airgead. Bainfidh mé mo phléisiúr amach cibé áit a mbíonn fáil air. Troidfidh mé sna cúirteanna le Cian a fháil dom féin. Bainfidh mé mo dhíoltas amach. Náireóidh mé mo striapach de bhean sin ar an scáiléan ar bhealach chomh feiceálach agus is féidir liom.